Le miracle d'Oceans House

*

Les fiancés d'un week-end

ABIGAIL GORDON

Le miracle d'Oceans House

Traduction française de
CAROLE BENTON

BLANCHE

HARLEQUIN

Collection : Blanche

Ce roman a déjà été publié en 2019

Titre original :
THE SHY NURSE'S CHRISTMAS WISH

HARPERCOLLINS FRANCE
83-85, boulevard Vincent-Auriol, 75646 PARIS CEDEX 13
Service Clients — www.harlequin.fr
ISBN 978-2-2805-1065-3 — ISSN 0223-5056

Édité par HarperCollins France.
Composition et mise en pages Nord Compo.
Imprimé en novembre 2024 par CPI Black Print (Barcelone)
en utilisant 100% d'électricité renouvelable.
Dépôt légal : décembre 2024.

FSC
www.fsc.org
MIXTE
Papier issu de sources responsables
FSC® C159065

Pour limiter l'empreinte environnementale de ses livres, HarperCollins France s'engage à n'utiliser que du papier fabriqué à partir de bois provenant de forêts gérées durablement et de manière responsable.

1

Lorsque Darcey Howard arriva à la gare, le train se trouvait déjà à quai. Et il était bondé, constata-t-elle, une fois à bord. Épuisée par les événements des derniers jours, elle en aurait pleuré.

En d'autres circonstances, elle aurait pris soin de réserver sa place pour voyager dans de bonnes conditions et arriver à destination fraîche et détendue, comme il sied à une personne efficace. Au lieu de cela, elle était à bout de nerfs et, pour couronner le tout, sur le point de voyager debout.

Heureusement, la chance lui sourit. Un homme releva la tête de son ordinateur portable et, l'apercevant dans l'allée, retira une pile de documents du siège en face de lui. Puis, en parfait gentleman, il se leva pour hisser sa valise dans le porte-bagages au-dessus d'eux. Soulagée, elle le remercia dans un murmure avant de se laisser tomber sur le siège, tête baissée, le regard rivé sur ses pieds.

Après s'être rassis, Daniel Osbourne l'observa discrètement.

Sur sa valise, il avait aperçu le nom de sa destination – la ville où lui-même demeurait – mais pour autant, pas question pour lui d'engager la conversation.

De retour d'un séminaire sur les nouveaux traitements dans le domaine orthopédique, il avait pris une multitude de notes lors des diverses conférences, notes qu'il devait maintenant étudier. Ayant offert un siège à cette jeune femme pâle, il estimait avoir fait son devoir et ne se sentait pas d'humeur sociable.

Cependant, sa curiosité était éveillée. Qu'est-ce ce qui pouvait bien l'amener à Seahaven, où lui-même vivait et travaillait ? S'agissait-il d'un voyage d'agrément dans cette station balnéaire ou s'y rendait-elle, comme beaucoup de gens, pour suivre un traitement orthopédique à Oceans House, où il occupait le poste de chirurgien ?

Après une absence de deux semaines, il se réjouissait à l'avance d'une soirée de détente en compagnie de ceux qu'il aimait avant de reprendre le travail, le lendemain.

La joie de Darcey avait été de courte durée en apprenant qu'elle avait obtenu le poste d'infirmière responsable de service à Oceans House. Son frère Alexander, dix-huit ans, s'était en effet chargé de lui gâcher son plaisir.

Après la mort de leurs parents, tous deux s'étaient retrouvés seuls et Darcey, en sa qualité d'aînée, avait naturellement endossé le rôle de chef de famille et pris soin de son jeune frère, tout en poursuivant ses études d'infirmière dans une école voisine.

Son diplôme en poche, elle avait travaillé dans le service orthopédique d'un hôpital local, jusqu'à ce qu'elle tombe sur une annonce pour un poste d'infirmière en chef à Seahaven, une jolie petite ville côtière, avec logement de fonction dans la résidence mitoyenne de l'hôpital.

Ce qui signifiait évidemment déménager dans un nouvel environnement. À son grand soulagement, son frère n'avait manifesté aucune réticence à l'accompagner. En fait, il avait même été très excité à cette perspective, ayant par ailleurs décidé de poursuivre les mêmes études qu'elle. Puis un soir, après avoir discuté à n'en plus finir avec deux de ses amis qui avaient choisi de prendre une année sabbatique pour découvrir le monde avant de poursuivre leurs études, il s'était laissé convaincre de les accompagner.

Au grand désarroi de Darcey, Alexander lui avait énoncé toutes les bonnes raisons de sa décision, balayant de son enthousiasme toutes ces années passées à prendre soin de lui après la disparition de leurs parents dans une avalanche lors d'un séjour à la montagne. Darcey savait pertinemment qu'Alexander quitterait un jour le cocon qu'elle avait créé pour lui, mais elle ne s'était pas attendue à ce que leur séparation soit aussi rapide.

À l'université, elle aurait pu garder un œil sur lui, même à distance, mais s'il partait pour un tour du monde, il pourrait disparaître à jamais. Elle avait été blessée de constater avec quelle facilité Alex se détachait des contraintes de l'existence, alors qu'elle avait dû renoncer à tant de choses au cours des dernières années.

C'était la première fois depuis le décès de leurs parents qu'ils n'étaient pas d'accord. Darcey, de dix ans l'aînée, avait toujours été là pour son frère, quelles que soient les circonstances, le réconfortant quand il pleurait sa mère, calculant leur budget au plus juste pour s'assurer qu'il ne manque de rien.

Il était inévitable qu'il souhaite un jour prendre son envol, et Darcey se réjouissait à cette perspective, mais pas maintenant et pas de cette façon, avec ce projet de voyage qui la perturbait et la consternait.

Quand elle lui avait fait part de ses sentiments, Alexander s'était montré inflexible, et leur dispute l'avait presque convaincue de renoncer à son nouvel emploi. Mais, blessée par l'attitude de son frère, elle avait décidé que pour une fois, elle penserait d'abord à elle. Et maintenant, fatiguée et déprimée, elle était en route pour la nouvelle vie qu'elle s'était choisie, malgré l'anxiété qui la rongeait pour son cadet qui terminait ses préparatifs avant de s'envoler avec ses deux amis pour une destination lointaine, d'où il avait quand même promis de donner de ses nouvelles.

Il avait également promis de venir lui dire au revoir à la gare, mais n'avait pas tenu parole. D'où le retard de Darcey à monter à bord où elle ne devait son siège qu'à l'homme en face d'elle qui s'était replongé dans ses papiers, après l'avoir débarrassée de sa valise. Apparemment, il ne semblait pas souhaiter s'impliquer plus avant, ce qui lui convenait fort bien. Elle se réjouit que l'alcôve ne comporte que deux sièges et non pas quatre comme souvent et fut soulagée d'apercevoir le chariot des rafraîchissements qui approchait.

Elle mourait de faim et de soif et, quand le chariot s'arrêta près d'elle, elle se surprit à demander à son voisin si elle pouvait lui offrir une boisson en remerciement.

— Non, merci, répondit-il levant brièvement les yeux de son ordinateur. Cela dit, j'ai l'impression qu'une collation vous fera le plus grand bien. Vous semblez épuisée.

Puis il retourna à ses notes, et elle ne put retenir une grimace à l'idée de la tête qu'elle devait avoir.

Elle avait conscience que ses cheveux couleur miel manquaient de vie et que plusieurs nuits sans sommeil avaient cerné ses grands yeux bleus. Sans compter sa perte de poids qui avait encore accentué sa minceur. Aucun doute qu'à côté de cet homme bronzé, aux cheveux noirs et vigoureux et aux yeux noisette, elle faisait pâle figure, ce qui acheva de lui plomber le moral.

Tandis que le train prenait de la vitesse, ses pensées revinrent à son frère. Ses deux compagnons de voyage semblaient sérieux, mais cela n'empêchait pas Darcey de s'inquiéter pour sa sécurité. Elle aurait aimé les accompagner à l'aéroport, mais un changement de plan de dernière minute avait repoussé la date de leur départ, et les accompagner aurait impliqué de retarder sa prise de poste. Darcey avait donc décidé de s'en tenir à son propre agenda.

Elle ne put retenir un gémissement de dépit, attirant l'attention de son voisin.

— Tout va bien ? l'interrogea-t-il.

— Oui, merci, répondit-elle, s'efforçant de mettre un peu d'énergie dans sa voix de façon à s'éviter d'autres questions intempestives.

Elle pensa alors au nouvel appartement qui l'attendait, sa nouvelle demeure, et un peu d'excitation lui revint.

Finalement, une annonce du haut-parleur la tira de ses pensées. Elle était arrivée à destination.

Darcey se leva en même temps que son voisin qui, sans rien lui demander, descendit sa valise sans effort, la déposant à ses pieds. Elle se prit à espérer que c'était la dernière fois qu'elle le voyait, tant il était évident qu'il la prenait pour une pauvre petite chose sans défense, ce dont elle ne pouvait le blâmer.

L'homme referma son ordinateur et enfila une chaude veste d'hiver, prêt à descendre du train. Quelle pouvait être sa profession ?

Une fois sur le quai, elle le vit se diriger vers une petite voiture qui attendait devant la gare. Après avoir pris place dans le véhicule, il embrassa la jolie femme au volant qui s'engagea ensuite dans la circulation. De toute évidence, il semblait avoir une vie bien remplie sur tous les plans.

— Alors, Cordelia, comment s'est débrouillée la couvée des Moussaillons pendant mon absence ? demanda Daniel à sa sœur venue l'attendre à la gare.

Tournant la tête, il aperçut la femme qui avait éveillé son intérêt dans le train. Saurait-elle trouver son chemin dans cette ville s'il s'agissait de sa première visite ?

Quoi qu'il en soit, il en avait assez fait pendant le voyage. Elle l'avait probablement trouvé passablement inquisiteur et se débrouillerait fort bien sans son aide.

De toute évidence, elle n'était pas au mieux de sa forme et, s'il n'avait pas eu autant de travail, il aurait sûrement cherché à en savoir plus.

— La « couvée » comme tu dis, a rencontré quelques problèmes, répondit sa sœur en lui jetant un coup d'œil affectueux. Tu leur as manqué, bien sûr, surtout à deux d'entre eux qui ont terminé à Oceans House avec de mauvaises fractures qu'il te faudra traiter. Mais j'espère que tu n'envisages pas d'aller là-bas, ce soir, parce que nous avons des amis à dîner. Nous tenons à ta présence, si tu n'es pas trop fatigué. Les enfants n'ont pas voulu se coucher avant de t'avoir vu. Alors qu'en dis-tu ?

Il lui sourit.

— J'en dis qu'il y a d'autres médecins à Oceans House qui sauront prendre soin de ces garnements. Et j'accepte avec plaisir cette invitation à dîner. J'ai des cadeaux pour les filles dans ma valise et, si elles en ont envie, je leur lirai une histoire. Tu sais combien j'aime mes nièces.

— Oui, je sais, mais j'aimerais beaucoup que tu aies, toi aussi, une famille.

— Ne t'inquiète pas pour moi. À l'époque où j'aurais pu faire quelque chose à ce sujet, j'étais bien trop stupide et aveuglé par mon ambition d'obtenir mon diplôme et de gagner beaucoup d'argent pour subvenir à nos besoins, vu que Katrina avait des goûts de luxe et un tempérament explosif. Elle était persuadée d'avoir toujours raison et depuis notre divorce, ne s'est plus jamais manifestée. Ce qui me convient fort bien. Mais je ne t'apprends rien, n'est-ce pas, petite sœur ?

Cordelia venait de s'arrêter devant un immeuble en bord de mer, pas très éloigné d'Oceans House et proche de sa propre maison, où elle vivait heureuse avec son mari et ses deux petites filles qui adoraient leur oncle Daniel.

— Non, en effet, dit-elle gentiment. Mais peut-être qu'un jour, tu...

— Je ne me ferais pas trop d'illusions à ta place, la coupa-t-il. Je suis heureux de consacrer mon temps à mes patients et de tenir mon rôle lors des sauvetages en mer, quand on fait appel à moi. Par ailleurs, aider les jeunes du club de voile et leur apprendre à manier un canot de sauvetage me procure beaucoup de satisfactions, d'autant que certains ont vraiment besoin d'être guidés d'une main ferme. Quant à ton dîner, je serai heureux d'y venir dès que j'aurai pris une bonne douche.

— Parfait, répliqua sa sœur, l'air ravi. J'avais peur que ce séminaire t'ait épuisé.

— Pas du tout.

Il ne prit pas la peine de mentionner son retour dans le train bondé.

Ce qui lui rappela la femme qu'il avait prise sous son aile. Sans doute s'était-il montré un peu autoritaire et condescendant à son égard, mais peu importait, puisqu'il ne la reverrait jamais.

Passer du temps avec Lawrence, le mari de Cordelia, et leurs deux filles était toujours un plaisir pour lui. Âgées de cinq et sept ans, ses nièces l'accueillaient avec joie et d'autant plus d'excitation qu'il arrivait rarement les mains vides.

Ce soir, pourtant, sa discussion avec sa sœur restait dans son esprit, et il se demanda ce qui le poussait à vivre seul alors que les femmes ne manquaient pas autour de lui. Mais chat échaudé craint l'eau froide et s'étant déjà trompé une fois, il n'était guère pressé de renouveler l'expérience.

Darcey avait enfin atteint Oceans House. Après avoir obtenu la clé du petit appartement qui lui avait été attribué, elle faisait le tour du propriétaire. Sa nouvelle demeure se composait d'une cuisine américaine ouverte sur un salon confortable, d'une chambre et d'une salle de douche. Ôtant sa veste, elle se laissa tomber sur une chaise. Son bonheur aurait été complet si Alex n'avait pas changé ses plans. Avant que l'envie de voyager ne le prenne, il avait en effet été accepté à l'université et obtenu une chambre sur le campus, ce qui signifiait qu'ils auraient pu se voir régulièrement.

Cela étant, elle devait se reprendre, si elle ne voulait pas mettre en péril son propre avenir.

L'espace d'un instant, le souvenir de l'homme dans le train lui revint, avec son autorité naturelle et sa sollicitude. Elle l'imaginait avec une belle épouse et une famille qui attendait impatiemment son retour dans leur vie bien rangée, tandis que la sienne n'était que pagaille ! Mais à quoi bon se torturer ?

Comme son téléphone sonnait, elle l'attrapa prestement dans son sac, espérant entendre la voix de son frère. C'est tout juste s'ils se parlaient encore avant son départ, et elle avait compté sur les adieux à la gare pour se réconcilier avec lui.

Il ne s'agissait malheureusement que du syndic de son ancien logement qui voulait la remercier de s'être promptement acquittée de toutes les sommes restant dues et lui souhaiter bonne chance pour sa nouvelle vie.

Après avoir signé les documents concernant son appartement dans l'enceinte de l'hôpital, Darcey avait reçu toutes les informations concernant son installation. On lui avait notamment indiqué que la cafétéria restait ouverte très tard, si elle avait faim. Les larmes aux yeux, elle décida de s'y rendre, car son estomac se manifestait. À l'exception du petit en-cas acheté dans le train, elle n'avait rien avalé depuis des heures. Une fois rassasiée, elle aurait besoin d'une bonne nuit de sommeil si elle voulait avoir l'esprit clair le lendemain, lors de sa prise de poste.

En regardant son frère jouer avec ses filles, ce soir-là, Cordelia se remémora leur conversation dans la voiture. Daniel avait-il vraiment renoncé à fonder une famille ? Deux de leurs amies – divorcées et prêtes à tenter à nouveau l'aventure – étaient présentes au repas et auraient sauté sur l'occasion s'il avait manifesté un peu d'intérêt.

Ce qui n'était pas le cas. Après l'échec de son mariage avec l'irascible Katrina, il n'était pas prêt à refaire la même erreur.

Pourtant à le voir avec ses nièces Bethany et Katie, il était évident qu'il ferait un père formidable.

Une fois les filles couchées, Daniel s'apprêta à prendre congé.

— Ne comptez pas me voir beaucoup la semaine prochaine, annonça-t-il. Je vais passer l'essentiel de mon temps au bloc et en raison de nombreux départs à la retraite ou en congés maternité, il va y avoir pas mal de bouleversements dans le service.

Au moment où Darcey s'assoupissait, le coup de fil tant attendu arriva enfin. Alexander, gêné et contrit, s'enquit de son voyage puis, une fois rassuré, lui affirma qu'il allait bien et qu'il la rappellerait très vite.

La brève conversation n'avait pas été particulièrement réconfortante, mais trop fatiguée pour réfléchir plus avant, Darcey décida de s'en contenter. Au moins, son frère avait pris contact. De plus, sa nouvelle vie commençait le lendemain et, après tout ce stress, elle avait intérêt à se reposer. Finalement, l'épuisement eut raison d'elle.

Elle fut réveillée au milieu de la nuit par les sirènes d'une ambulance et, après un instant de flottement dans son nouvel environnement, se rendit compte que son logement se trouvait juste à côté des urgences.

En sa qualité de médecin chef, Daniel faisait toujours le tour des salles après avoir opéré au bloc toute la matinée. Il était donc presque midi quand il arriva dans le service pédiatrique, suivi de deux internes, pour s'assurer que la convalescence de ceux qu'il avait déjà opérés se passait bien et contrôler l'état de ceux qui attendaient leur tour.

Soudain, il aperçut la nouvelle infirmière en chef tirée à quatre épingles dans son uniforme immaculé, ses cheveux miel ramenés en chignon sur sa nuque. S'agissait-il vraiment de la personne apathique qu'il avait rencontrée la veille, dans le train ?

Impossible !

La femme passait de lit en lit, distribuant des médicaments et vérifiant la température des jeunes malades, pendant que les membres de son équipe s'acquittaient des autres tâches qui leur avaient été attribuées. En entendant sa voix, elle s'immobilisa et se retourna lentement.

Darcey avait aussitôt reconnu l'homme du train à l'intonation sèche et autoritaire de sa voix. Consciente de devoir l'accompagner pendant sa tournée, elle s'avança pour se présenter, priant d'avoir retenu suffisamment d'informations pendant les quelques heures passées là, pour répondre intelligemment à ses questions sur les jeunes patients.

Sa première question la prit néanmoins de court.

— Pourquoi n'avez-vous pas dit que vous veniez travailler ici, hier dans le train ?

— Je n'avais aucune raison de le faire, protesta-t-elle. Et j'étais bien trop fatiguée pour entamer une conversation.

— Évidemment, reconnut-il.

Il jeta un coup d'œil aux deux internes qui discutaient avec la fillette allongée sur son lit, une jambe en traction.

— Êtes-vous prête, infirmière ? demanda-t-il.

— Oui, docteur Osbourne, répondit-elle d'un ton humble.

Les deux internes se rapprochèrent, et elle sourit à la fillette avant de s'adresser au médecin.

— Olivia semble s'être résignée à son sort pour le moment et, d'après ce que l'on m'a rapporté, il y a beaucoup d'animation par ici, en fin d'après-midi. Certaines de ses amies de l'école lui rendent visite, ce qui l'aide à supporter les heures d'attente.

— Hum... J'en suis sûr, murmura-t-il, toute son attention concentrée sur la jambe de l'adolescente. Elle s'est occasionnée cette fracture lors d'un match de hockey, expliqua-t-il à Darcey, et sa jambe doit rester totalement immobilisée jusqu'à ce que l'os soit consolidé. Vous êtes-vous déjà occupée de ce genre de cas, auparavant ?

— Oui, quelques fois. J'ai travaillé dans un service orthopédique. Puis l'opportunité s'est présentée d'un poste dans cette jolie ville côtière, et je n'ai pas résisté. Je ne m'attendais pas à effectuer ce changement de vie toute seule, mais des contrées lointaines ont contrarié mes plans et comme vous avez pu le constater, hier, je n'étais pas au mieux de ma forme.

— En effet, dit-il, sans manifester beaucoup d'intérêt, avant de se diriger vers le lit suivant, suivi de Darcey et des deux internes.

Sa tournée terminée, Daniel quitta le service. Aussitôt, les conversations allèrent bon train entre les infirmières qui avaient toutes un compliment à faire au sujet du beau médecin. Malgré son aspect bourru, il était très populaire. Elle grimaça au souvenir de ses explications sur sa situation, qui lui avaient peut-être donné l'impression qu'elle faisait allusion à un amour déçu.

Au moment de sa pause déjeuner, Darcey négligea la cantine au profit du bord de mer où soufflait un air frais. Elle resta là à admirer l'océan qui moutonnait.

Alors qu'elle se détournait pour regagner la chaleur de l'hôpital, une voiture noire s'arrêta devant elle au bord du trottoir. Le médecin que le destin s'obstinait à mettre sur sa route, descendit la vitre de la portière.

— Qu'est-ce qui vous prend de sortir ainsi dans le froid, sans une veste sur le dos ?

— C'est la première fois que j'ai l'occasion de voir la mer depuis mon arrivée, expliqua-t-elle. La nuit dernière, il faisait trop sombre, tout comme ce matin. Et je ne suis sortie qu'une minute.

Daniel sourit, ce qui modifia totalement sa physionomie. Et ne fit qu'accroître son charme.

Bientôt, la voiture s'éloigna, la laissant seule avec ses questions. Où allait-il déjeuner ? Où habitait-il ? Avec qui ?

Se ressaisissant, Darcey courut vers l'hôpital. Il était temps pour elle de reprendre le travail.

Loin d'avoir fini sa journée, Daniel se dirigeait vers le club de voile. Il s'y rendait généralement en fin d'après-midi mais, après son congé et les commentaires de sa sœur, la veille, il était impatient d'y faire un saut. Ce qu'il découvrit en arrivant ne le réjouit guère.

Ely, un pêcheur à la retraite qui l'aidait dans la gestion du club, n'était pas là. Quant au bateau qui attirait les jeunes vers le club, il se trouvait en cale sèche.

Que s'était-il donc passé ?

Il téléphona chez Ely pour obtenir des informations sur l'incident. Sa femme, Bridget, lui apprit alors que son mari se trouvait à l'hôpital, suite à des problèmes cardiaques. Ce qui expliquait son absence lorsque le bateau avait subi des avaries.

— Comme vous étiez tous les deux absents, les jeunes, impatients de s'élancer sur les flots, ont sorti le voilier sans permission, lui expliqua-t-elle. La mer était forte et ils ont heurté des récifs. Une vedette a dû se porter à leur secours. Deux d'entre eux ont été blessés et admis à Oceans House.

Après ces nouvelles peu réjouissantes, Daniel reprit le chemin de l'hôpital, où l'attendait la tâche de rendre un peu de mobilité à ceux qui n'en avaient plus.

Dans la soirée, Darcey ne tenait plus en place. Elle n'avait pas reçu de nouvel appel de son frère, rien pour lui apporter un peu de joie après cette première journée à Oceans House. La perspective de passer la soirée à se morfondre devant son poste de télévision ne la tentait guère. Sa journée avait été agréable, mais que faire maintenant ?

Sans réfléchir, elle attrapa sa veste fourrée et enfila ses bottes avant de sortir dans la nuit éclairée par la lune qui se reflétait dans la mer, moins agitée maintenant que dans la journée.

La promenade le long de la plage était bien éclairée et bordée de nombreux bars et restaurants, mais Darcey n'avait aucune envie de dîner seule dans un établissement où elle ne connaissait personne. Elle continua donc son chemin jusqu'au bout de la route, où se trouvait un bâtiment en bois. Là, elle examina les lieux avec intérêt.

Près du port, un grand bateau était en cours de réparation. Des voix jeunes résonnèrent soudain dans la nuit. Tout près se trouvait le centre de secours en mer, fermé pour l'instant. Curieuse, Darcey s'était rapprochée quand une voix plus grave au ton autoritaire résonna dans le silence revenu à l'intérieur du bâtiment en bois. Darcey se pétrifia sur place.

À peine Daniel Osbourne eut-il fini de parler que les jeunes se précipitèrent en trombe hors du bâtiment juste au moment où l'horloge d'un clocher voisin sonnait 22 heures. N'ayant aucune envie d'être surprise à traîner là, Darcey s'éloigna à toutes jambes au milieu des adolescents qui s'éparpillaient sur la promenade et poussa un soupir de soulagement en atteignant son immeuble. Dieu merci, Daniel Osbourne ne l'avait pas vue rôder dehors pendant qu'il s'adressait aux adolescents.

En quoi, elle se trompait. En la voyant détaler, ce dernier conclut que la fuite de la nouvelle infirmière n'avait sûrement aucun rapport avec lui, vu qu'elle n'avait pas remarqué sa présence au milieu des gamins. Comme il ne pouvait décemment pas lui courir après dans cette nuit d'octobre, il se contenta simplement d'accélérer le pas. Mais elle atteignit rapidement son immeuble et se précipita à l'intérieur, la porte se refermant à clé derrière elle.

Il avait seulement voulu s'assurer, en gentleman qu'il était, que cette nouvelle arrivante avait regagné sa demeure en toute sécurité après s'être promenée seule au milieu de cette population nocturne qui fréquentait les établissements le long de la promenade. Cette pensée à l'esprit, il regagna son propre logement tout proche, où il vivait dans une solitude confortable.

Après son retour précipité chez elle, Darcey se prépara une boisson chaude et se remémora le moment où elle avait entendu la voix de Daniel Osbourne. À son ton, elle avait deviné son mécontentement qu'il se chargeait de communiquer à son jeune auditoire qui avait paru contrit lors de sa sortie.

« Club des Moussaillons » était inscrit sur la porte en bois du bâtiment à côté duquel se trouvait le bateau en réparation. Les jeunes étaient-ils responsables de l'état de l'engin ?

Daniel aurait pu le lui confirmer. Il avait créé ce club pour occuper les jeunes et les sortir des rues. Il leur enseignait les complexités de la navigation sur une vedette de secours en mer, plus petite que les canots de sauvetage, mais tout aussi efficace dans les situations de danger près des côtes. Aucun membre n'avait le droit de sortir la vedette de son mouillage sans sa présence ou celle d'Ely.

Ce qui n'avait pas retenu certains des jeunes livrés à eux-mêmes, qui avaient pris la mer et heurté un rocher qui affleurait. En conséquence de quoi, un canot de sauvetage avait dû se porter à leur secours et les ramener à terre, ce qui, aux yeux de Daniel, était encore plus ennuyeux.

Si Daniel avait été passablement mécontent d'apprendre leur méfait, sa colère était encore montée d'un cran quand il avait constaté les dégâts sur le bateau.

D'où la sévère réprimande adressée au reste de la troupe, ce soir, que Darcey avait surprise, et l'humeur de Daniel ne s'était pas améliorée quand il l'avait aperçue par la porte ouverte, debout toute seule dans la nuit. Du coup, il avait eu envie de la rattraper, mais elle s'était enfuie à toutes jambes pour rejoindre son logement.

Avec un soupir, il s'installa devant sa cheminée, dans le salon de l'appartement décoré avec goût qu'il habitait depuis longtemps. Que lui arrivait-il, bon sang ?

Ce soir, s'il avait réussi à rattraper la jolie infirmière, il se serait encore une fois mêlé de ce qui ne le regardait pas.

Et si elle l'avait vu cavaler ainsi derrière elle le long de la promenade, elle l'aurait certainement pris pour un fou, alors qu'il ne cherchait qu'à se rendre utile.

Mais c'était terminé.

À partir de maintenant, il garderait ses distances à son égard et se contenterait de la côtoyer lors de sa tournée médicale.

2

Ignorant la résolution prise par Daniel de la tenir à distance, Darcey engagea la conversation avec lui, à la fin de sa tournée.

— Je suis désolée pour votre bateau, docteur Osbourne. Et j'espère que les deux garçons blessés seront bientôt sur pied. J'étais sur la promenade, hier soir, et j'ai découvert votre club près du port. Si mon jeune frère habitait ici, il serait sûrement tenté d'en être membre.

— Il ne vit donc pas ici ? demanda-t-il, intrigué.

— Non, malheureusement.

À cet instant, un enfant se mit à pleurer, et Darcey s'approcha de son berceau. Le soulevant délicatement, elle serra le petit garçon dans ses bras pour le réconforter.

Apparemment, celui qui l'avait désignée comme infirmière en chef du service pédiatrique ne s'était pas trompé.

— Inutile de dire que j'ai examiné les deux gamins blessés et soigné leurs blessures, ajouta-t-il. Une méchante fracture de la jambe pour l'un et quelques problèmes vertébraux pour l'autre. Ce soir, je compte rendre visite à mon vieil ami Ely, hospitalisé en ville suite à des problèmes cardiaques ; il ignore encore tout de l'accident.

Vu les circonstances, sa femme avait jugé bon de lui épargner les détails.

Comme son travail lui laissait peu de temps pour papoter,

Daniel tourna les talons, non sans avoir jeté un dernier coup d'œil à Darcey qui continuait à bercer l'enfant.

La journée s'achevait. L'équipe de nuit venait de prendre la relève, et Darcey s'apprêtait à rentrer chez elle. Comme elle avait dû mettre l'infirmière de nuit au courant des modifications du traitement d'un de leurs jeunes patients, elle fut la dernière à quitter le service. En bas, le hall était désert à l'exception d'un petit groupe près de la sortie réunissant Daniel Osbourne, la jolie femme venue le chercher à la gare et deux fillettes blotties contre lui.

S'il y avait eu une autre sortie à proximité, Darcey l'aurait empruntée, mais il n'y en avait pas. Elle passa donc très vite à côté de la petite famille et se retrouva dehors dans la froide nuit hivernale. Au moins, sa curiosité au sujet du médecin était satisfaite.

Tandis qu'elle parcourait la courte distance qui la séparait de son appartement, un sentiment de solitude l'envahit – un sentiment nouveau pour elle, suite au départ d'Alex. La scène dans le couloir l'avait touchée malgré elle. Bien sûr, un homme aussi charismatique et séduisant que Daniel Osbourne ne pouvait avoir qu'une belle épouse et de magnifiques enfants.

Absorbé par le babillage de ses visiteurs, Daniel ne remarqua Darcey que lorsqu'elle eut franchi les portes de l'hôpital. En la voyant disparaître, il ne put s'empêcher de soupirer. Il lui arrivait de se sentir seul, et il espérait que la jeune femme l'était moins que lui. Avait-elle quelqu'un dans sa vie, en plus du jeune frère absent qu'elle avait mentionné ?

— Qui était-ce, Daniel ? s'enquit sa sœur qui avait suivi son regard.

— La nouvelle infirmière en chef du service pédiatrique, répondit-il brièvement.

Que dire de plus, alors qu'il ignorait tout de Darcey Howard ?

Après avoir dit au revoir à sa famille, il prit le chemin de son propre appartement dont le silence et le calme ne manquaient jamais de le détendre après le stress et les tensions de ses longues journées.

Sauf ce soir...

Ce soir, il ne tenait pas en place. À son grand désarroi, il ne pouvait s'empêcher de s'inquiéter pour Darcey. Une fois débarrassée de ses vêtements professionnels, allait-elle ressortir explorer la vie nocturne de la promenade comme elle l'avait fait la veille ?

Ce soir-là, Darcey n'avait aucune intention de sortir. Un peu abattue et perdue, elle se contenta d'avaler un dîner rapide et de prendre une douche avant de se coucher. En attendant le sommeil, elle espéra en vain recevoir un appel de son frère.

Un quatrième jour se leva sans nouvelles d'Alex. Elle savait que les trois jeunes gens étaient hébergés ici et là, chez des amis ou des parents jusqu'au jour de leur départ et se morigéna de n'avoir pas insisté pour que son frère lui donne régulièrement de ses nouvelles. Leur vie à tous les deux prenait une toute nouvelle direction, et Alex semblait heureux de ses choix. Pourquoi ne ressentait-elle pas la même euphorie, maintenant que l'opportunité d'être enfin libre de ses mouvements lui était offerte, après tant d'années consacrées à son jeune frère ?

Elle avait quand même besoin de savoir qu'il allait bien et, comme s'il avait lu dans ses pensées, il l'appela au moment où elle s'apprêtait à partir au travail. Alex la rassura et l'interrogea sur son nouveau travail avant de promettre de lui donner des nouvelles dès qu'il le pourrait. Entendre sa voix remit un peu de baume au cœur de Darcey après les heures d'angoisse.

Ces derniers jours, le sourire de la nouvelle infirmière en chef de pédiatrie s'était fait rare mais, ce matin-là, Daniel remarqua un changement. Darcey semblait plus détendue, moins pâle et stressée. Quand il s'arrêta près du premier lit occupé par l'un de leurs petits patients, elle répondit avec assurance à toutes ses questions, notant aussitôt ses commentaires.

Elle se montra tout aussi professionnelle lorsqu'il examina une fillette victime d'une lésion de la colonne vertébrale après une chute de balançoire, et qui souffrait beaucoup. La patiente somnolait d'un sommeil agité, inconsciente d'être le centre d'attention. Daniel lut les notes inscrites au pied du lit.

— Infirmière, je veux qu'on lui fasse un scanner et une prise de sang pour vérifier que rien ne nous a échappé.

— Très bien, docteur Osbourne, répondit-elle avant de faire signe à un aide-soignant d'emmener la petite en radiologie.

Puis, attrapant le téléphone sur son bureau, elle appela les parents de la blessée pour leur faire part des instructions de Daniel, ce qui les inquiéta aussitôt. Ils étaient restés avec leur fille tard pendant la soirée et ne l'avaient quittée que lorsqu'elle s'était endormie, paisible.

L'état de la fillette s'était dégradé au petit matin, quand elle s'était réveillée fiévreuse, en se plaignant de douleurs.

Alors que l'aide-soignant l'emmenait rapidement, Daniel suivit le chariot, non sans avoir au préalable confié à son interne le soin de terminer la tournée des lits.

Darcey n'avait aucune envie de passer l'heure suivante au côté de Brendan Stokes, l'interne chargé de remplacer Daniel pour le restant de la tournée. Hélas, elle n'avait pas le choix. Cet homme odieux avait la fâcheuse manie de la traiter avec condescendance, surtout depuis qu'elle avait refusé son invitation à dîner. Pas question pour elle de fréquenter un personnage aussi arrogant. Alors qu'il aurait dû se concentrer sur les enfants malades qu'il visitait, il ne cessait de la jauger. C'était vraiment un opportuniste, tout le contraire du Dr Osbourne.

Depuis que Darcey avait vu Daniel entouré de sa jolie famille, elle comprenait mieux son bonheur.

Pourquoi s'immisçait-il ainsi dans ses pensées ? L'intérêt que Daniel lui portait se résumait pourtant à s'assurer qu'elle s'acclimatait bien à Oceans House. Quant à elle, elle n'avait aucune raison de songer à lui. Toutes ces années passées à s'occuper de son frère lui avaient laissé peu de temps pour fréquenter le sexe opposé. Si elle avait accepté de sortir avec un ou deux garçons, l'expérience avait rapidement tourné court.

Quand Daniel revint du scanner, elle l'interrogea du regard.

— Je craignais d'avoir laissé passer quelque chose à l'arrivée de cette fillette, mais apparemment tout va bien. En fait, elle avait commencé à développer une infection pulmonaire au moment de l'accident. C'est ce qui lui cause ces douleurs et cette poussée de fièvre. Je l'ai mise sous antibiotiques, alors gardez bien un œil sur elle. Si vous remarquez quoi que ce soit d'anormal, n'hésitez pas à me faire appeler.

— Oui, bien sûr, répondit-elle. Et je ne manquerai pas d'informer l'équipe de nuit.

— Où est le Dr Stokes ? demanda-t-il en regardant autour de lui. A-t-il déjà terminé la tournée ?

— Pas tout à fait, dit-elle en indiquant une petite salle voisine de la principale.

— Parfait, je vais le rejoindre. Tout va bien pour vous ? ajouta-t-il avant de partir.

— Oui, répondit-elle d'une voix hésitante.

— En êtes-vous sûre ? J'ai eu l'impression que vous aviez un peu perdu de votre entrain. Notre travail ici peut être éprouvant parfois...

Devant sa sollicitude, Darcey sentit les battements de son cœur s'accélérer et le rouge lui monter aux joues. Elle le rassura aussitôt sur son état.

Restée seule, Darcey laissa échapper un soupir. Aurait-elle dû révéler à Daniel la raison de sa mélancolie ? Il aurait probablement pensé qu'elle était folle d'être triste alors que le départ d'Alexander lui permettait de retrouver sa liberté.

Darcey avait terminé son service quand deux de ses collègues infirmières lui proposèrent de dîner avec elles dans un restaurant de la promenade. Elle accepta avec joie. Non seulement elle échapperait un temps à sa solitude, mais si Daniel la voyait attablée en bonne compagnie, il cesserait de s'inquiéter à son sujet.

Évidemment, le nom du beau médecin arriva dans la conversation. Darcey fit remarquer que si le club dont il s'occupait se réunissait souvent, sa famille ne devait pas le voir beaucoup.

Ses deux collègues la regardèrent avec étonnement, avant de l'informer que le Dr Osbourne n'était pas marié et que s'il décidait un jour de remédier à cette situation, les prétendantes ne manqueraient pas.

— Tu l'as probablement vu avec sa sœur et ses deux nièces, expliquèrent-elles à Darcey qui les écoutait, curieuse.

Daniel avait été marié dans le passé, mais cela n'avait pas marché et, depuis son divorce, il se consacrait exclusivement aux enfants de sa sœur.

— Comme tu as sûrement dû le constater, il sait très bien s'y prendre avec les petits.

— Euh... Oui, répondit-elle.

Heureusement, elle n'avait fait aucune remarque à Daniel sur la famille qu'elle avait aperçue en sa compagnie...

Le repas achevé, Darcey regagna son appartement à pied. De nouveau, ses pensées se tournaient vers Daniel. Qu'est-ce qui avait bien pu sonner le glas de son mariage ? Et surtout, pourquoi cela l'intéressait-il donc ?

En quittant l'hôpital, Daniel s'était rendu directement au port, pour se renseigner auprès des ouvriers sur l'état d'avancement des travaux. Après avoir appris qu'il faudrait encore une bonne semaine de travail avant que le bateau puisse reprendre la mer, il décida de rendre visite à Ely.

Le vieil homme avait meilleure mine. Son visage s'illumina à sa vue.

— Je suis au courant au sujet du bateau, Daniel, déclara-t-il aussitôt. Ces petits chenapans n'ont pas fini de m'entendre à mon retour. Deux d'entre eux m'ont rendu visite, ce matin, et m'ont tout avoué. Je n'en reviens pas que Bridget ne m'ait rien dit.

— T'ont-ils raconté également que deux de leurs copains se sont retrouvés à Oceans House, suite à des blessures lors de l'accident ?

— Ouais, ils m'ont dit ça aussi. Ils vont devoir faire des gros efforts s'ils veulent un jour faire partie d'une équipe de secours en mer. Y a-t-il eu des appels depuis que je suis ici ?

— Non, Dieu merci. Pour le moment tout est calme.

Daniel se leva.

— Je dois partir, maintenant, Ely. Je vais aller manger un morceau dans un des restaurants de la promenade. Cela m'évitera de me mettre au fourneau en rentrant. Je reviendrai te voir très vite, et en attendant prends bien soin de toi.

— Oui et toi aussi. Je devrais sortir d'ici une semaine.

En roulant le long de la promenade, Daniel espérait presque apercevoir Darcey. Alors qu'il commandait son repas, il se remémora comment Brendan Stokes avait essayé d'inviter la jeune femme à sortir, le matin même, et comment son indifférence lui avait arraché un sourire.

De toute évidence, elle savait se défendre. Ce qui n'empêchait pas Daniel de s'inquiéter de la solitude évidente dont elle souffrait. La romance qu'elle avait mentionnée était-elle vraiment terminée ? Cette histoire douloureuse expliquait-elle pourquoi elle se montrait parfois si distante ? Quoi qu'il en soit, cela ne le concernait pas. Il avait sa propre vie bien organisée, et Dieu sait qu'il ne recherchait pas d'aventure.

Les rigueurs de l'automne commençaient à se faire sentir alors qu'octobre cédait la place à novembre. Et Darcey redoutait déjà l'arrivée de Noël ! Alexander l'avait appelée brièvement pour lui dire qu'il s'amusait beaucoup avec ses amis, sans mentionner un éventuel retour pour la fin de l'année.

Quand il lui demanda ce qu'elle envisageait de faire pour les fêtes, elle resta vague. En réalité, elle s'était portée volontaire avec d'autres pour travailler pendant cette période, afin de permettre à ses collègues de profiter de leurs familles.

Darcey fut un peu inquiète quand un vendredi de novembre, Daniel lui indiqua vouloir lui parler, après leur tournée matinale. Avait-elle commis une faute ?

Quand ils furent seuls, le sourire du médecin la rassura aussitôt.

— Le bateau est maintenant réparé, annonça-t-il, l'air ravi. Je vais emmener quelques membres du club pour une balade le long de la côte, le lendemain de Noël. Je me suis dit que vous aimeriez peut-être nous accompagner ? Certains jeunes sont livrés à eux-mêmes durant cette période, et cette sortie leur fera du bien. Vous êtes la bienvenue, si vous êtes libre, évidemment !

Darcey se sentit rougir. La dernière chose qu'elle voulait, c'était avouer qu'elle s'était portée volontaire pour travailler durant les fêtes, de peur de se retrouver seule.

— Merci pour votre proposition, mais j'ai déjà quelque chose de prévu, répondit-t-elle d'une petite voix.

Elle lut la surprise dans son regard, mais se garda bien de se confier à lui.

Daniel Osbourne n'avait sans doute pas l'habitude qu'une femme refuse une invitation de sa part même si, dans le cas présent, il ne s'agissait pas d'un rendez-vous. Les deux infirmières avec lesquelles elle avait dîné l'avaient décrit comme un solitaire. Il y aurait eu tout une bande d'adolescents pour les chaperonner, si elle avait accepté.

— C'est parfait, du moment que vous ne restez pas seule, dit-il en s'éloignant déjà.

Darcey en aurait pleuré de honte. La façon dont elle avait rejeté sa sollicitude était ridicule, pourtant elle ne pouvait exposer sa vie misérable en ce moment. Et surtout pas devant cet homme qui, bien que réputé pour être un solitaire, ne manquerait probablement pas de compagnie durant les fêtes. Daniel n'était peut-être pas marié, mais sa sœur et ses nièces offraient avec lui l'image d'une bien jolie famille.

Chassant sa conversation avec Daniel de son esprit, Darcey se remit au travail. Il lui fallait faire preuve d'énergie et de concentration, pour soigner au mieux ses patients.

Un gamin d'une dizaine d'années venait d'être admis, souffrant et agressif en raison d'une ostéomyélite, plus fréquente chez les enfants que chez les adultes.

Daniel avait déjà examiné Evan Roberts et demandé qu'il soit admis en pédiatrie. Un traitement à base d'antibiotiques devait calmer l'inflammation. Tandis que Darcey et son équipe suivaient ses instructions et réconfortaient Evan, elle songea de nouveau à l'invitation de Daniel. Avec quelle rapidité elle avait refusé d'aller naviguer avec lui et son club sur l'ancien baleinier de la Navy...

Certes, elle avait une raison tout à fait légitime de décliner son offre, mais se serait-elle portée volontaire pour travailler pendant la période de Noël, si elle avait pu prévoir qu'il l'inviterait ? Et que dirait-il, si elle lui précisait qu'elle serait ravie de les accompagner, une autre fois ? La dernière chose qu'elle voulait, c'était susciter sa pitié...

Daniel avait plusieurs fois fait allusion au canot de sauvetage, une embarcation plus grande et plus puissante que la vedette utilisée par le club, lors des événements locaux dont il assurait la sécurité. C'était un homme passionné, et naviguer avec lui devait être une belle expérience.

Darcey devait se rendre à l'évidence : elle mourait d'envie d'en apprendre plus sur celui qui était entré dans sa vie dans un train bondé.

Darcey s'apprêtait à quitter son service, lorsqu'elle aperçut Daniel qui se dirigeait vers le bureau des infirmières. Sans lui adresser la parole, il se contenta de lui jeter un coup d'œil indifférent. Déçue malgré elle, elle sortit. Mais plutôt que de rentrer chez elle, où une soirée horrible l'attendait, elle décida d'aller dîner au restaurant. Elle pénétra dans l'établissement le plus proche, sur la promenade.

Alors qu'elle s'apprêtait à savourer le repas qu'on avait déposé devant elle, Brendan Stokes surgit devant elle.

— Bonsoir, Darcey. Puis-je me joindre à vous ?

Sans attendre sa réponse, il s'installa en face d'elle et fit signe à la serveuse qui prenait la commande d'un autre client, de l'autre côté de la salle. En découvrant de qui il s'agissait, Darcey retint une grimace.

Elle aurait pourtant dû se douter que le personnel d'Oceans House choisirait le restaurant le plus proche pour se restaurer, après une longue journée de travail !

— Le patron est là aussi, fit remarquer son hôte indésirable. Il n'a pratiquement pas ouvert la bouche de la journée. De toute évidence, quelqu'un l'a mis de mauvaise humeur ce matin.

Soudain, Daniel se leva, prêt à sortir.

— Regardez. À peine arrivé, il s'en va déjà ! Il a probablement reçu un appel pour un secours en mer.

— Pourquoi le Dr Osbourne est-il impliqué dans cette activité de sauvetage ? demanda-t-elle, curieuse.

— Dans le temps, c'était son père qui s'en occupait avec le vieil Ely. Après son décès, il y a deux ans, Daniel a naturellement pris le relais. Lui et Ely espèrent qu'un jour certains de leurs moussaillons rejoindront l'équipage, mais leurs bêtises pendant leur absence ne les ont pas vraiment rassurés.

Comme il sortait du restaurant, Daniel aperçut Darcey et Brendan qui dînaient tranquillement en tête à tête. Devant leur air complice, il serra les mâchoires.

Son interne était-il la raison de l'emploi du temps chargé de Darcey pendant la période de Noël ? Se pouvait-il qu'elle s'intéresse à ce coureur de jupons invétéré ? Son apparent mépris pour lui n'était-il qu'une façade ?

Alors qu'il rejoignait le canot de sauvetage où sa présence

était requise, il comprit soudain que Darcey avait été la première femme à retenir son attention depuis le départ bienvenu de Katrina.

Et apparemment il avait bien failli commettre avec elle une nouvelle erreur monumentale.

3

Au restaurant, Darcey ne toucha pas à son assiette et son indésirable invité s'en aperçut.

— Comme je vous l'ai dit, notre patron n'était pas à prendre avec des pincettes aujourd'hui, pour une raison que j'ignore. Pourquoi ne passerions-nous pas la nuit ensemble, pendant qu'il affronte les vagues ?

Choquée, Darcey se leva brusquement.

— Je m'en vais. La journée a été longue, et je suis fatiguée.

Avant que Brendan ait pu ajouter quoi que ce soit, elle avait payé sa note et quittait le restaurant.

En chemin, elle entendit quelqu'un raconter que les gardes-côtes avaient signalé un yacht en détresse dans la baie et que le bateau de sauvetage en mer était parti à son secours dans la nuit.

Une fois dans son appartement, Darcey s'approcha de la fenêtre qui donnait sur la mer et pria pour que tous reviennent sains et saufs.

Après ce qui lui parut une éternité, elle aperçut enfin le yacht blanc, sous la pâle clarté de la lune, escorté de la vedette de secours. Elle était pleine d'admiration pour l'homme qui après une journée bien remplie à l'hôpital à soigner ses patients, s'était précipité en mer, sans même prendre le temps de manger. Et c'est en songeant à Daniel qu'elle s'endormit, ce soir-là.

Quand Daniel arriva dans le service, le lendemain, il trouva Darcey déjà occupée auprès des patients. Elle lui adressa un sourire timide, auquel il répondit d'un simple hochement de tête. Il avait en effet pris la décision de garder une distance professionnelle avec elle. La voir avec Brendan la veille lui avait fait prendre conscience à quel point il s'était trompé à son sujet. Alors qu'il avait envisagé de remettre en cause sa solitude, il avait découvert qu'elle fréquentait son interne.

La voyageuse fatiguée du train n'avait apparemment pas perdu de temps pour trouver de la compagnie.

Le samedi suivant, Darcey profita d'une journée de congé pour faire quelques courses en ville. Ses achats terminés, elle entra dans un salon de thé, peu pressée de regagner son appartement vide.

À une table voisine, une femme lui sourit, et Darcey reconnut aussitôt la sœur de Daniel.

— Puis-je me joindre à vous ? demanda celle-ci en s'approchant.

— Avec plaisir. Je serai ravie d'avoir un peu de compagnie.

Darcey allait peut-être avoir l'occasion d'en apprendre un peu plus sur l'homme qui occupait toutes ses pensées.

— Je m'appelle Cordelia, dit la femme en s'installant face à elle. Je me souviens vous avoir vue à Oceans House. Mes enfants et moi étions passés voir mon frère Daniel que mes filles adorent.

— En effet, c'était moi. Je n'avais pas voulu vous déranger et suis passée très vite.

— Depuis combien de temps travaillez-vous à l'hôpital ?

— Quelques semaines à peine.

— Et vous vous plaisez ici ?

— Oui et non, répondit Darcey avec quelques hésitations. Je me sens un peu seule, ce qui est normal quand on s'installe dans une nouvelle ville, mais j'adore mon travail. Quand j'ai vu l'annonce pour un poste d'infirmière en chef dans une station balnéaire, je n'ai pas hésité et je ne regrette vraiment pas ma décision.

— Pourquoi ne pas venir dîner chez nous, un soir, pendant les fêtes, pour briser la monotonie ? proposa alors Cordelia. J'inviterai Daniel à se joindre à nous pour grossir les rangs.

Darcey se sentit rougir.

— C'est très gentil à vous de m'inviter, dit-elle précipitamment, mais je crois que le Dr Osbourne me voit suffisamment à l'hôpital sans que je m'immisce en plus dans sa vie privée.

— Très bien. Comme vous voudrez, dit Cordelia. Mais n'hésitez pas à changer d'avis. Maintenant, je dois partir. Mon mari a emmené les filles pour l'après-midi, et ils ne devraient pas tarder à rentrer. Il faut que je prépare le dîner. Une dernière chose avant que je parte, quel est votre nom ?

— Darcey Howard.

— Ravie de vous connaître, Darcey, dit Cordelia avant de prendre congé.

Darcey ne put s'empêcher d'imaginer la tête de Daniel Osbourne s'il la trouvait chez sa sœur. Depuis quelques jours, il se montrait plutôt froid à son égard.

Elle avait vu grand avec son shopping. Les bras encombrés de paquets, Darcey descendit du tramway qui longeait la promenade pour se diriger vers son appartement. Soudain, elle aperçut Daniel qui sortait de l'hôpital.

— Laissez-moi vous aider, dit-il en désignant les sacs. Vous avez déjà commencé vos achats de Noël ?

— Un ou deux, reconnut-elle tandis qu'il la délestait de quelques paquets. Mais pour l'essentiel, mes achats sont des produits de base pour la semaine. J'ai quand même trouvé le temps de boire un thé, ce qui m'a donné l'occasion de faire la connaissance de votre sœur.

Elle vit ses yeux noisette s'écarquiller.

— Vous avez rencontré Cordelia ? s'étonna-t-il.

— Tout à fait par hasard, elle était assise à la table voisine de la mienne. Et elle m'a reconnue pour m'avoir aperçue un soir à l'hôpital. Nous avons un peu discuté.

— Pas de moi, j'espère ? demanda-t-il d'une voix plus froide.

— Eh bien, peut-être un peu, reconnut Darcey, mal à l'aise. Elle m'a invitée à dîner, un soir, pendant les fêtes, mais j'ai estimé que vous me voyiez suffisamment à l'hôpital.

— Ça, c'est vous qui le dites. Mais je croyais que vous étiez prise pendant les fêtes ?

Le moment était venu de lui avouer enfin la vérité quant à son emploi du temps, mais elle ne put s'y résoudre. En fait, elle était blessée que cet homme qui ne ressemblait à aucun de ceux qu'elle avait rencontrés jusque-là puisse l'imaginer en couple avec Brendan Stokes.

— Oui, en effet. Je ne peux pas changer mes plans au dernier moment.

C'était à elle seule, qu'elle faisait du tort, Darcey en avait conscience. Car Daniel se passerait fort bien de sa compagnie.

Ils avaient maintenant atteint la porte de son appartement, devant laquelle Daniel déposa ses sacs, prêt à prendre congé. Darcey comprit alors qu'elle ne pourrait jamais accepter sa pitié ou celle de sa sœur. Et tant pis si cela la condamnait à ne parler à personne pendant toute la période des fêtes, à l'exception de ses patients.

Elle le remercia de son aide, et Daniel tourna les talons, inconscient de l'importance que revêtait pour elle cette rencontre imprévue.

C'est en revenant de chez Ely, de retour à la maison après son hospitalisation, que Daniel avait aperçu Darcey et ses nombreux paquets. Il lui avait proposé son aide par pure galanterie, bien sûr, non parce qu'il avait envie de passer du temps avec elle...

À quoi jouait donc Cordelia ?

Sa sœur n'aimait pas le savoir seul, mais c'était son choix

et même s'il se sentait attiré par Darcey, il ne risquait pas d'oublier qu'elle fréquentait Brendan Stokes. Celui-ci avait posé il y a longtemps ses jours de congé pour les fêtes, afin d'être certain de ne pas avoir à travailler pendant cette période. À aucun moment, cet homme qui n'avait ni femme ni enfants ne s'était préoccupé de savoir si on aurait besoin de lui…

En rangeant ses emplettes, Darcey songeait à sa rencontre avec Daniel. Il n'avait pas insisté pour qu'elle accepte de dîner chez sa sœur, ce qui n'avait rien de surprenant.

Que s'imaginait-il ? Qu'elle le coincerait sous le gui ? Ou qu'elle se présenterait à sa famille, habillée en lutin de Noël ?

Elle l'avait fait plusieurs fois quand Alexander était petit et pleurait la perte de sa mère. Mais aucune chance qu'elle recommence, et encore moins avec Daniel pour témoin. S'il tenait à garder ses distances, elle le ferait aussi.

Avec un soupir, elle se recroquevilla sur son canapé, prête à passer une nouvelle soirée en tête à tête avec elle-même.

En rentrant chez lui après la réunion au club, Daniel avait le sourire aux lèvres. Non seulement Ely était de retour parmi eux, mais l'un des deux gamins blessés aussi. L'équipe était donc de nouveau pratiquement au complet. Il en avait profité pour sermonner les jeunes et leur faire prendre conscience du danger de sortir le bateau sans surveillance.

Il faisait froid, et la glace scintillait sur le trottoir et sur les toits. Tous les établissements de la promenade étaient bondés, chacun cherchant chaleur et compagnie en cette nuit de novembre.

Daniel décida alors qu'un bon dîner était exactement ce qu'il lui fallait, en bonne compagnie si possible. Ses pensées se tournèrent naturellement vers Darcey qu'il avait croisée plus tôt.

Était-elle chez elle ? Que penserait-elle, s'il frappait à sa porte ?

Cette soirée de samedi s'annonçait exactement comme Darcey l'avait prédit : solitaire et ennuyeuse.

Déprimée, elle s'approcha de la fenêtre. Sous la lumière d'un lampadaire tout proche, elle découvrit avec stupeur Daniel qui se dirigeait d'un pas décidé vers sa porte.

— Puis-je entrer ? demanda-t-il quand elle ouvrit la porte. Je craignais que vous ne soyez déjà allée vous coucher, mais apparemment pas.

— Y a-t-il un problème ? s'enquit-elle, sidérée.

— Seulement si vous dites non.

— Pardon ? balbutia-t-elle.

— Je rentrais chez moi après une réunion du club, de très bonne humeur, en fait, parce que la soirée a été formidable avec le retour d'Ely. Et j'ai soudain eu envie de dîner, mais pas seul. Sachant que vous habitez tout près, je me suis dit que j'allais vous inviter.

— Mais je ne suis pas habillée pour l'occasion, protesta-t-elle. Pourquoi moi ?

— Allons, il vous suffit d'enfiler une veste chaude...

— Dans ce cas, d'accord ! La soirée a été longue et je serais ravie de prendre l'air.

Daniel guida Darcey vers les lumières de la promenade.

— Voici mon repaire, déclara-t-il soudain.

Ils venaient de s'arrêter devant le restaurant gastronomique qu'il affectionnait pour dîner, sauf quand il sortait d'une journée chargée à l'hôpital. Dans ce cas, il entrait dans le premier établissement sur sa route, comme celui où il avait vu Darcey en compagnie de Brendan. À ce souvenir, il se crispa malgré lui.

— Ça vous tente ? ajouta-t-il.

— Oh ! oui. Avec plaisir ! s'exclama-t-elle les yeux brillants.

Elle n'avait plus rien à voir avec la voyageuse harassée qu'il avait croisée dans le train. Mais il ne savait toujours rien de sa vie. Elle n'avait mentionné que son jeune frère, mais elle avait sûrement d'autres parents.

Sa famille à lui était plutôt limitée, mais Cordelia, son mari et ses nièces lui procuraient beaucoup de joie, alors que demander de plus ? Et comme la réponse à cette question s'élevait dans sa tête, il la repoussa au fond de son esprit.

Évidemment qu'il voulait des enfants à lui, même s'il adorait ses nièces. Mais pour avoir des enfants, il fallait une mère.

Darcey se rendait-elle dans sa famille à Noël ? Cela expliquerait son emploi du temps chargé – une perspective qui lui plaisait beaucoup plus que de l'imaginer dans les bras de Brendan Stokes.

En lisant le menu, Darcey observait discrètement Daniel, cherchant à deviner ses pensées.

— Alors, dites-moi, que prépare votre famille pour Noël ? demanda-t-il d'un ton léger.

Darcey s'efforça de cacher la douleur que lui causait cette question.

— Si vous parlez de mon frère, il se trouvera quelque part en Thaïlande à Noël, avec deux de ses amis. C'est la première fois que nous sommes séparés à cette époque de l'année, et il me manque. Avec ses copains, ils ont été pris d'une envie de voyage, et je me suis retrouvée seule. Et si j'ai l'air de m'apitoyer sur mon sort, je m'en excuse.

— Qu'en pensent vos parents ?

— Nos parents sont décédés. Alex avait huit ans lorsque c'est arrivé, et je l'ai élevé seule. Nous étions tous les deux et assez heureux, même si j'avais conscience qu'un jour, il partirait de son côté. Curieusement, je ne m'étais pas attendue à ce que cela arrive aussi vite.

Un serveur s'approcha pour prendre la commande et elle s'interrompit jusqu'à ce qu'il s'éloigne à nouveau.

— Le problème quand vous veillez sur quelqu'un, c'est

que cela devient vite une habitude à laquelle il est difficile de renoncer.

— Oui, reconnut-il. Et un souci dont on ne peut pas se défaire aisément. J'ai connu cela. Mais je ne vous ai pas sortie de chez vous pour vous déprimer. Et je suis sûr que votre frère s'en sortira très bien.

— Je sais. C'est moi qui ne m'en sors pas bien.

Il tendit le bras et lui caressa gentiment la main.

— Peu d'adolescentes auraient été capables d'élever leur jeune frère comme vous l'avez fait, de prendre soin de lui jusqu'à ce qu'il devienne un homme. Alors n'ayez aucun regret et réjouissez-vous en le regardant devenir un homme dont vos parents auraient été fiers.

On apporta leurs plats – un véritable festin –, et Darcey se félicita d'avoir accepté cette invitation inattendue. Ce soir, Daniel s'apparentait plus à un ami qu'à un grand ponte de l'hôpital ou au mentor d'un groupe de jeunes marins. Dommage qu'il ne lui ait pas laissé le temps de se changer.

Cela lui ferait un bon souvenir à se remémorer pendant les longues nuits hivernales.

— Vous plaisez-vous à Seahaven ? demanda-t-il. L'absence de votre frère gâche-t-elle votre plaisir ?

— Oui, je reconnais qu'il y a un peu de cela. Pendant longtemps, il n'y a eu que nous deux, et j'ai du mal à accepter le changement. Mais je m'y habitue petit à petit. Après tout, la seule chose qui compte pour moi, c'est qu'il soit heureux et, apparemment, il l'est pour le moment.

— Et vous, Darcey ? Êtes-vous heureuse ? l'interrogea-t-il d'un air grave.

— À cet instant, je suis au paradis, lâcha-t-elle tout de go.

Comme Daniel ne faisait aucun commentaire, elle se mordit les lèvres et n'ouvrit plus la bouche. Les mots avaient jailli spontanément, suite au plaisir qu'elle prenait à ce merveilleux dîner dans ce cadre élégant.

À la fin du repas, ils reprirent le chemin de son appartement, le silence grandissant entre eux. Le plaisir de la soirée se dissipait rapidement, et Darcey se rappela, mal à l'aise, que Daniel ne l'avait invitée à dîner que parce qu'il était seul.

Quand ils atteignirent sa porte, elle l'ouvrit rapidement tout en remerciant Daniel pour le repas. Déjà, il s'éloignait dans la nuit.

Quelques minutes plus tard, Daniel rentrait chez lui. Il retrouva les pièces silencieuses, dénuées de toute touche féminine.

Il reçut un appel lui demandant de se tenir prêt à se porter au secours d'un bateau-mouche bloqué au large, si ce dernier ne parvenait pas à se débrouiller seul. Alors qu'il était d'ordinaire tout dévoué à sa tâche, il n'avait aucune envie de ressortir. Tout ce qu'il désirait, c'était s'asseoir tranquillement pour se remémorer sa soirée avec une femme charmante.

Darcey l'avait impressionné. Dotée d'un grand sens des responsabilités, elle avait dû renoncer à beaucoup de choses au cours des années passées pour prendre soin de son frère. Daniel avait pu constater, non sans un certain soulagement, qu'elle ne portait aucune bague.

Elle l'avait troublé aussi. Il devait bien s'avouer qu'elle l'attirait beaucoup.

Le téléphone sonna de nouveau, avec de bonnes nouvelles cette fois. Le bateau-mouche avait pu gagner le port sans encombre et, après quelques réparations, il pourrait reprendre la mer.

Soulagé, Daniel grimpa lentement l'escalier jusqu'à sa chambre, non sans avoir d'abord jeté un coup d'œil par la fenêtre vers l'appartement de Darcey où la lumière brillait encore.

Comme lui, allait-elle classer cette soirée comme une expérience à ne pas renouveler ? Le souvenir de la souffrance qu'apportait un mariage brisé lui tenait lieu de mise en garde. Cette pensée en tête, il se glissa sous la couette et attendit le sommeil.

Dans son petit appartement, Darcey grimaça au souvenir de son commentaire enthousiaste à propos de la soirée. Mais comment aurait-il pu en être autrement ? Ce dîner bien arrosé en compagnie d'un homme particulièrement séduisant pour lequel elle éprouvait beaucoup de respect avait été un moment enchanteur. Un événement nouveau qui symbolisait parfaitement son nouveau départ à Seahaven.

Son précédent poste d'infirmière dans un petit hôpital avait été aussi astreignant que celui qu'elle occupait actuellement. Sauf que lorsqu'elle raccrochait sa blouse, c'était alors pour se consacrer à Alexander et s'efforcer de compenser la perte de leurs parents. Après tout cela, évidemment, il ne lui restait que peu de temps pour dîner en galante compagnie.

Avec le recul, pourtant, elle aurait préféré se montrer plus réservée. Daniel avait dû la trouver bien naïve, au point qu'il avait gardé le silence au moment de lui dire au revoir.

Lors de leur prochaine rencontre dans le service, elle ferait preuve de plus de retenue afin de ne pas le mettre mal à l'aise. Le lendemain, elle assurerait la permanence, mais comme tous les dimanches, Daniel serait seulement d'astreinte en cas d'urgence. Elle ne le reverrait donc pas avant lundi où le travail passerait avant tout le reste.

En chemin pour sa réunion dominicale au club de voile, Daniel ralentit en approchant de Oceans House, avant de se diriger d'un pas déterminé vers l'entrée principale. Il agissait de façon tout à fait inhabituelle, pourtant il ressentait le besoin de voir Darcey, ne serait-ce qu'un instant, pour lui dire combien il avait apprécié sa compagnie.

La veille, elle s'était ouverte à lui, non seulement en lui faisant part du plaisir qu'elle éprouvait à dîner avec lui, mais aussi en évoquant sa solitude, liée à l'absence de son frère. Au lieu de la réconforter, il s'était refermé sur lui-même. Et il regrettait maintenant cette réaction de pure défense.

Quand il arriva dans la salle, Darcey montrait à une jeune infirmière stagiaire les différents équipements destinés aux jeunes atteints de problèmes orthopédiques. En l'apercevant, elle écarquilla les yeux de surprise.

— Je peux vous dire un mot avant d'aller au club des Moussaillons, infirmière Howard ?

La stagiaire prit congé, et Daniel guida Darcey dans le bureau des infirmières, dont elle ferma la porte derrière eux.

— Je tenais à vous remercier pour votre compagnie, hier soir, commença-t-il. Vous avez gentiment accepté mon invitation de dernière minute, et j'ai l'impression que j'aurais pu me montrer un peu plus sociable. Je vous présente donc toutes mes excuses. J'imagine que vous auriez sans doute préféré la compagnie de mon jeune collègue qui devrait revenir d'ici une semaine.

Darcey se raidit.

— Je suis ici pour travailler, docteur Osbourne, déclara-t-elle. Pas pour me trouver un ami ou un amoureux. Et si c'était le cas, je ne choisirais certainement pas la personne que vous venez de citer. Maintenant, si vous n'avez rien à ajouter, je vais rejoindre la stagiaire qui passe la matinée avec moi.

Daniel la fixa un instant en silence avant de hocher la tête.

— Très bien. Je vous en prie.

Il la suivit des yeux et prit conscience de tout ce que sa détermination à ne plus laisser une femme le blesser lui faisait rater. Sans compter que Darcey Howard le considérait sans doute maintenant comme un homme autoritaire qui se mêlait de ce qui ne le regardait pas.

Mais il avait des projets pour les prochaines heures, des projets qui lui tenaient à cœur. Des projets qui concernaient son père mort en mer, alors qu'il sauvait des vies lors d'un terrible orage.

Après le décès de sa mère quelques années plus tôt, son père et lui s'étaient rapprochés, partageant tous deux le même amour de la mer. Daniel venait d'acquérir le phare désaffecté qui se dressait tel un ange gardien solitaire en haut d'une falaise, à un mile de là. Il envisageait aujourd'hui de le remettre en service d'une façon ou d'une autre, en mémoire de son père.

Jusqu'à leur dîner, la veille, il s'était dit qu'un avis féminin serait peut-être intéressant quant à ses plans pour l'édifice en ruine, mais l'opportunité ne s'était pas présentée. Et maintenant que lui et Darcey étaient en froid, il ferait mieux d'éviter le sujet et de se cantonner avec elle à une relation médecin-infirmière. Ce qui ne l'empêcherait pas de satisfaire sa curiosité au regard de l'agenda si chargé de la jeune femme pendant les fêtes de Noël. À sa grande satisfaction, elle n'était pas aussi proche de Brendan Stokes qu'il l'avait cru.

4

Daniel examinait le phare avec autant d'attention que de plaisir. Bien que vieux et en mauvais état, le bâtiment était idéalement situé et plein de promesses. Avec un peu de réflexion et quelques travaux, il serait certainement possible de lui trouver une nouvelle utilité grâce à sa position stratégique en haut de la falaise.

Il comptait le restaurer en mémoire de son père, Mark Osbourne qui avait placé la sécurité des autres avant la sienne.

Daniel prit beaucoup de notes concernant les réparations à entreprendre. Puis il redescendit lentement le long de la corniche, perdu dans ses pensées, jusqu'à atteindre le lieu de la réunion de son club.

La journée avançait, et Darcey avait du mal à oublier son bref échange avec Daniel, sans pourtant éprouver le moindre remords. Bien que ses relations avec le sexe opposé aient été jusque-là passablement limitées, jamais encore, elle n'avait été bousculée de cette façon.

Pourtant, depuis leur rencontre dans le train, Daniel Osbourne lui était apparu comme une lumière brillante dans la nuit noire. Le fait qu'il ait pu la croire capable de fréquenter Brendan Stokes la mortifiait.

Peut-être avait-elle trop espéré de cette liberté retrouvée. Daniel était le chef de chirurgie orthopédique et, elle, une simple infirmière responsable du service. Tous deux menaient des vies bien différentes.

À la fin de la journée, elle décréta avec humeur qu'elle n'avait besoin de personne pour dîner dans un bon restaurant, si l'envie lui en prenait. Et elle décida donc de retourner seule dans le restaurant que lui avait fait découvrir Daniel. Si l'homme de ses pensées s'y trouvait, elle lui adresserait un sourire à la Mona Lisa et continuerait de savourer son délicieux repas.

Alors qu'elle ruminait encore sa colère, un serveur s'approcha de sa table.

— J'imagine que votre ami médecin ne se joindra pas à vous, ce soir ? On raconte que le canot de sauvetage est sorti et que la mer est démontée.

— Et Daniel Osbourne est à bord ? demanda-t-elle la bouche sèche, son bel appétit brusquement envolé.

— Oui, bien sûr. Il a pris la place de son père et, malgré son travail prenant à Oceans House, il n'hésite jamais quand on fait appel à lui. Tout le monde le respecte par ici.

— Oui, je peux le comprendre, murmura-t-elle en se levant. Excusez-moi, mais je viens de me rappeler un rendez-vous. Je reviendrai un autre jour.

Elle avait besoin de prendre l'air. Car elle venait de prendre conscience de l'intensité de ses sentiments pour Daniel. Leur petite escarmouche matinale lui paraissait maintenant bien futile, au regard de la place grandissante qu'il occupait dans ses pensées.

Se pouvait-il qu'elle soit amoureuse ? Jamais encore elle n'avait éprouvé pareil émoi, en présence d'un homme.

Agitée, elle regagna son appartement dans la nuit froide. Mais une fois rentrée, impossible pour elle de tenir en place. Quelques minutes plus tard, elle ressortait, bataillant contre le vent violent pour rejoindre le port où une petite foule s'était rassemblée – des parents de l'équipage du bateau de sauvetage et des curieux. Tous avaient le regard tourné vers le large, dans l'attente d'un quelconque signe annonçant le retour de l'équipage. Un groupe de jeunes moussaillons attendait également, silencieux et l'air inquiet.

Une femme âgée, dont le calme trahissait une longue habitude de ce genre de situation, passait de l'un à l'autre, distribuant des boissons chaudes acceptées avec reconnaissance.

Elle s'arrêta près de Darcey.

— C'est la première fois que vous vivez ce genre de chose, n'est-ce pas ? dit-elle.

— En effet. Je suis infirmière à Oceans House et je trouve cela terrifiant. Pour quelle urgence le bateau a-t-il été appelé ?

— Deux yachts gouvernés par des équipages inexpérimentés se sont laissés surprendre par le changement de temps. S'ils parviennent à les ramener, vous risquez d'en retrouver quelques-uns à l'hôpital.

À ce moment-là, un membre de l'équipage resté à terre pour garder le contact, cria.

— Ils les ont repérés ! lança-t-il à la cantonade. Un des yachts a coulé, et deux personnes se sont retrouvées à l'eau. Mais ils ont pu les récupérer et ont pris le deuxième yacht en remorque. S'ils ne rencontrent pas de nouvelles difficultés, ils ne devraient plus tarder.

Deux ambulances venaient d'arriver, les hommes prêts à se porter au secours des blessés éventuels. Darcey ne tenait pas à ce que Daniel la découvre au milieu de la foule qui attendait leur retour, mais elle ne voulait pas non plus s'éloigner, tant qu'elle ne le savait pas en sécurité sur la terre ferme.

Elle attendit donc jusqu'à ce que des exclamations de joie retentissent et que le canot de sauvetage apparaisse, traînant le yacht, avec Daniel aux commandes.

Elle fit alors demi-tour et s'éloigna très vite sur la promenade, où restaurants et bars servaient encore leurs clients, inconscients du drame qui s'était déroulé à quelques encablures de là.

Bientôt, Darcey refermait la porte de son appartement derrière elle, envahie par un sentiment de reconnaissance et un immense soulagement.

Les ambulances étaient maintenant reparties, emportant avec elles les blessés qui seraient examinés à l'hôpital principal de la ville.

L'équipage du canot de sauvetage était soulagé d'avoir regagné le port sans encombre. Là, ils avaient été accueillis par une bonne soupe chaude, spécialité de Bridget et remède idéal contre le froid des dernières heures.

Daniel fut étonné d'apprendre qu'une des infirmières d'Oceans House avait attendu avec les autres, très inquiète de leur sort et particulièrement du sien.

— Comment était-elle ? s'enquit-il. A-t-elle donné son nom ?

— Euh... Non, et je n'ai pas pensé à le lui demander, répondit Bridget. Une blonde aux yeux bleus pleins d'angoisse devant l'horreur des événements. Elle est partie quand elle a appris que vous étiez tous sains et saufs.

— Je vois, commenta-t-il d'un air pensif.

Le premier nom qui lui venait à l'esprit était celui de Darcey, mais peut-être prenait-il ses désirs pour des réalités ? Parce que, après leur dispute matinale, il y avait peu de chance qu'elle s'inquiète pour lui.

Le sauvetage, cette nuit, avait été difficile et dangereux et, à leur retour, il avait été le seul à ne pas être attendu par un parent anxieux. Il faut dire qu'il ne tenait pas Cordelia au courant de ses sorties en mer. Après la disparition de leur père qu'elle adorait, il n'avait aucun désir de lui causer plus de chagrin.

Seule sa visite au phare qu'il venait d'acquérir lui avait apporté un peu de plaisir, aujourd'hui, songea Daniel en s'endormant, une heure plus tard. Et si Darcey lui en donnait l'occasion, elle serait la première à qui il parlerait de son achat. Il était impatient de voir sa réaction.

Le lundi matin, Darcey adressa un sourire timide à Daniel, soulagée de le voir égal à lui-même pendant sa tournée. Elle pouvait s'accommoder de son attitude autoritaire, mais pas de la torture qu'avait été l'attente de son retour, la veille. Jamais encore elle n'avait affronté pareille situation.

De crainte qu'il ne la trouve envahissante, elle s'était enfuie avant que le bateau ne touche le quai. Mais sur le chemin de son appartement, elle s'était demandé comment les familles des marins supportaient une telle angoisse.

Deux enfants avaient été admis dans le service, ce matin-là : un petit garçon avec une fracture du coude et une adolescente blessée lors d'une chute de cheval. Tandis que Daniel les examinait, Darcey sentit qu'elle reprenait contenance, après les émotions de la veille.

— Au vu des radios, il ne fait aucun doute que notre jeune Harry souffre d'une belle fracture du coude dont je vais m'occuper en priorité, déclara Daniel. Quant à Ruby, quelques massages et de la chaleur devraient venir à bout de ses douleurs cervicales. Oh ! infirmière, si rien ne vient contrecarrer notre pause déjeuner, je souhaiterais en profiter pour vous montrer quelque chose.

Sur ces mots, il tourna les talons, laissant Darcey médusée. De quoi voulait-il donc lui parler ?

Elle était maintenant beaucoup plus nerveuse en sa compagnie qu'elle ne l'avait été depuis leur rencontre dans le train. En sa présence, c'est tout juste si elle pouvait respirer. Que pouvait-il bien vouloir lui montrer ?

La matinée fut particulièrement chargée dans le service orthopédique. Daniel réduisit la fracture de Harry avant de lui plâtrer le bras puis donna ses instructions à Darcey quant aux soins à dispenser à Ruby.

À midi, Daniel vint la rejoindre.

— On déjeune ensemble ? demanda-t-il.

— Euh... Oui, pourquoi pas. Je comptais manger un sandwich sur le pouce.

— Cela vous ennuierait-il de le manger en voiture ? Nous n'en aurons pas pour longtemps et, après une telle matinée, l'équipe ne s'étonnera pas que vous preniez une pause.

— Très bien, dit-elle avant d'aller chercher sa veste.

Ils avaient dépassé le port et le club des Moussaillons et roulaient maintenant le long de la corniche, Darcey plus déconcertée que jamais par l'attitude de Daniel. Finalement, il gara la voiture devant un phare désaffecté, indiqué comme « VENDU » par une pancarte.

Darcey se tourna vers lui, intriguée.

— Vous avez devant vous le nouveau propriétaire du phare, déclara Daniel avant de jeter un coup d'œil à sa montre. J'ai juste le temps de vous montrer les lieux avant de retourner à Oceans House.

Darcey garda le silence pendant qu'ils faisaient le tour du bâtiment.

— Pourquoi ? demanda-t-elle simplement au moment du départ.

Daniel sourit.

— Votre question ne me surprend pas, et je suppose que beaucoup d'autres se la poseront également. La réponse est que j'ai l'intention de le rénover entièrement et d'en faire un monument à la mémoire de mon père.

— Ah, d'accord, dit-elle. Cela, je peux le comprendre. Je trouve que c'est une excellente idée et si je peux vous aider en quoi que ce soit, n'hésitez pas à demander.

— Votre avis comptait beaucoup pour moi, merci. Maintenant, je nous ramène ; le devoir nous attend.

Daniel aurait aimé demander à Darcey si c'était bien elle

qui avait attendu dans la foule le retour du canot de sauvetage, la veille. Mais cette sortie suffisait pour aujourd'hui. Il ne voulait surtout pas que la jeune femme se méprenne sur ses intentions.

— Votre sœur et son mari sont-ils au courant de vos plans pour le phare ? l'interrogea-t-elle.

— Non. Je ne les mettrai au courant que lorsque tout sera terminé. Cordelia désapprouverait cet achat dans son état actuel, mais quand elle verra le nouveau phare Mark Osbourne après réfection, je suis certain qu'elle sera heureuse. Aussi, je vous serais reconnaissant de ne pas le mentionner, si vous la rencontrez.

Leur absence pendant l'heure du déjeuner n'était pas passée inaperçue dans le service. Un commentaire parvint même aux oreilles de Darcey : Daniel ne serait pas une proie facile pour quiconque ambitionnerait de devenir la deuxième Mme Osbourne, vu qu'il se satisfaisait très bien de sa vie actuelle.

Peu importaient les commérages. Darcey n'imaginait même pas qu'un homme comme Daniel Osbourne puisse s'intéresser à elle, mais elle était ravie qu'il ait voulu connaître son opinion sur son achat.

S'il l'avait invitée à dîner, cela ne signifiait pas qu'elle lui plaisait. Elle devait donc prendre garde à ne pas tomber sous son charme indéniable, au risque de souffrir.

Ce soir-là, seule dans son appartement et sans la moindre envie de sortir pour une fois, Darcey songea à Noël. Le mois de décembre venait de commencer et des décorations avaient été installées le long de la promenade. Pour la première fois, elle passerait les fêtes séparée d'Alexander.

À la place, elle travaillerait et se retrouverait seule chez elle, le soir. Si par hasard, Daniel Osbourne la croisait pendant cette période, qu'allait-il penser de son refus d'aller naviguer avec lui et ses moussaillons ?

Quoi qu'il en soit, elle ne regrettait pas son engagement. Après tout, il fallait bien que quelqu'un s'occupe des malades à Noël et vu qu'elle n'avait pas de famille, elle était la mieux placée pour le faire. Elle s'assurerait que les jeunes patients puissent s'amuser autant que faire se peut, au vu des circonstances.

Darcey devrait cacher ses sentiments naissants pour Daniel, si elle ne voulait pas se ridiculiser, pourtant le simple souvenir de leur visite au phare lui faisait monter les larmes aux yeux. Cet homme était aussi spécial que hors de portée.

Ce jour-là, Darcey partit faire les magasins en quête d'un cadeau pour Alexander. Même si elle ignorait encore quand elle le retrouverait, elle pensait à lui. Elle trouva rapidement ce qu'elle cherchait, puisqu'elle n'avait que deux cadeaux à offrir.

Pendant qu'elle attendait à la caisse d'un magasin du centre-ville, Cordelia Mason la rejoignit, les bras chargés de paquets, pour lui proposer de prendre un café.

Darcey accepta avec joie. La compagnie de Cordelia lui plaisait presque autant que celle de son frère.

— Nous n'avons pas beaucoup vu Daniel, ces derniers temps, fit remarquer Cordelia après qu'elles eurent discuté de choses et d'autres. En général, cela signifie qu'il est très occupé à Oceans House… ou en mer. Le voir prendre la place de papa dans un bateau de sauvetage… c'est effrayant, pour moi. Daniel assume parfaitement ce choix. D'après lui, puisqu'il n'a ni femme, ni enfant, il ne manquerait à personne si, un jour, il ne rentrait pas…

Daniel se trompait, songea Darcey. Quelqu'un mourrait à petit feu, si quelque chose lui arrivait. Elle se garda pourtant de tout commentaire.

— Puis-je compter sur vous pour me prévenir si un jour, il court un grave danger dont il aurait omis de m'informer ? demanda Cordelia d'une voix anxieuse.

Darcey accepta d'un signe de tête, tout en priant pour qu'une telle occasion ne se présente jamais.

Sa compagne jeta un coup d'œil à sa montre.

— Je vais devoir vous quitter, Darcey, annonça-t-elle. Il faut que je passe récupérer les enfants à l'école. Mais l'invitation de venir dîner à la maison tient toujours. Cela m'ennuie de vous savoir seule pendant les fêtes de Noël.

Darcey déglutit avec difficulté. Aucune chance qu'elle se laisse entraîner dans ce genre d'arrangement. Outre qu'elle s'était portée volontaire pour travailler, Daniel verrait sûrement d'un mauvais œil la façon qu'elle avait eue de travestir la vérité pour refuser d'aller naviguer avec lui.

Elle n'avait aucune envie de s'immiscer dans la vie de Daniel et de ceux qu'il aimait. Elle avait vérifié l'agenda de l'hôpital et constaté qu'il ne serait joignable qu'en cas d'urgence durant les fêtes. Le travail quotidien serait assuré par deux internes et un consultant à la retraite qui avait proposé ses services pour permettre à Daniel de prendre quelques jours de vacances.

Le lendemain matin, ils se retrouvèrent pour leur tournée quotidienne.

— J'ai appris que vous aviez rencontré Cordelia, hier, commença-t-il d'un ton amical. Apparemment, elle insiste pour que vous alliez leur rendre visite pendant les fêtes de Noël, bien que vous soyez déjà prise. Je me dois quand même de vous prévenir qu'elle a certainement une idée derrière la tête. Ma sœur est une véritable entremetteuse, bien décidée à me faire renoncer à mon statut de célibataire.

Darcey se sentit rougir mais parvint à répondre d'une voix calme.

— Merci de l'avertissement, mais comme je l'ai déjà mentionné, je serai prise pendant la période des fêtes.

— Puis-je vous demander avec qui vous passerez Noël ? l'interrogea-t-il brusquement.

Surprise qu'il s'intéresse ainsi à sa vie privée, Darcey parcourut des yeux les lits qui les entouraient.

— Je serai avec ceux que j'aime, répondit-elle. Que demander de plus ?

Quand leurs regards se croisèrent, celui de Daniel brûlait de curiosité, et le sien peinait à retenir ses larmes de solitude.

Une fois la tournée terminée, Daniel regagna l'aile de l'hôpital qui abritait le cabinet où il donnait ses consultations deux fois par semaine. Darcey, aidée de son équipe, vaqua quant à elle à ses tâches quotidiennes. Mais sous son apparence sereine, elle avait peine à cacher sa tristesse et son désespoir. Daniel lui avait en quelque sorte demandé de refuser l'invitation à dîner de Cordelia, au motif que cette dernière brûlait de le voir marié et aussi heureux qu'elle.

Cela la blessait d'autant plus qu'il n'avait jamais été question pour elle de sympathiser avec sa famille en vue de se rapprocher de lui. Elle avait plus de fierté que cela et, si elle n'avait pas choisi de se consacrer à son jeune frère, elle aurait sûrement trouvé l'amour depuis longtemps. Mais elle n'avait aucun regret. Les besoins d'Alexander étaient toujours passés en premier pour elle.

Dans son bureau, Daniel grimaça en se rappelant sa conversation avec Darcey. Ses propos pouvaient prêter à confusion et donner l'impression qu'il se considérait comme un bon parti et non comme un solitaire, objet d'une enchère matrimoniale.

Le fait est que sa rencontre avec Darcey Howard l'avait considérablement perturbé. Sa solitude, jusque-là confortable, lui apparaissait maintenant comme un poids de plus en plus difficile à supporter. Pour couronner le tout, les manœuvres de Cordelia ne faisaient qu'envenimer la situation.

À la fin de la journée, il rendit visite à sa sœur qu'il trouva dans sa cuisine, occupée à préparer le repas du soir. Il fut aussitôt invité à le partager avec eux.

— Non merci, je vais rentrer, répondit-il gentiment.

Il tenait beaucoup à elle, bien trop pour avoir envie de se disputer avec elle, mais tenait quand même à clarifier la situation. Il fallait qu'elle comprenne que s'il décidait un jour de se remarier, il prendrait lui-même les choses en main et ferait sa demande sans l'aide de personne. Du coup, il entama la conversation en disant que Darcey lui avait parlé de leur rencontre et de son invitation à venir dîner chez eux pendant les fêtes.

— C'est exact, déclara sa sœur. Elle est si seule, Daniel.

— C'est faux, répondit-il d'un ton ferme. Quand je lui ai proposé de venir faire du bateau avec moi et les jeunes du club, elle m'a répondu qu'elle était prise pendant toutes la période des fêtes. Je ne sais pas avec qui, et cela ne me regarde pas. Peut-être envisage-t-elle de passer Noël avec son jeune frère, s'il est rentré de voyage ? Quoi qu'il en soit, son agenda est plein, et elle n'a rien d'une âme en peine. Tu te fais des idées.

— Très bien. Mon imagination me joue peut-être des tours. Mais si Darcey décide finalement d'accepter mon invitation, promets-moi de bien l'accueillir.

— Évidemment ! s'exclama-t-il, outré. Pour qui me prends-tu ? Tu imagines peut-être que je vais l'ignorer ou me montrer désagréable avec elle ?

Il ne risquait pas d'informer Cordelia que Darcey occupait toutes ses pensées depuis qu'il avait posé les yeux sur elle dans un train bondé. Oui, elle lui plaisait, mais pas au point de renoncer à sa liberté.

Des voix s'élevèrent à l'étage, et Cordelia renouvela son invitation.

— Le feuilleton télé de ton fan-club est bientôt terminé, et les filles ne tarderont pas à descendre. Tu es certain de ne pas vouloir rester dîner ?

— Oui, répondit-il. J'ai encore du travail. Mais que dirais-tu que je les prenne avec moi, samedi prochain ? Ainsi, toi et Lawrence pourrez passer un peu de temps seuls pendant la journée.

— Ce serait formidable ! s'exclama-t-elle. Mais tu es sûr de ça ? Tu es toujours si occupé.

— Oui, je suis sûr, répondit-il avec un sourire. Je les emmènerai faire un tour en bateau, samedi matin, et au cinéma, l'après-midi. Il n'y aura pas de réunion du club, ce week-end. À la place, les moussaillons ont organisé un dîner dansant dans un grand hôtel de la promenade afin de récolter des fonds qui serviront à payer la réparation du bateau. Et maintenant il faut vraiment que je me sauve, dit-il en embrassant Cordelia.

À défaut de rendre heureuse sa sœur en se mariant, il pouvait au moins lui faire plaisir en lui offrant un peu de temps libre. Et puis, s'occuper de ses nièces était toujours un plaisir pour lui.

5

Darcey jeta un œil à sa penderie. Elle n'avait rien à se mettre pour sortir. Les membres du club des Moussaillons étaient passés à Oceans House pour vendre des tickets en vue d'une soirée dansante. Après quelques instants d'hésitation, elle en avait acheté un. S'amuser lui ferait du bien.

Ne lui restait plus qu'à trouver la tenue adéquate, avant le jour J.

Après un repas rapide, elle prit donc le tramway pour se rendre au centre-ville et finit par tomber en arrêt devant une robe en soie turquoise qui mettait en valeur sa blondeur dorée et les courbes harmonieuses de son corps. Une paire de chaussures assorties et une veste en fausse fourrure pour se protéger du froid hivernal complétèrent ses achats qui l'enchantèrent.

Alors qu'il rentrait chez lui en voiture, Daniel aperçut soudain Darcey. Elle marchait d'un pas rapide en direction de son immeuble, un sac d'une boutique de mode au bras. Il se demanda aussitôt à quelle occasion elle envisageait de porter ses achats, son imagination fiévreuse lui renvoyant immédiatement la vision de Darcey dans les bras d'un autre homme.

Il était vraiment curieux de savoir ce qu'elle ferait durant les fêtes – et avec qui.

En rentrant chez lui, il reçut un appel de l'architecte qui souhaitait s'entretenir avec lui des travaux de rénovation du phare.

Leur conversation terminée, il jeta un œil par la fenêtre. La lumière luisait dans l'appartement de Darcey. Bien qu'elle continue d'occuper ses pensées, il s'interdit de regarder dans cette direction pendant tout le reste de la soirée.

Le dîner dansant se tenait dans un grand hôtel, et les convives étaient nombreux. Les habitants de la ville avaient répondu présent pour soutenir la sécurité en mer à Seahaven.

Darcey, parée de sa nouvelle robe, s'efforçait de tenir à distance Brendan Stokes – de retour de formation. Elle ne pouvait s'empêcher de chercher Daniel dans la foule, espérant qu'il ferait une apparition, ce qui était loin d'être certain. Une collègue infirmière lui avait indiqué qu'il avait été retenu à l'hôpital, à la fin de son service. Un homme avait en effet été amené aux urgences, souffrant d'une lésion de la colonne vertébrale.

Quand il apparut enfin, Darcey se sentit frémir tout entière, sous le coup de l'émotion. Mais alors qu'elle le dévorait des yeux, Daniel se contenta de lui adresser un bref sourire, avant d'aller rejoindre la vieille dame qui avait distribué des boissons chaudes, la nuit du sauvetage en mer, et un homme âgé qui devait être son mari.

— Si le patron décide un jour de se passer de nouveau la corde au cou, aucune chance qu'il choisisse une collègue de l'hôpital, déclara Brendan qui avait suivi son regard.

Sur ces mots et à son grand soulagement, il la laissa pour rejoindre un groupe de jeunes femmes médecins.

Restée seule, Darcey s'accrocha à son verre. Elle se sentait soudain comme une étrangère au milieu de ce rassemblement pourtant joyeux. Alors qu'elle s'apprêtait à partir, Daniel s'approcha d'elle.

— Ne laissez pas Brendan Stokes vous blesser, Darcey. Il n'en vaut pas la peine. Et si vous vous joigniez à Bridget, Ely et moi-même, à table ?

— Avec plaisir, répondit-elle en souriant.

Lorsque Daniel la présenta à ses amis, Darcey comprit que Bridget se souvenait parfaitement d'elle. Heureusement, la vieille dame ne fit aucun commentaire sur la façon dont Darcey s'était inquiétée, lors de cette soirée sur le port, où toutes deux attendaient le retour des sauveteurs en mer.

De son côté, Ely la regarda avec insistance, comme s'il était étonné de voir Daniel en compagnie d'une femme. La lueur de surprise sur son visage augmenta encore quand Daniel l'entraîna sur la piste de danse.

Bientôt, elle savoura le contact de ses mains sur sa taille. Tous les regards étaient fixés sur eux, pourtant elle ne pouvait détacher le sien de son cavalier.

— Voilà de quoi alimenter les commérages. Ma sœur va peut-être cesser de me présenter des femmes, si elle me croit en couple, acheva-t-il avec désinvolture, rompant aussitôt le charme.

À peine eut-il prononcé ces mots que Daniel sentit Darcey se raidir dans ses bras. Que lui avait-il pris, de dire une chose pareille ? Déjà, elle le laissait là pour rejoindre un groupe d'infirmières d'Oceans House, assises à une table près du bar.

— Qu'as-tu donc fait à la demoiselle ? s'étonna Ely quand il rejoignit sa propre table.

— Darcey est l'infirmière dont je t'ai parlé, ajouta Bridget. C'est elle qui a attendu avec moi sur le port, le soir du sauvetage en mer. Elle était inquiète pour toi, tu sais.

Daniel haussa les épaules, mal à l'aise.

— C'est l'infirmière en chef du service pédiatrique. Nous travaillons ensemble, mais il n'y a rien entre nous. Je l'ai invitée à se joindre à nous parce qu'elle était seule, voilà tout.

— Quel dommage, commenta Bridget. Je suis toujours prête à m'acheter une nouvelle tenue quand j'entends résonner les cloches de l'église.

Daniel ne l'écoutait qu'à moitié. Darcey était absolument magnifique dans cette robe turquoise. Représentait-elle ce qui manquait dans la vie qu'il s'était choisie depuis son divorce ? La femme douce et attentionnée qui lui était apparue dans ce train bondé, pouvait-elle représenter davantage pour lui qu'une simple collègue ?

Il aurait pu la garder contre lui des heures et la faire virevolter sur la piste de danse, s'il n'avait pas été irrité par tous les regards fixés sur eux. Mais il s'était montré grossier. Et maintenant sa chance était passée, et il ne pouvait s'en prendre qu'à lui-même.

Tournant la tête en direction de la table où Darcey s'était assise, il vit que sa place était vide. Il se dirigea alors vers l'entrée de l'hôtel où il l'aperçut montant dans un taxi qui démarra aussitôt. Se précipitant, il fit signe au taxi suivant dans la file et lui demanda de suivre le véhicule devant eux.

Darcey quittait son taxi quand, à sa grande surprise, Daniel descendit d'un autre véhicule.

Pressée de mettre le plus de distance possible entre elle et lui, elle se précipita vers son immeuble. Il la rattrapa sur le seuil.

— Puis-je vous parler un moment, Darcey ?

Sans répondre, elle lui fit face.

— Je voulais juste m'excuser pour ma maladresse de tout à l'heure. Je n'ai jamais voulu vous offenser, et ne croyez surtout pas que je vous ai invitée pour alimenter les commérages. En fait, vous étiez si belle dans cette robe que je n'ai pu résister. Mais sur la piste de danse... Tous ces regards braqués sur nous m'ont déstabilisé.

Il marqua une pause, avant de poursuivre :

— Beaucoup trop de monde s'intéresse à ma vie amoureuse. On voudrait me voir de nouveau la bague au doigt, alors que je n'ai pas l'intention de me remarier. J'ai même entendu dire que des paris sont lancés chaque fois qu'on me croise en compagnie d'une femme. Quoi qu'il en soit, je m'excuse si je vous ai blessée, Darcey.

— Inutile de vous excuser, docteur Osbourne, répondit-elle sèchement. Je n'ai aucun désir de me mêler de votre vie privée, pas plus que je n'ai envie de devenir la risée de ceux qu'elle intéresse.

Il laissa échapper un soupir.

— Je ne peux vous en vouloir de réagir ainsi. Et puisqu'il semblerait que vous ayez déjà quelque chose de prévu pour les fêtes, je vous souhaite de passer du bon temps.

Durant quelques secondes, Darcey fut tentée de lui révéler la nature de son emploi du temps. Pourtant, elle garda le silence tandis que Daniel disparaissait dans la nuit.

Daniel rentra directement chez lui et s'assit, les yeux fixés sur les fenêtres de Darcey. C'était une jeune femme douce qui méritait bien mieux que lui. Il ferait en sorte de l'éviter en dehors de l'hôpital, car la dernière chose qu'il voulait, c'était compliquer la situation, entre eux, ou la faire souffrir. Il était loin de se douter que de son côté, Darcey ne souhaitait qu'une chose : être auprès de lui, dans ses bras comme dans sa vie.

De retour au travail le lundi matin, Darcey fut soulagée de ne pas avoir à y croiser l'objet de ses pensées. En effet, Brendan Stokes était responsable de la tournée des patients à la place de Daniel, appelé sur un nouveau sauvetage en mer. Bientôt pourtant, son répit se mua en inquiétude. Imaginer Daniel luttant contre les éléments dans des eaux dangereuses lui était difficile, même si elle ne l'en admirait que davantage.

Cette fois, impossible pour elle de se précipiter sur le port pour surveiller le retour du canot de sauvetage. Aussi ne tenait-elle pas en place en attendant de savoir si tout le monde allait bien. Heureusement, Bridget passa à l'heure du déjeuner avec une bonne nouvelle. Tout s'était bien terminé.

Darcey entra alors dans son bureau et composa le numéro de la sœur de Daniel. Après tout, elle lui avait promis de la tenir informée quand Daniel sortait en mer. Si elle n'avait pas eu le courage de l'appeler avant d'avoir des nouvelles rassurantes, elle pouvait le faire à présent.

Comme Cordelia ne décrochait pas, Darcey reposa le combiné au moment même où Daniel entrait.

— J'essayais justement de joindre votre sœur, dit-elle avec un sourire.

— Et pourquoi donc ? demanda-t-il, le visage fermé.

— Eh bien, Cordelia m'avait demandé de la tenir au courant de vos missions de sauvetage. Je me suis dit qu'elle entendrait parler de votre virée matinale, et qu'il valait mieux que je prenne les devants et la rassure avant qu'elle s'inquiète.

— Je vois, commenta-t-il d'une voix neutre. Seulement, je doute que lui parler de mes missions la rassure. Elle a déjà été suffisamment éprouvée par la mort de notre père, inutile donc de lui causer des soucis supplémentaires.

— Dans ce cas, pourquoi le faites-vous ? l'interrogea Darcey. Pourquoi ces missions en mer, alors qu'elles bouleversent votre famille ?

— Parce que c'est ce que mon père aurait voulu que je fasse.

Il avait l'air grave, et elle n'osa lui dire que son père aurait été très fier du métier qu'il avait choisi. En tant que médecin, Daniel sauvait tant de vies à Oceans House ! Pourquoi fallait-il qu'il risque la sienne aussi ?

Le courage de cet homme était exemplaire, mais il causait bien du tracas à ceux qui l'aimaient.

C'est le cœur lourd qu'elle le regarda s'éloigner.

Au cours de ses consultations, Daniel ne cessait de repenser à sa conversation avec Darcey. Pourquoi s'était-il montré aussi brutal avec elle ? Après tout, elle avait voulu bien faire en appelant sa sœur. Décidément, il multipliait les erreurs, avec elle.

Et s'il lui envoyait des fleurs ? Des roses peut-être, avec un mot d'excuse qui permettrait d'oublier cet épisode – un geste sans ambiguïté qu'elle ne risquait pas de mal interpréter ?

Après le départ de son dernier patient, il appela donc un fleuriste pour commander un bouquet à livrer le jour suivant. Il devait en effet s'envoler pour un séjour de deux semaines aux États-Unis, au cours duquel il tiendrait des conférences dans divers hôpitaux destinées aux personnels des services orthopédiques. Il reviendrait le 24 décembre et se rendrait directement chez sa sœur pour le réveillon, pendant que Darcey passerait son premier Noël à Seahaven avec Dieu sait qui.

À 6 heures, le lendemain matin, un taxi vint le prendre pour le conduire à l'aéroport, longeant la promenade déserte. La perspective de ne pas voir Darcey pendant deux semaines le tourmentait déjà.

Dans une heure, avant qu'elle parte au travail, les fleurs lui seraient livrées, et il n'aurait aucun moyen de connaître sa réaction. Sans doute était-il nerveux parce que c'était la première fois qu'il offrait des roses à une femme depuis la fin de son mariage.

Alors que Darcey mettait la dernière touche à sa tenue avant de partir au travail, on frappa à la porte de son appartement. Intriguée, elle alla ouvrir et se retrouva devant un magnifique bouquet de roses. Après avoir remercié le coursier, elle ouvrit la carte d'une main tremblante.

« Désolé de m'être montré aussi désagréable, hier. Daniel. »

Les battements de son cœur s'accélérèrent à l'idée qu'au milieu de ses préparatifs de voyage, il avait pris le temps de lui envoyer un signe de paix. Et c'est d'un pas léger qu'elle prit la direction de l'hôpital pour passer la journée avec ses jeunes patients.

Le samedi suivant, huit jours après le départ de Daniel, Darcey alla faire quelques courses. Ses achats terminés, elle entra dans le salon de thé où elle avait rencontré Cordelia, la dernière fois, dans l'espoir qu'elle y serait de nouveau. Elle ne fut pas déçue en l'apercevant assise à une table.

Impatiente d'avoir des nouvelles de Daniel, elle s'empressa de la rejoindre et l'écouta raconter combien son frère appréciait son séjour et sa visite de quelques-unes des plus grandes villes américaines, où il était chaque soir invité par ceux avec qui il travaillait pendant la journée.

Le nom de Mallory, une collègue médecin, ressortit plusieurs fois, et le plaisir que ressentait Darcey depuis la réception du bouquet de fleurs commença à se dissiper.

— Êtes-vous sûre de ne pas vouloir vous joindre à nous pour Noël, Darcey ? proposa une nouvelle fois Cordelia. Mon invitation tient toujours, et vous êtes la bienvenue si vous êtes seule.

— Non, tout va bien. J'ai déjà quelque chose de prévu, répondit-elle, s'efforçant de prendre un ton assuré. Mais merci beaucoup de votre invitation, Cordelia, et acceptez tous mes meilleurs vœux pour vous et votre famille.

Un peu plus tard, sur le chemin du retour, elle baissa les yeux vers le sac qu'elle portait. Il ne contenait guère plus que ses courses habituelles pour la semaine. Une boîte de chocolats était le seul extra qu'elle s'était accordé pour les fêtes.

Soudain, l'image de parents inquiets auprès du lit de leurs enfants malades ou blessés s'imposa à son esprit. Leur consacrer du temps serait un privilège. Il n'y avait vraiment pas lieu de se lamenter sur son sort.

C'était la veille de Noël et Daniel, assis à l'arrière d'un taxi, roulait en direction de son appartement. S'il avait apprécié sa visite aux États-Unis, il était impatient de rentrer chez lui.

Après s'être changé, il rejoindrait Cordelia et sa famille.

Il n'avait pas très envie de faire la fête, mais ses deux petites nièces l'adoraient, et sa présence le matin de Noël ajouterait encore à l'excitation du moment. Pas question donc de les décevoir.

Qu'avait prévu Darcey pour cette soirée ? se demanda-t-il une nouvelle fois. En tout cas, il ne ferait pas partie de ses projets.

Que se serait-il passé, si au cours de la soirée dansante, il s'était montré un tant soit peu romantique avec elle, plutôt que de se comporter comme un rustre ?

Peut-être auraient-ils commencé une belle histoire, rare et précieuse…

Hélas, surpris par ses propres émotions, il avait érigé une forteresse autour de son cœur, allant jusqu'à rejeter la jeune femme qui le regardait avec des yeux si doux. Il s'était retranché dans sa solitude, plutôt que de s'ouvrir à des sentiments aussi intenses qu'effrayants.

Aujourd'hui, il regrettait son attitude.

Au cours de son séjour aux États-Unis, une jolie consœur médecin du nom de Mallory l'avait accompagné pendant ses visites d'un hôpital à un autre. Ils avaient dîné ensemble, le soir, et elle n'avait pas fait mystère de son intérêt pour lui.

Mais aussi agréable qu'elle était, Mallory n'avait suscité aucune émotion, en lui. Au contraire, Darcey occupait toutes ses pensées. Il la revoyait occupée à calmer un bambin agité, dans le service pédiatrique de l'hôpital, ou troublée devant le phare qu'il venait d'acheter.

Alors que le taxi approchait de l'hôpital, il fut tenté de l'arrêter pour frapper à la porte de Darcey, mais abandonna cette idée en ne voyant aucune lumière à la fenêtre. Apparemment, les festivités de Noël avaient déjà commencé pour elle.

Pendant l'absence de Daniel, Darcey et Cordelia étaient devenues amies. Elles s'étaient vues à plusieurs occasions, et

Cordelia avait chaque fois insisté pour que Darcey se joigne à leur petite famille, à l'occasion du réveillon de Noël.

Darcey avait été tentée d'accepter, mais elle ne voulait pas donner l'impression à Daniel de s'immiscer dans sa vie privée. Elle imaginait déjà son expression, s'il la découvrait chez sa sœur en revenant de voyage...

Finalement, un argument de Cordelia eut raison de ses résistances.

— La fête se terminera vers minuit, et Daniel ne sera de retour qu'aux premières lueurs du jour de Noël. En dînant avec nous, vous ne le croiserez même pas ! Et vous ferez grand plaisir à l'une de mes filles en venant, car figurez-vous qu'elle a décidé de devenir infirmière ! Elle aura sûrement mille questions à vous poser à ce sujet avant d'aller se coucher.

— Entendu, je viendrai, avait capitulé Darcey, incapable de résister à la perspective de passer un joyeux réveillon en bonne compagnie.

Puisqu'elle serait partie bien avant l'arrivée de Daniel, il n'y avait aucune raison qu'elle refuse une soirée agréable.

Il n'y avait qu'un seul petit inconvénient à cet arrangement. Daniel lui manquait, et elle était impatiente de le revoir. Or en l'évitant de la sorte, elle ne le reverrait pas avant la fin de l'année, puisqu'il serait en congés jusque-là.

Sauf si elle trouvait une bonne excuse pour le croiser.

Parée de la robe turquoise achetée pour la soirée caritative, Darcey se sentait bien, au milieu des invités sympathiques de Cordelia et Lawrence.

Mais, telle Cendrillon, elle devait partir avant minuit. Aussi à l'approche de l'heure fatidique, fit-elle le tour des convives pour prendre congé. Après avoir refusé d'être raccompagnée par l'un des invités qui souhaitait faire plus ample connaissance, elle quitta la fête. Puis elle remonta la promenade brillamment éclairée, en direction de son petit appartement.

Le taxi longeait maintenant la côte en direction de Seahaven. Soudain, le véhicule passa près du vieux phare, qui se découpait sous la lune pâle. Daniel ressentit un élan de tendresse envers Darcey qui avait tout de suite compris la raison pour laquelle il avait acquis ce bien d'exception, un lieu qui lui rappelait son père disparu trop tôt.

La voiture ralentit à proximité de la promenade, où des groupes de fêtards célébraient minuit et l'arrivée de Noël.

Il avait réussi à prendre un vol plus tôt que prévu et serait bientôt auprès de sa famille et de ses amis. Mais la personne qui lui manquait le plus serait ailleurs, et il aurait donné cher pour savoir où...

Son vœu fut exaucé.

Darcey lui apparut brusquement, vêtue de cette robe turquoise qui lui allait si bien. L'air songeur, elle marchait d'un bon pas en direction de son appartement. Il demanda aussitôt au taxi de s'arrêter un instant et sortit en coup de vent du véhicule pour courir après elle.

Alertée par le bruit de ses pas précipités, elle se retourna vers lui et se figea, visiblement sidérée de le découvrir là.

— Que faites-vous donc dehors toute seule à cette heure ? demanda-t-il d'une voix calme. Où sont donc les amis avec lesquels vous passez les fêtes ?

Il aurait pu trouver mieux, comme entrée en matière, mais la curiosité le tenaillait.

— C'est à partir de demain que je serai prise, répondit-elle, les sourcils froncés.

— Dans ce cas, puis-je savoir d'où vous venez ? s'enquit-il d'une voix impatiente.

Que lui arrivait-il ? Voilà qu'il se livrait avec elle à un véritable interrogatoire.

— J'ai dîné chez votre sœur. En fait, elle m'avait assuré que je ne vous croiserais pas. Je n'aime pas m'imposer et je sais qu'il vous aurait été pénible de me trouver à votre arrivée, au milieu de vos proches...

— Ah oui ? J'aurais été déçu de vous croiser chez ma sœur ? Vous me connaissez donc si bien ?

— Oui, enfin, jusqu'à un certain point, répliqua-t-elle d'un air de défi.

— Alors vous savez ce qui va se passer, là, maintenant...

Elle battit des cils, visiblement confuse. Alors, incapable de résister plus longtemps, Daniel l'attira dans ses bras pour l'embrasser, jusqu'à ce qu'il la sente frémir contre lui.

— Joyeux Noël, Darcey, murmura-t-il d'une voix douce.

Faisant signe au taxi d'approcher, il ouvrit bientôt la portière.

— Montez.

Comme elle fronçait les sourcils, il ajouta très vite :

— Rassurez-vous, mes intentions sont honorables. Le chauffeur va simplement vous raccompagner chez vous.

Une fois Darcey dans le véhicule, Daniel recula d'un pas.

— Je vous souhaite de bonnes fêtes de Noël, Darcey, dit-il à travers la vitre entrouverte.

Et avant qu'elle puisse répondre, il tourna les talons. Marcher un peu lui ferait du bien. Il avait grand besoin de reprendre ses esprits, pour tenter d'oublier ce fabuleux baiser.

Darcey pleurait, recroquevillée près du petit radiateur à gaz dans son salon.

« Mes intentions sont honorables », lui avait glissé Daniel. Comment pouvait-il croire qu'elle s'inquiétait de ses intentions, alors qu'elle n'attendait qu'une chose : qu'il s'intéresse enfin à elle !

Dans ses bras, elle avait ressenti du désir, de l'espoir, jusqu'à ce qu'il la quitte sans un regard en arrière.

Daniel était hors de portée, elle en avait conscience, et pourtant, pour la première fois de sa vie, elle était amoureuse. Oui elle était désespérément éprise d'un homme que son divorce avait échaudé. Sans doute regrettait-il déjà le baiser qu'il lui avait volé.

Son rêve s'était réalisé. Daniel l'avait embrassée, mais le charme s'était rompu quand il l'avait mise dans un taxi, sans lui offrir le moindre mot d'amour. En fait, il s'était arrangé pour transformer cet instant magique en un épisode douloureux.

Elle sanglota de nouveau. Prenait-elle la chose trop au sérieux ? Après tout, son expérience dans ce domaine était limitée.

Quoi qu'il en soit, elle était soulagée de pouvoir se cacher à Oceans House pendant toute la durée des fêtes. Le soir, elle trouverait un moyen de passer le temps, même si cela signifiait dîner seule dans un restaurant.

Son moral un peu remonté, elle alla se coucher. Elle commençait à s'endormir quand le téléphone sonna. La voix de son frère résonna bientôt au bout de la ligne.

— Darcey ! Cela fait des heures que j'essaye de te joindre pour te souhaiter un joyeux Noël. Où étais-tu ?

— J'étais invitée à un réveillon et je viens juste de rentrer. J'ai moi aussi essayé de t'appeler, sans plus de succès. Tout le monde est tellement occupé à cette époque de l'année. D'où appelles-tu ?

— Nous sommes toujours en Thaïlande, et je viens de rentrer à l'hôtel, après avoir passé la nuit à faire la fête. C'est le matin ici. Nous reprendrons la route demain, parce que nous avons encore beaucoup à voir dans ce pays. L'argent file vite. Nous serons probablement de retour pour Pâques.

Darcey souriait, sa solitude oubliée pour l'instant.

— Je suis si heureuse de t'entendre et de savoir que tu vas bien et que tu passes du bon temps. Je me suis portée volontaire pour travailler pendant les fêtes, pour permettre à mes collègues de prendre des congés en famille. Donc, si tu as besoin de me joindre, tu sauras où appeler. Maintenant, je te quitte parce qu'il faut que je dorme, si je veux pouvoir être au travail à 8 heures demain. Prends bien soin de toi et amuse-toi bien.

— Je t'aime, grande sœur, et je suis désolé de m'être montré aussi désagréable avant ton départ, dit-il avant de raccrocher.

Darcey se recoucha, le sourire aux lèvres, et sentit sa frustration de la soirée s'évanouir. Peut-être attendait-elle trop de Daniel. Elle avait tellement désiré son retour dans sa vie qu'elle avait fini par prendre ses désirs pour des réalités. Pour lui, ce baiser sur la promenade n'avait été qu'un geste tendre, une façon comme une autre de lui témoigner son plaisir de la revoir. Rien de plus.

Rassérénée, elle s'endormit.

Quand Daniel arriva chez sa sœur, Cordelia et Lawrence étaient occupés à nettoyer la maison après la fête, prêts à déposer les cadeaux sous l'arbre.

— Daniel ! s'exclama Cordelia. Tu as pris un vol plus tôt ?

— Oui ! Et devine qui je viens de rencontrer sur la promenade ?

— Je n'en ai aucune idée.

— Oh ! si, tu le sais très bien, protesta-t-il gentiment, tandis que Lawrence se détournait pour cacher un sourire. Tu es une véritable entremetteuse ! Ne t'avais-je pas dit que Darcey était déjà bien occupée pour les fêtes ?

— Je l'ai invitée au réveillon parce que je pensais que tu ne serais pas là, protesta Cordelia. Et elle n'a accepté que lorsqu'elle a su que tu ne rentrerais qu'à l'aube. Qu'a-t-elle dit, quand vous vous êtes croisés ?

— Pas grand-chose. Les plaisanteries habituelles, répondit-il de façon évasive.

Il se voyait mal expliquer que Darcey n'avait pas pu placer un mot, puisque leurs bouches étaient restées scellées. Durant ce qui lui avait semblé une délicieuse éternité, il avait tenu une jolie femme dans ses bras et cédé à l'attirance qu'elle exerçait sur lui.

Montant l'escalier jusqu'à la chambre immaculée qui était

toujours la sienne quand il dormait chez sa sœur, Daniel songea à ses nièces qui, d'ici peu, se réveilleraient tout excitées à la perspective d'ouvrir leurs cadeaux. Il lui faudrait se montrer joyeux et à l'unisson de leur bonheur, dès le petit déjeuner.

6

Le jour de Noël est particulier, partout dans le monde. À l'hôpital aussi. En pédiatrie, davantage encore.

En cette date symbolique, les jeunes malades se retrouvaient dans un environnement inconnu, loin de leurs maisons et de leurs habitudes. Heureusement, Darcey et l'ensemble du personnel soignant étaient aux petits soins.

Les heures de visite avaient été étendues afin de permettre aux parents d'apporter à leurs enfants les cadeaux déposés par le Père Noël à leur attention.

Pour les petits qui ne recevraient pas de cadeaux, pour quelque raison que ce soit, Darcey et ses collègues infirmières avaient organisé une collecte de jouets, avec l'accord de l'hôpital. Ainsi, aucun enfant ne serait oublié.

Ce matin-là, c'est donc d'un pas léger que Darcey couvrit la courte distance qui séparait son appartement de l'hôpital. Être auprès de ses patients le jour de Noël représentait un plaisir pour elle, plus qu'une obligation.

Elle avait pris soin de remiser dans un coin de son cerveau les événements de la nuit passée, à l'exception de l'appel de son frère qui avait ravivé ses souvenirs de leur vie commune et réchauffé son cœur. Les épreuves traversées avec Alex avaient de quoi lui faire prendre du recul.

Quand elle pénétra dans son service, les parents et amis de ses petits protégés arrivaient déjà. Aussi, pour permettre aux infirmières de l'équipe de jour de s'assurer que leurs patients avaient bien fait leur toilette, mangé leur petit déjeuner et reçu les médicaments et traitements prescrits pour eux, l'hôpital avait organisé un petit déjeuner pour les familles dans la cafétéria. Un moyen de leur procurer un peu de répit et d'apaiser leur anxiété.

Darcey fit son travail avec entrain, distribuant sourires et mots chaleureux à chacun. Mais malgré tous ses efforts, son cœur continuait de battre au souvenir des lèvres de Daniel plaquées contre les siennes.

Le retour à la maison, en fin de journée, fut aussi sinistre pour Darcey qu'elle l'avait anticipé. Toute la promenade était illuminée, mais pas son immeuble. Et tandis qu'elle y pénétrait, la solitude qu'elle redoutait tant lui tomba dessus.

Sur une impulsion, elle se doucha et enfila des vêtements chauds sous sa veste d'hiver, avant de ressortir dans l'espoir de trouver une place dans un restaurant, ce qui s'avéra un véritable challenge. Elle allait renoncer quand elle aperçut soudain Bridget et Ely, qui venaient dans sa direction. Impossible de les éviter.

— Bonsoir, lança le vieux marin. Ne me dites pas que vous êtes seule le soir de Noël ?

— Eh bien si, j'en ai peur, reconnut-elle, mal à l'aise.

— Alors, venez dîner chez nous ! s'exclama Bridget. Tout est prêt pour notre repas de Noël. Nous sommes juste sortis prendre un peu l'air avant de rentrer. Vous êtes la bienvenue.

— Je ne voudrais surtout pas vous déranger, protesta-t-elle faiblement.

— Vous ne nous dérangerez pas du tout, assura Ely. Les amis de Daniel sont nos amis.

— À ce propos, je m'intéresse beaucoup au club des Moussaillons et je serais heureuse d'en apprendre plus à ce sujet, dit-elle, pressée de changer de sujet.

— Alors, venez à la maison, et nous vous raconterons tout, conclut Bridget.

— Vous êtes bien trop jeune et jolie pour passer la soirée de Noël toute seule. Qu'avez-vous fait aujourd'hui ?

— Je suis infirmière dans le service pédiatrique à Oceans House, j'y ai travaillé toute la journée.

— Mais pas Daniel, j'en suis sûr. Il a dû passer la journée avec ses nièces qu'il adore. Dommage qu'il n'ait pas d'enfants lui-même.

Darcey aurait été ravie de remédier à cette situation, mais encore aurait-il fallu que Daniel lui en donne l'occasion...

Bridget et Ely habitaient dans une cabane de pêcheur, pas très loin du port. Darcey fut chaleureusement accueillie dans leur petit nid, où de bonnes odeurs de cuisine flottaient, tandis que les bûches crépitaient joyeusement dans la cheminée, chassant l'humidité de la nuit.

Son sentiment d'isolement disparut comme par enchantement, alors que le couple répondait de bonne grâce à ses questions sur le club des Moussaillons et sur Daniel lui-même que, de toute évidence, ils appréciaient beaucoup.

Tout comme Darcey, Bridget ne pouvait s'empêcher de s'inquiéter pour Daniel quand il se portait volontaire pour des sauvetages en mer.

Ils ne firent aucune allusion au vieux phare. Daniel n'avait donc pas menti et comptait bien garder le silence sur son projet de rénovation en cours, pour leur en faire la surprise plus tard. Darcey était aussi surprise que flattée qu'il ait partagé cela avec elle.

L'aiguille de l'horloge approchait maintenant minuit. Aussi Darcey se leva-t-elle pour remercier ses hôtes de leur hospitalité.

— Je vous raccompagne jusque chez vous, ma chère, dit Ely.

— Revenez nous voir quand vous voulez, Darcey, ajouta Bridget. Cela nous a fait très plaisir de passer cette soirée en votre compagnie.

Darcey avait les larmes aux yeux devant tant de gentillesse et plus encore quand la vieille dame ajouta :

— Quel dommage que vous travailliez demain ! Vous auriez pu partir en bateau avec Daniel et les jeunes du club !

De retour chez elle, Darcey se laissa tomber dans un fauteuil près de la fenêtre pour admirer les étoiles et la lune qui brillaient dans le ciel. Elle se sentait le cœur léger, réconfortée par l'affection de Bridget et Ely.

Elle grimaça en songeant que Daniel ne tarderait pas à savoir qu'elle avait dîné chez ses amis. Et qu'elle avait donc manqué de franchise au sujet de son emploi du temps.

Qu'importe. Elle s'inquiéterait de cela demain, décida-t-elle. Bientôt, la perspective d'une nouvelle et belle journée dans le service pédiatrique lui fit oublier la sortie en mer qu'elle manquerait auprès de Daniel.

L'occasion se présenterait certainement de nouveau, pensa-t-elle en se glissant dans son lit. Et dans le cas contraire, il lui resterait le souvenir de leur visite au phare.

La mer était calme et le ciel bleu azur, un temps idéal pour naviguer. Daniel avait divisé son groupe de moussaillons en deux. Les premiers prirent la mer le matin, les seconds, l'après-midi. Au milieu de tous ces jeunes qu'il appréciait beaucoup, il regrettait l'absence de Darcey.

Peut-être s'était-il montré trop empressé lorsqu'il l'avait invitée à cette sortie en mer, alors qu'elle venait tout juste d'arriver à Seahaven. Avait-elle cru qu'il cherchait à la séduire ? Ils se connaissaient si peu, alors...

Quand Ely avait nonchalamment mentionné que sa femme et lui avaient rencontré Darcey toute seule sur la promenade, le soir de Noël, il avait été horrifié. Était-il donc si désagréable qu'elle ait éprouvé le besoin de lui mentir en affirmant ne pas être libre pendant la période des fêtes ? Et dans ce cas, à quoi occupait-elle ses journées ?

Il eut sa réponse un peu plus tard en se rendant à l'hôpital, où il avait rendez-vous avec le consultant qui assurait son remplacement pendant les fêtes, et qui n'était autre que son ancien professeur à la faculté de médecine. Tandis qu'ils discutaient devant un café à la cafétéria, James Collins mentionna avoir été impressionné par le service pédiatrique.

— Oui, c'est une bonne équipe, reconnut Daniel. Darcey Howard, l'infirmière responsable du service, a pris quelques jours de congé pour les fêtes, mais sera certainement heureuse d'apprendre que ses collègues ont bien assuré pendant son absence.

Le professeur lui jeta un regard étonné.

— J'imagine qu'elle a dû changer ses plans, parce qu'elle est là depuis mon arrivée, dit-il. J'ai fait sa connaissance lors de ma première tournée et je l'ai encore aperçue, ce matin, en prenant mon service.

— C'est possible, commenta Daniel, l'air sombre.

Mystère résolu. Il savait maintenant où Darcey se cachait pendant les fêtes. Sa présence lui était-elle si pénible qu'elle ait dû en arriver là pour l'éviter ?

En tout cas, cela confirmait les dires d'Ely et Bridget. Darcey n'avait aucun projet pour la dernière semaine de l'année autre que son travail. Elle avait dû concocter cette histoire pour le tenir à distance, après qu'il eut mentionné les dons d'entremetteuse de sa sœur. Elle souhaitait qu'il la laisse tranquille. Et il n'osait imaginer l'effet que son baiser avait dû lui faire...

Quoi qu'il en soit, il fallait qu'il la voie. Il prit donc congé de James et mit le cap sur le service pédiatrique, où elle devait logiquement se trouver. Et en effet...

Darcey était dans son bureau, où elle s'entretenait avec les parents d'un de leurs jeunes patients. Leur conversation terminée, les parents se levèrent.

Comme elle raccompagnait le couple à la porte, elle se retrouva bientôt face à lui. Elle pâlit, avant de reculer de quelques pas. Daniel entra alors en trombe dans le bureau, dont il referma la porte brusquement.

— Alors, c'est pour cela que vous avez refusé de venir

naviguer avec moi ? attaqua-t-il sans préambule. Vous préférez travailler. J'aurais sans doute applaudi un tel dévouement, s'il n'avait pas eu d'autre but que celui de m'éviter.

— Vous vous trompez, rectifia Darcey d'une voix atone.

— Corrigez-moi, dans ce cas.

— Quand vous m'avez invitée, je m'étais déjà portée volontaire pour travailler pendant les fêtes. Je craignais de me retrouver seule, avoua-t-elle à voix basse. Et si je ne vous l'ai pas dit, c'est que je redoutais votre pitié. J'ai prétendu avoir des engagements, pour ne pas vous paraître pathétique.

Daniel accusa le coup.

— Mais enfin, Darcey, personne n'est pathétique parce qu'il est seul...

Elle rougit, visiblement émue, ce qui le troubla davantage encore.

— Et dire que j'ai convaincu Cordelia qu'il était inutile de vous inviter ! poursuivit-il doucement. Mais rien n'est perdu : ma sœur et son mari organisent une nouvelle réception, ce soir, et je compte bien vous y conduire. Combien de temps vous faut-il pour vous préparer ?

Darcey sourit enfin.

— Donnez-moi une heure, le temps de me doucher et de passer une tenue plus appropriée que ma blouse d'infirmière.

— Parfait, je passerai vous prendre à votre appartement.

Elle jeta un coup d'œil vers les lits de ses petits malades qui l'attendaient.

— Daniel, me pardonnez-vous de vous avoir menti ? Je serai ravie d'aller naviguer avec vous et les jeunes moussaillons une autre fois.

— Il n'y a rien à pardonner, répondit-il d'un air grave. Et pour ce qui est de notre prochaine sortie, je préférerais vous emmener au phare, pour vous montrer l'évolution des travaux.

— J'adorerais cela.

Alors qu'il tournait les talons pour repartir, la voix de Darcey le retint.

— Daniel, comptez-vous continuer longtemps à effectuer des sauvetages en mer ?

— Oui, je m'y suis engagé. Ils ont besoin de moi. J'imagine qu'un jour, quelqu'un sera prêt à prendre la relève mais, en attendant, je suivrai les traces de mon père.

Sur ces mots, il prit congé, déjà pressé de retrouver Darcey.

Quand Daniel passa la chercher, Darcey était prête, mais pas au mieux de sa forme, après une journée éprouvante à l'hôpital. Et puis, elle n'était pas à l'aise à l'idée que Daniel impose ainsi sa présence à sa sœur et à son beau-frère, alors qu'ils l'avaient déjà reçue pour le réveillon.

Enfin et surtout, sa conversation avec Daniel la tracassait. Ainsi, son engagement dans les secours en mer était durable. Elle comprenait parfaitement ses motivations et les respectait, tout en les redoutant.

Si leur histoire naissante avait un avenir, supporterait-elle de trembler chaque fois que Daniel partirait en mer ? Et si par bonheur, ils fondaient un jour une famille, prierait-elle le ciel pour que leurs enfants gardent leur père ? Daniel prenait tous les risques alors que lui-même n'avait que les briques d'un vieux phare pour se rappeler l'homme qui lui avait donné la vie...

En revêtant son manteau, Darcey laissa échapper un soupir. Voilà qu'elle imaginait les enfants qu'elle aurait peut-être avec Daniel, alors qu'il ne lui avait offert qu'un baiser... Elle devait être folle.

— Tu es magnifique, ce soir, déclara-t-il en jetant sur elle un regard appréciateur.

Il était passé au tutoiement, et devant cette nouvelle forme d'intimité, Darcey se sentit rougir.

— Merci. J'aime bien cette robe noire, même si elle n'est pas neuve.

— Elle l'est pour moi.

Il attrapa sa main et, ensemble, ils sortirent dans la nuit glaciale pour rejoindre la voiture de Daniel et couvrir la courte distance qui les séparait de la maison de Cordelia.

À peine furent-ils installés que la petite Katie joua les infirmières avec eux. Elle entreprit de vérifier leur état de santé, et Daniel joua de bonne grâce le patient.

En le découvrant dans le rôle de l'oncle dévoué, Darcey ressentit un pincement au cœur. Il s'était privé de tellement de choses en refusant de fonder une famille, suite à l'échec de son mariage...

Bientôt, Cordelia vint les rejoindre pour papoter, pendant que leurs amis regardaient un match de foot à la télévision. L'atmosphère était détendue et amicale, mais bientôt Darcey fut gagnée par la fatigue. La journée avait été longue, tout comme celle qui l'attendrait le lendemain. Elle salua ses hôtes, et Daniel indiqua qu'il partait aussi.

Tandis qu'ils prenaient congé, Daniel ressentit une bouffée de tendresse envers la seule famille qui lui restait, conscient que Darcey en avait encore moins.

Pour la raccompagner à son domicile, comme il le lui avait naturellement proposé, Daniel devait passer devant chez lui.

— Je suis venu plusieurs fois chez toi, Darcey, dit-il en tournant la tête vers le siège passager où elle était assise, silencieuse. Mais je me rends compte que je ne t'ai jamais invitée chez moi. Puis-je t'offrir un dernier verre ?

— Oui, avec plaisir, répondit-elle avec un sourire. Je suis curieuse de voir où habite le médecin solitaire de Seahaven...

— Ne va rien imaginer d'extraordinaire, répondit-il en riant. Mon appartement est surtout une coquille vide dans laquelle je mange et je dors, un endroit sans intérêt, vraiment.

Il pénétra dans le parking bien éclairé, et Darcey resta muette devant l'évidente différence de standing entre leurs deux résidences. Quoi de plus normal ? Tous deux n'avaient pas le même niveau de vie, et cela n'avait guère d'importance. D'autant qu'ils n'avaient aucun avenir ensemble. Noël seul les avait rapprochés.

Une fois dans l'appartement, Daniel la pria de prendre

place dans son salon confortable, tandis qu'il préparait à la cuisine le café qu'elle avait demandé.

— Il est minuit, Darcey, et tu es épuisée, dit-il en revenant avec un plateau. Alors, bien que j'apprécie beaucoup ta compagnie, je te ramènerai chez toi dès que tu auras terminé ton café.

En vérité, il mourait d'envie de la prendre dans ses bras et de l'emmener à l'étage pour lui faire l'amour. Mais ce serait faire preuve de bien peu d'égards pour sa fatigue, et il ne souhaitait pas se conduire ainsi. Il ne pouvait donc pas garder Darcey plus longtemps près de lui, sauf à lui proposer de dormir dans la chambre d'amis, d'où elle devrait partir à l'aube pour repasser chez elle se changer, ce qui ne l'enchanterait probablement pas.

Tout en buvant son café, Darcey observait Daniel. La perspective de le voir disparaître en mer pesait lourdement sur son cœur, telle une résurgence de la perte tragique de ses parents. Daniel ne renoncerait jamais à honorer son père qui avait bravé ce puissant océan jusqu'à en perdre la vie. Si elle se liait à lui, si Daniel finissait par l'aimer autant qu'elle l'aimait déjà, alors elle serait condamnée à souffrir, toute sa vie durant.

Quand elle reposa sa tasse, Daniel se leva d'un bond pour lui tendre la main.

— Puis-je espérer que ce soir, tu ne t'es pas sentie seule ? demanda-t-il quand elle fut face à lui.

— J'ai passé une très bonne soirée, dit-elle avec un sourire fatigué. Je t'envie d'avoir une aussi belle famille, Daniel.

Elle tendit la main et caressa doucement son visage du bout des doigts.

— Et merci de l'avoir partagée avec moi.

— Ce fut un plaisir pour nous tous, répondit-il d'une voix grave. En particulier pour ma petite nièce qui se rêve déjà infirmière. Ne sois pas étonnée si tu me retrouves un jour couvert de bandages, acheva-t-il en riant.

Il attrapa la veste de Darcey et la drapa chaudement autour de ses épaules, avant de la raccompagner jusqu'à sa porte.

— Cela m'ennuie de t'imaginer seule pour le réveillon du nouvel an, dit-il. Chaque année, à la Saint-Sylvestre, mes deux nièces passent la nuit chez une de leurs amies dont c'est l'anniversaire. Ce qui nous permet à Cordelia, Lawrence et moi de nous rendre à un bal qui se tient dans le plus grand hôtel de la ville. J'avais acheté un ticket supplémentaire pour le médecin qui assure mon remplacement, mais il a d'autres projets. Alors, si tu es libre, je serais ravi que tu te joignes à nous.

— Je te remercie de cette gentille invitation, Daniel, mais j'ai moi aussi quelque chose de prévu pour le réveillon, expliqua-t-elle.

Elle retint une grimace devant l'expression contrariée de son visage.

— Très bien, dit-il sèchement. Du moment que tu ne restes pas seule.

Sur ces mots, il la salua d'un bref signe de la main, et disparut dans la nuit.

Darcey soupira. Pourquoi ne s'était-elle pas montrée plus explicite ? Si elle aurait adoré accompagner Daniel au bal, il était impossible pour elle de renoncer à son pèlerinage annuel dans une église, le soir du nouvel an. Elle priait en souvenir de ses parents, disparus ce jour-là, des années auparavant.

Hélas, un nouveau malentendu s'était instauré entre Daniel et elle. Si bien que, au cours de la semaine suivante, la nouvelle intimité que Noël avait créée entre eux parut se dissoudre lentement.

L'église près de chez Darcey était pratiquement pleine quand elle y pénétra le soir du réveillon. Elle trouva néanmoins une petite place au fond. En jetant un œil à l'assistance, elle aperçut plus loin Ely et Bridget, qui lui souriaient. L'espace d'un instant, ce fut comme si ses chers parents se retrouvaient ici, sous les traits de ce vieux couple amical.

Tous les deux portaient de grosses vestes bien chaudes, mais comme l'église était chauffée, ils les avaient déboutonnées, ce qui permit à Darcey d'apercevoir leurs tenues de soirée en dessous. Aussitôt, son cœur se serra. Sans doute se rendraient-ils au bal après l'Office. Et bien sûr, ils ne manqueraient pas de dire à Daniel qu'ils l'avaient vue à l'église. Avait-elle eu tort de refuser l'invitation de Daniel ? Comme Ely et Bridget, elle aurait pu aller danser après avoir adressé ses prières à ses parents.

Quoi qu'il en soit, il était trop tard pour changer d'avis...

Les minutes passaient et, bientôt, une nouvelle année débuterait. Pour beaucoup, c'était le moment d'envisager un nouveau départ. Pour d'autres, de profiter au mieux de ce qu'ils avaient déjà.

Darcey de son côté, n'était pas d'humeur à se projeter dans le futur. Plus seule que jamais, elle avait les larmes aux yeux.

Dix minutes avant minuit, elle entendit une voiture s'arrêter devant chez elle. Qui cela pouvait-il bien être, à une heure pareille ?

Quand elle ouvrit la porte, elle se figea, le cœur battant.

— Pourquoi te montres-tu aussi secrète, pour l'amour du ciel ? demanda Daniel à brûle-pourpoint.

Il entra, et elle referma machinalement la porte derrière lui.

— Pourquoi m'avoir caché ta solitude, alors que je pouvais y remédier ? enchaîna-t-il. J'ai eu tellement de plaisir à te voir heureuse, l'autre soir, chez ma sœur. Ely et Bridget m'ont dit t'avoir aperçue à l'église. J'ignore ce que tu as fait ensuite, mais pourquoi ne pas m'en avoir parlé quand je t'ai invitée ? J'aurais pu assister à la messe avec toi.

— C'est une tradition annuelle : je me rends à l'église le soir du réveillon, expliqua-t-elle. Et c'est très personnel, Daniel, parce que c'est le jour où mes parents ont perdu la vie dans une avalanche.

— Je suis désolé, Darcey.

Daniel aurait tant aimé pouvoir la soutenir, en cette soirée de deuil. En fait, il se sentait soudain l'envie de la protéger une vie entière, si elle lui en donnait l'occasion.

Pour commencer, il comptait bien saisir l'opportunité qui lui était offerte de terminer l'année puis de démarrer la nouvelle en sa compagnie.

Après que Ely et Bridget lui avaient révélé sa présence à l'église, il n'avait pas voulu s'imposer à elle en la rejoignant. Pourtant, alors que minuit approchait, il avait ressenti le besoin de l'avoir près de lui, sa présence lui étant aussi nécessaire que l'air qu'il respirait.

Incapable de résister plus longtemps, il tendit les bras vers elle et, pour son plus grand plaisir, Darcey se lova contre lui. Mais les éléments semblaient se liguer contre eux. Une force bien plus grande que leur attirance mutuelle les sépara une nouvelle fois.

Comme son téléphone sonnait, Daniel fut contraint de desserrer son étreinte. Après avoir écouté son interlocuteur, il laissa échapper un soupir.

— Un appel au secours vient d'arriver, expliqua-t-il. Des plaisanciers se sont empalés sur le même récif que nos jeunes moussaillons. Ils avaient loué un bateau pour fêter le nouvel an, mais la mer est très forte, cette nuit, et le seul d'entre eux capable de les sortir de là n'a pas cessé de boire depuis qu'ils ont largué les amarres, si bien qu'il est incapable de manœuvrer. Ferme bien derrière moi, ajouta-t-il. Je reprends le travail demain à Oceans House, je te verrai donc là-bas si tout se passe bien, cette nuit.

— Et sinon ? demanda-t-elle sèchement.

— Tout se passera bien, ne t'inquiète pas, répondit-il avant de disparaître.

Après son départ, Darcey se laissa tomber dans un fauteuil, désemparée. Ce qui aurait pu être le plus beau moment de leur vie pourrait bien devenir le pire, si Daniel ne revenait pas sain et sauf.

À cet instant, l'évidence la frappa de plein fouet. Pas question pour elle de mener ce genre d'existence, où l'être aimé peut vous être arraché d'une minute à l'autre.

En lui montrant le phare désaffecté qu'il avait acheté, Daniel lui avait révélé la façon dont il envisageait sa vie. Il marchait sur les pas de son père, malgré la perte terrible qu'il avait vécue, enfant.

Il prenait le risque de mourir.

Or comment pourrait-elle prendre le risque de voir mourir l'homme qu'elle aimait ?

Ce début d'année qui s'annonçait comme un instant magique quelques minutes plus tôt, venait de se transformer en cauchemar.

7

Les minutes s'égrenaient. Darcey mourait d'envie d'appeler Bridget, pour avoir des nouvelles des sauveteurs – et de Daniel. Tiendrait-elle un jour le rôle de cette femme courageuse qui distribuait des boissons et des sandwichs à ceux qui attendaient le retour de leurs bien-aimés ?

À cette idée, son cœur se serra.

Elle préférait imaginer une vie paisible, dans laquelle ses enfants seraient sa joie. Elle les élèverait avec son époux, un père formidable.

De nouveau, le visage de Daniel s'imposa à son esprit et dans son cœur. Pourquoi se rêvait-elle mariée avec lui, alors qu'il n'était de toute évidence pas disposé à s'engager dans une relation ?

Le baiser qu'il lui avait offert n'avait été qu'un simple geste de réconfort, une tendre étreinte après les émotions de la soirée. Pour lui, sauver des vies en mer passait avant tout, avant même son travail à Oceans House. Quant à l'amour et au mariage, il n'y pensait probablement pas.

Il était près de 2 heures du matin en ce premier janvier et, allongée dans son lit, Darcey se repassait en boucle sa conversation avec Daniel. Il lui avait reproché de cultiver sa solitude et au fond il n'avait pas tort. Pourquoi le tenait-elle à distance, alors qu'elle avait envie d'être auprès de lui ?

L'angoisse chevillée au cœur, elle enfonça son visage dans le coussin.

Daniel avait dit qu'ils se verraient au travail, mais comment réagirait-elle, s'il ne se présentait pas à l'hôpital ?

Chassant ses sombres pensées, elle finit par s'endormir jusqu'à ce que la sonnerie du réveil la tire des bras de Morphée. La réalité la rattrapa aussitôt : elle n'avait reçu aucun appel rassurant. Soit le canot de sauvetage n'était pas encore rentré, soit Daniel n'avait pas osé la réveiller.

La croyait-il aussi insouciante que lui, face au danger ?

Lorsque Darcey prit son service, personne n'avait encore aperçu Daniel. Alors brusquement tout ce qu'elle avait cru important jusqu'ici lui apparut trivial.

L'absence de Daniel signifiait que le bateau de sauvetage se trouvait toujours au large et que ses occupants bataillaient sur une mer déchaînée. Pour ne pas céder à la panique, elle entreprit de faire sa tournée des lits. Soudain, une voix familière résonna derrière elle.

Daniel était là, l'observant depuis le seuil de la salle, ses yeux noisette bordés de rouge, son visage pas rasé. Quand il lui fit signe, elle le rejoignit dans un état second.

— Je viens juste de rentrer, expliqua-t-il. Je vais aller prendre une douche dans la salle de bains attenante à mon bureau et demander à la cafétéria de m'apporter un petit déjeuner. Ensuite, je commencerai ma tournée, comme d'habitude.

Les yeux rivés aux siens, Darcey nota qu'il n'avait pas évoqué ce que son équipage avait enduré pendant ces longues heures en mer, et c'était peut-être aussi bien. Elle était déjà suffisamment angoissée comme cela. À n'en pas douter, un récit détaillé ne ferait que lui confirmer à quel point tous deux aspiraient à des vies différentes. Alors qu'il aimait l'aventure, elle cherchait une sérénité tranquille.

Pour l'instant cependant, le soulagement de le savoir sain et sauf primait sur tout le reste. Aussi, lorsque Daniel revint un peu plus tard, rasé de près et impatient de commencer sa journée de travail, elle lui sourit.

— J'imagine qu'après avoir été de service pendant la période des fêtes tu as droit à des congés. Quand comptes-tu les prendre ? demanda-t-il soudain.

— Dès demain. J'ai une semaine de vacances, annonça-t-elle.

— As-tu déjà des projets pour cette semaine ?

— Non, rien de spécial. Pourquoi ?

— Je dois aller voir l'avancée des travaux du phare et me suis dit que tu pourrais m'accompagner. L'endroit n'est pas aussi isolé qu'il paraît. Dans le temps, il y avait un manoir et plusieurs cottages qui abritaient le personnel du phare, rassemblés autour d'une petite église. Les maisons sont toujours là, mais plus personne ne les habite, et j'envisage d'acheter le manoir.

Darcey le fixa, incrédule, mais ils se trouvaient maintenant au chevet de leur premier patient, et elle se concentra sur son travail. Luke, un gamin de dix ans, leur demanda tout de go quand il pourrait de nouveau jouer au foot. Daniel lui expliqua que sa blessure à la jambe était sérieuse et que cela prendrait du temps, mais qu'un jour il rejouerait. En observant Daniel, Darcey prit brusquement conscience qu'elle souhaitait de tout son être qu'il devienne, un jour, le père de ses enfants. Et si le destin en décidait autrement, alors tant pis.

Ils poursuivirent ensuite leur tournée jusqu'à l'heure du déjeuner. Daniel lui indiqua qu'il ne ferait pas de pause, car il était arrivé tard, mais il la fit entrer dans une chambre vide, afin d'échanger quelques mots avec elle.

— Que penses-tu de mon idée d'acheter ce manoir ? demanda-t-il quand ils furent seuls. J'y pense depuis quelque temps déjà et j'aimerais connaître ton avis.

— Pourquoi mon avis t'intéresse-t-il ?

— La réponse est simple : je veux qu'un jour, tu sois la mère de mes enfants.

Darcey sentit son cœur s'emballer, mais elle n'était pas tout fait remise encore de la nuit d'angoisse qu'elle avait passée.

— Et c'est tout ? Tu espères que je vais accepter de devenir la mère d'une famille monoparentale, le jour où tu ne reviendras pas d'un sauvetage en mer ? J'ai déjà vécu cela avec mon frère Alexander, après le décès de nos parents. Ils ont disparu en une fraction de seconde, et je ne supporterais pas de revivre pareille tragédie.

Il fronçait les sourcils. De toute évidence, il avait attendu une réaction différente.

— Je comprends tes réticences. Mais je ne suis pas mon père. Certes, il s'est sacrifié en toute connaissance de cause, mais ma mère était déjà morte, et Cordelia et moi étions adultes.

— Et comment réagirais-tu, si tu te retrouvais dans la même situation que lui ?

— Si j'ai une femme et des enfants, je ne risquerai ma vie que si j'y suis absolument contraint. Je peux te le promettre. Mais cela te suffira-t-il, Darcey ?

— Je l'ignore, avoua-t-elle le cœur serré. Vraiment, je n'en sais rien. Tu n'as même pas dit que tu m'aimais. Seulement que tu voulais que je sois la mère de tes enfants.

Il lui prit la main et la porta à son cœur.

— Je t'aime depuis la minute où j'ai posé les yeux sur toi, dans le train. Malgré ta tristesse, tu m'as envoûté. Quant à la très belle femme que j'ai découverte à l'hôpital, le lendemain, elle m'a fasciné.

Il relâcha son étreinte.

— Mais le devoir m'appelle, Darcey. Je suis très en retard. Pouvons-nous continuer cette discussion ce soir ?

Encore troublée par ce contact fugace, elle hocha la tête.

— Oui, même si je ne vois pas très bien ce qu'il y a encore à ajouter. Nos aspirations sont tellement éloignées, nos vies si différentes. Et puis, nous travaillons ensemble, et ce n'est certainement pas une bonne idée d'entamer une relation.

Daniel éclata de rire.

— Je ne suis pas certain d'être d'accord avec toi. Alors puis-je t'emmener dîner ?

— Entendu, dit-elle d'une voix vibrant d'émotion.

— Je passerai te prendre chez toi. Passe un bel après-midi.

Sur ces mots, il quitta la pièce, la laissant seule et bouleversée.

Elle était follement éprise pour la première fois de sa vie... Mais saurait-elle faire face à cet amour ravageur ?

Daniel avait réservé une table dans un restaurant que Darcey ne connaissait pas.

— Je suggère que nous mangions d'abord et discutions ensuite, proposa-t-il quand ils furent installés.

Elle acquiesça d'un signe de tête.

Les plats étaient délicieux mais, visiblement tendue, elle toucha à peine son assiette.

À la fin du repas, Daniel jeta un œil à la salle.

— Il y a beaucoup trop de monde ici pour discuter sérieusement, Darcey. Impossible d'avoir un peu d'intimité, d'autant que tous ces gens nous connaissent. Allons chez moi, si tu veux bien.

Après qu'elle eut de nouveau hoché la tête en silence, il fit signe au serveur et régla la note.

Ils ne parlèrent pas durant le court trajet en voiture qui les conduisit jusqu'à la résidence de Daniel, ni même dans l'ascenseur. Mais quand elle ôta son manteau et s'approcha de la cheminée, l'attirance entre eux fut la plus forte. Daniel tendit les bras et lorsqu'elle se précipita vers lui, il s'empara de ses lèvres avec passion.

— Pouvons-nous commencer les préparatifs du mariage ? demanda-t-il le souffle court, tout contre sa bouche.

Darcey s'écarta si brusquement que son mouvement lui fit l'effet d'un coup de poignard.

— Je croyais que tu m'avais amenée ici pour discuter de

nos différents points de vue, dit-elle. Mais apparemment, seul le tien compte.

Avant même qu'il ait pu répondre, elle avait enfilé son manteau et franchi la porte d'entrée. Le temps qu'il retrouve ses esprits, elle était loin.

Beau travail, songea-t-il avec une grimace.

La réflexion sur les préparatifs du mariage avait été une simple plaisanterie de sa part. Il n'avait pas eu le temps de lui expliquer que ses plans avaient changé, depuis qu'elle était entrée dans sa vie. En fait, suite à leur discussion du matin, il avait même pris contact avec les autorités qui nommaient le timonier du canot de sauvetage, pour leur faire part de l'évolution de sa situation personnelle.

De toute évidence, il aurait dû commencer par là, au lieu de faire le malin. Mais la réaction de Darcey avait été si brusque qu'il en était resté sans voix. De fait, il n'avait pas eu l'occasion de la rassurer et de lui expliquer qu'il n'avait pas perdu de temps pour tenir compte de ses inquiétudes.

Décidé à ne pas en rester là, il s'élança à sa poursuite. Mais alors qu'il remontait la promenade à sa recherche, il reçut un appel paniqué de Cordelia. Sa jeune nièce avait eu un accident et s'était blessée à la colonne vertébrale. Une ambulance la transportait en ce moment même à Oceans House, où elle espérait que Daniel pourrait les rejoindre.

Avant même que sa sœur ait fini de parler, il était en chemin vers l'hôpital.

Fou d'inquiétude, Daniel arriva à Oceans House en même temps que l'ambulance. Il se précipita vers l'entrée du personnel médical où, à sa grande surprise, il rencontra Darcey.

— J'ai entendu la sirène de l'ambulance, alors je suis venue. Que se passe-t-il, Daniel ? demanda-t-elle.

— Nous le saurons bientôt. Viens, répondit-il simplement. D'après ce que Cordelia m'a raconté au téléphone, Bethany a fait une mauvaise chute et s'est blessée à la colonne vertébrale.

— Oh ! mon Dieu ! Pauvre petite. Y a-t-il quelque chose

que je puisse faire ? Je suis désolée pour ma réaction tout à l'heure. C'est juste que...

— Tout va bien, la coupa-t-il. Garde cela pour un autre jour, s'il y en a un.

Tandis que Cordelia et sa famille emboîtaient le pas des brancardiers, Daniel s'avança pour les accueillir. Comme une présence rassurante, Darcey se tenait à proximité, visiblement prête à leur venir en aide.

— Explique-moi ce qui s'est passé, fit Daniel en rejoignant Lawrence qui marchait à côté du brancard.

Katie tenait la main de sa sœur, endormie après avoir reçu un sédatif. Cordelia suivait derrière. En larmes, elle détaillait maintenant l'accident à Darcey qui avait passé un bras autour de sa taille pour la soutenir.

— Comme nous envisageons d'aller skier aux prochaines vacances, nous avons décidé, ce soir, d'aller faire quelques emplettes et d'acheter des tenues adéquates. Mais en descendant l'escalator, Bethany a trébuché et elle est tombée à la renverse sur les marches métalliques. Quand nous avons voulu la relever, elle a poussé un cri de douleur et s'est révélée incapable de tenir debout. Le responsable du magasin a appelé une ambulance, et j'ai immédiatement téléphoné à Daniel.

Darcey sentit son cœur se serrer, devant l'angoisse de Cordelia.

— Tout va bien se passer, Cordelia, dit-elle d'une voix rassurante. Daniel va envoyer Bethany en radiologie, de façon à pouvoir évaluer ses blessures. Votre famille va avoir besoin de vous, allez donc les rejoindre. J'attendrai ici, n'hésitez pas si vous avez besoin de moi.

Darcey aurait aimé se joindre au petit groupe, mais elle ne voulait pas s'immiscer dans leur vie privée. Après tout, elle n'était pas de la famille. Et elle ne risquait pas de l'être, puisque Daniel ne saurait renoncer pour elle à son existence intrépide.

Pourquoi Darcey n'était-elle pas restée avec Cordelia ? se demanda Daniel en attendant les radios. Si elle ne voulait plus rien avoir à faire avec lui, elle aurait tout de même pu être présente pour sa sœur, surtout en pareilles circonstances. C'était sa famille, et il remuerait ciel et terre pour leur éviter la moindre peine. Son aventure romantique semblait bien compromise si Darcey ne supportait même plus d'être dans la même pièce que lui.

Alors qu'il se faisait ces réflexions, on lui apporta les radios. Après les avoir étudiées, il sentit un grand soulagement l'envahir.

Il avait constaté un sérieux hématome et quelques saignements dans le dos de sa nièce, mais aucune lésion de la colonne vertébrale, ni d'os brisé. Quelques jours sous les soins attentifs de Darcey, et tout cela ne serait plus qu'un très mauvais souvenir.

— Aucun os brisé, annonça-t-il avec un grand sourire aux parents anxieux. Des ecchymoses et quelques douleurs qui disparaîtront très vite. Mais pas de ski, cette année, j'en ai peur. Je recommande que Bethany reste quelques jours en pédiatrie. Darcey prendra soin d'elle. C'est notre meilleure infirmière. Nous nous assurerons ainsi que la guérison de ma petite patiente se passe au mieux. Bien sûr, vous pourrez venir voir Bethany autant que vous le voudrez, et je garderai moi aussi un œil sur elle.

Il sourit aux êtres qui comptaient le plus à ses yeux. Il ne manquait qu'une seule personne. Comme d'habitude.

— Je dois aller annoncer la bonne nouvelle à Darcey, dit Cordelia qui semblait lire dans ses pensées. Je voulais qu'elle nous accompagne, mais elle craignait d'être de trop et a préféré attendre dans le couloir.

— Va vite, alors.

Au visage de Cordelia, Darcey sut qu'elle lui apportait de bonnes nouvelles.

— Tout va bien, Dieu merci, annonça-t-elle. Quelques hématomes, mais aucun os brisé. Daniel veut que Bethany reste quelques jours en observation en pédiatrie jusqu'à ce qu'elle aille mieux. Il n'était pas content de ne pas vous voir avec nous, quand il est revenu de la radio.

Darcey soupira.

— Cela ne m'étonne pas. Lui et moi ne sommes pas aussi compatibles que nous le pensions.

À l'invitation de Cordelia, elle rejoignit le reste de la famille. C'est à peine si Daniel leva les yeux sur elle. Il était au téléphone avec l'infirmière de nuit, l'informant de l'arrivée d'une nouvelle patiente en pédiatrie. Il précisa qu'il resterait à son chevet toute la nuit.

Une fois qu'il eut raccroché, il se tourna vers sa sœur.

— Je suis parvenu à convaincre Lawrence de vous ramener à la maison, Katie et toi, quand Bethany sera installée.

Comme Cordelia protestait, il la serra dans ses bras.

— Ne t'inquiète pas, je ne la quitterai pas une seconde. Et je vous appellerai immédiatement s'il y a des complications.

Les yeux brillant de larmes, Cordelia acquiesça.

Daniel tourna alors la tête vers Darcey.

— Je resterai jusqu'à ton arrivée, demain matin. Après mon départ, tu me signaleras le moindre signe qui pourrait être alarmant. Entendu ?

Il avait adopté avec elle un ton très professionnel. Et elle eut peine à reconnaître l'homme qui lui avait déclaré son amour, quelques instants plus tôt.

— Entendu, répondit-elle sur le même ton.

Alors qu'elle cherchait une lueur de complicité dans son regard, il lui donna congé.

— Et maintenant, je te suggère d'aller dormir.

Sur ces mots, il tourna les talons et serra contre lui Cordelia et sa nièce Katie. Il passa ensuite un bras autour des épaules de Lawrence et leur demanda gentiment de rentrer chez eux, avec la promesse de les appeler le lendemain matin.

Quand Daniel chercha Darcey du regard pour lui souhaiter bonne nuit, elle était partie. Mais il n'aurait pas le loisir, ce soir, de partir à sa recherche. Une petite fille, blessée après une chute dans un escalator, réclamait toute son attention.

Assis près du lit de Bethany, Daniel veillait sur sa nièce, guettant le moindre bruit ou mouvement qu'elle pourrait faire malgré les médicaments qu'il lui avait prescrits.

Quand il ne revivait pas l'appel catastrophé de sa sœur, il se remémorait la douleur et la colère de Darcey, lorsqu'il lui avait parlé mariage. Et dire qu'il n'avait pas eu le temps de l'informer de sa demande d'être relevé de ses fonctions de timonier sur le canot de sauvetage…

La magie d'une étreinte s'était transformée en cauchemar, dès lors qu'elle avait pris ses distances avec lui. Hélas, s'il lui avouait maintenant avoir posé sa démission, cela sonnerait comme une décision tardive et non réfléchie.

Non, mieux valait qu'il laisse à Darcey un peu de temps. Bientôt, les tensions s'apaiseraient. Peut-être à l'occasion de la visite au manoir, qu'il lui avait proposée.

Aimerait-elle la vieille bâtisse ? La connaissant, elle se contenterait probablement d'une demeure plus modeste, comme l'un des *cottages* précédemment habités par le personnel du phare.

Mais avant de connaître ses goûts en matière d'architecture, il lui restait à résoudre un problème de taille. Parviendrait-il à la convaincre de son amour ?

Darcey était l'amour de sa vie, il en était sûr à présent. Mais c'était une femme blessée et marquée par les épreuves que la vie lui avait apportées. Il voulait faire son bonheur, et non la faire souffrir davantage encore.

Soudain, Bethany poussa un petit cri et ouvrit les yeux. En découvrant son oncle à son chevet, elle ne put retenir une larme qui roula sur sa joue.

— Je suis tombée et je me suis fait mal au dos, c'est ça, oncle Daniel ?

— Oui, mon petit cœur. Et je suis là pour veiller sur toi et m'assurer que tu seras très vite sur pieds. Veux-tu boire ou manger quelque chose ?

— Puis-je avoir une glace au chocolat ? demanda-t-elle d'une petite voix. J'ai la bouche très sèche.

— Bien sûr. Je vais demander à une des infirmières d'aller t'en chercher une à la cafétéria. Mais je t'aiderai à la manger, à cause de ton dos, d'accord ?

— Oui, merci.

Le sourire de sa nièce lui réchauffa le cœur. En blessant Darcey, avait-il ruiné ses chances de devenir père un jour ? Accepterait-elle seulement de le revoir ?

L'arrivée de l'infirmière avec la glace lui permit de chasser ses sombres pensées.

Une fois le dessert terminé, Daniel vérifia la température de sa nièce, puis avec l'aide de deux infirmières, il examina son dos. Les résultats étaient satisfaisants. Bethany aurait pu se blesser gravement et s'en tirait heureusement sans trop de mal, avec quelques ecchymoses sur lesquelles il appliqua une crème calmante.

Quand il eut fini, la petite s'était endormie.

8

Il était 2 heures du matin, et Darcey ne parvenait pas à trouver le sommeil, tant les événements de la soirée l'avaient perturbée.

D'abord, Daniel l'avait demandée en mariage, avant qu'elle s'enfuie, blessée qu'il ne tienne pas compte de ses craintes de le voir périr en mer. Plus tard, à l'hôpital, alors qu'elle s'était excusée de son départ précipité, il avait mis fin à leur discussion de façon péremptoire.

Il avait ensuite renvoyé chez eux Cordelia et Lawrence, totalement bouleversés, après leur avoir assuré qu'il veillerait sur Bethany, sans même remarquer qu'elle rentrait chez elle pour dormir un peu, afin de pouvoir le remplacer le lendemain auprès de sa nièce.

Tout cela n'était vraiment pas propice à dormir sereinement. Alors, avant même de comprendre ce qu'elle faisait, elle s'habilla et courut vers l'hôpital.

— Darcey ! s'exclama Daniel à voix basse quand elle apparut dans la salle faiblement éclairée. Que fais-tu ici ? Retourne te coucher.

— Je suis venue voir comment allait Bethany. Veux-tu que j'aille te chercher quelque chose à manger ?

— Non, merci. Les infirmières se sont occupées de moi.

— Comment va-t-elle ?

— Pour l'instant, elle va bien. Elle a mangé une glace, et

j'ai appliqué un onguent calmant sur son dos endolori. Mais une fois que l'effet se sera dissipé, elle risque de souffrir beaucoup. Elle aura besoin de toi, et tu devrais donc être en train de dormir au lieu de te promener.

— Oui, je devrais, reconnut-elle, consciente que c'était en fait son premier jour de congé.

Mais pas question pour elle de prendre des vacances avant que Bethany aille mieux.

Cordelia et Lawrence s'étaient montrés tellement gentils avec elle pendant les fêtes, lui faisant oublier sa solitude. Le moins qu'elle puisse faire en retour, c'était d'être là pour eux. Quant à l'infirmière qui devait la remplacer pendant ses congés, elle serait sûrement ravie du contretemps, vu qu'elle était enceinte.

Sans rien ajouter, Darcey repartit chez elle, dépitée. Apparemment, l'affection de Daniel à son égard avait été de bien courte durée.

À peine Darcey eut-elle quitté la chambre que Daniel laissa échapper un long soupir. Il avait dû se retenir de la serrer dans ses bras et de lui dire combien elle comptait pour lui. Mais la journée avait été longue et commençait à peser sur ses épaules.

Pour l'instant, sa nièce passait avant tout le reste et comme si elle lisait dans ses pensées, cette dernière ouvrit les yeux et se mit à pleurer. Il lui administra un nouvel antalgique dans un verre d'eau, pour qu'elle se rendorme.

Chez elle, Darcey fit ce qu'on lui avait dit et se mit au lit. Mais Daniel se trompait, s'il croyait qu'elle pourrait facilement glisser dans le sommeil, après cette soirée cauchemardesque.

Elle était terriblement désolée pour Cordelia et Lawrence qui voyaient leur fille hospitalisée, suite à une simple sortie en famille. Dieu merci, Daniel avait pris les choses en main, et ce qui aurait pu être une catastrophe se terminait relativement bien. Quant au reste, il n'y avait rien à ajouter.

Daniel avait déclaré qu'il voulait qu'elle devienne la mère de ses enfants, mais les enfants ont besoin d'un père. Alors même si elle était convaincue qu'il ferait un papa formidable, elle n'en demeurait pas moins sceptique quant à leur avenir.

Dans un couple, chacun doit faire des concessions, et elle n'était pas disposée à les faire seule !

Mais tout cela n'avait plus d'importance, à présent. Le fossé entre eux était devenu bien trop grand pour être traité comme un simple querelle d'amoureux.

Ce n'est qu'après le départ de Darcey que Daniel se souvint qu'elle devait être en congés, cette semaine. Or, il l'avait contrainte à venir s'occuper de sa nièce.

Préoccupé par Bethany, il n'avait pas eu les idées claires. Il ne lui restait plus qu'à s'excuser et à donner ses instructions à l'infirmière qui assurerait le remplacement de Darcey. Bethany serait suivie comme les autres patients, et ce serait très bien ainsi. L'équipe dans son ensemble était formidable.

Pourvu que Darcey n'ait pas pris ombrage de son erreur.

Car il ne souhaitait qu'une chose : que tous deux puissent offrir à leur relation un nouveau départ...

Quand Darcey se présenta, au matin, pâle et les paupières lourdes, il s'excusa aussitôt de son oubli.

— Je suis désolé de t'avoir demandé de prendre Bethany sous ton aile. J'avais complètement oublié que tu avais posé une semaine de vacances. Tu l'as bien méritée, après avoir travaillé pendant les fêtes. L'infirmière qui va assurer ton remplacement s'en tirera très bien, j'en suis sûr. Et puis, Bethany est bien entourée. Cordelia est déjà là. En fait, toute la famille a débarqué à 6 heures. Nous avons pris le petit déjeuner tous ensemble à la cafétéria, avant que je les abandonne. J'ai une journée chargée aujourd'hui.

— Ce qui ne fait que renforcer mon intention de travailler, déclara Darcey. Cordelia et Lawrence ont fait beaucoup pour moi pendant les fêtes de Noël, et je leur dois bien cela.

Elle tendit la main et caressa les cheveux de la petite fille.

— Donne-moi tes instructions pour Bethany avant de partir.

Elle marqua une pause, puis poursuivit :

— Et en ce qui nous concerne, Daniel... peut-être nous sommes-nous précipités. Cette relation, entre nous, nous ne sommes visiblement pas capables de l'assumer.

— C'est ce que tu penses ? demanda-t-il d'une voix glaciale, résistant à l'envie de lui démontrer combien elle se trompait.

Ramassant les papiers sur lesquels il avait travaillé pendant la nuit, il lui tendit une feuille.

— Voici mes instructions pour les soins de Bethany. Si tu rencontres un problème, tu sais où me trouver.

Puis il prit congé.

Darcey inspira profondément. Elle avait eu toutes les peines du monde à prononcer les mots qui sonnaient le glas de sa relation avec Daniel. Mais il le fallait.

Et désormais elle devait se concentrer sur son travail pour le bien-être de sa patiente.

Cordelia arriva quelques minutes plus tard, l'arrachant à ses réflexions.

— Darcey ! Ne deviez-vous pas être en vacances ? Vous ne pouvez pas rester ici.

— Bien sûr que si. Comment ne pourrais-je pas être là pour mes amis et leur petite fille blessée, dit-elle gentiment. Je n'avais de toute façon rien de prévu pour cette semaine et, dans le cas contraire, j'aurais tout annulé. Avant de partir, Daniel m'a laissé ses instructions pour les soins de Bethany, avec ordre de l'appeler s'il y avait le moindre problème.

Elle se tourna ensuite vers Katie, un grand sourire aux lèvres.

— Quand tu reviendras voir ta sœur, apporte ton costume d'infirmière, proposa-t-elle. Comme ça, tu pourras nous donner un coup de main en salle.

Un cri de joie accueillit cette proposition.

À ce moment-là, Bethany se réveilla et, tandis que Cordelia donnait à manger à sa fille, Darcey partit faire le tour de ses jeunes patients, souhaitant que Daniel fasse la tournée avec elle comme les autres jours.

Bien que débordé, il parvint quand même à faire un saut auprès de sa nièce pendant l'heure du déjeuner et fut heureux d'apprendre que son dos la faisait moins souffrir et qu'une deuxième radio n'avait révélé aucune complication.

Cordelia offrit un sandwich et une tasse de thé à son frère, tandis que Darcey attendait, silencieuse, à son côté.

— Quand pourrons-nous la ramener à la maison ? interrogea Lawrence.

— Dans quelques jours, répondit Daniel. Je ne voudrais surtout pas brusquer les choses comme je l'ai fait dans d'autres circonstances et que tout s'est emballé, ajouta-t-il les yeux braqués sur Darcey.

Sur ces mots, il sauta sur ses pieds, prêt à prendre congé. Et Darcey comprit, en le suivant du regard, qu'elle ne voulait pas que cet homme sorte de sa vie, quoi qu'il puisse advenir.

Le vendredi, Bethany allait assez bien pour rentrer chez elle. Son dos cicatrisait doucement, et elle était maintenant capable de se déplacer lentement dans la salle de rééducation. Là, elle avait sympathisé avec quelques enfants, si bien qu'elle regrettait presque de partir quand Cordelia et Lawrence vinrent la chercher. Mais la perspective de reprendre ses jeux avec Katie et de retrouver sa chambre fut quand même la plus forte.

Daniel était venu saluer sa petite patiente avant son départ et, en les observant ensemble, Darcey se remémora le moment où il lui avait déclaré vouloir qu'elle devienne la mère de ses enfants. Rien ne pourrait lui faire un plus grand plaisir, à condition qu'il renonce à son engagement dans le sauvetage en mer. Comment pourrait-elle oublier le jour où son frère et elle s'étaient brusquement retrouvés seuls au monde, après la disparition tragique de leurs parents ?

Alors qu'elle profitait de sa pause déjeuner pour manger un sandwich accompagné d'un café à la cafétéria, Daniel vint la retrouver.

— As-tu posé une nouvelle semaine de congé après que je t'ai privée de celle que tu devais prendre ?

— Oui, répondit-elle. La semaine prochaine. Je n'ai encore rien de prévu, mais j'envisage d'aller voir mon frère.

Alex lui avait envoyé un e-mail pour lui annoncer que, leur argent s'étant évaporé, il était rentré au pays et qu'il logeait chez un ami. Il avait trouvé un travail dans un bar dans le but de gagner suffisamment d'argent pour pouvoir repartir en voyage.

— Je prendrai une chambre dans un hôtel près de la maison de son ami, ainsi nous pourrons nous voir dès qu'il aura un moment de libre.

— Alors, il est rentré. Quand est-il revenu ? Je pourrais te conduire là-bas, si tu veux, ajouta-t-il sans lui laisser le temps de répondre. Les trains sont plutôt bondés par ici, comme tu as pu le constater à ton arrivée.

Comment aurait-elle pu l'oublier ?

Si l'idée de voyager confortablement était tentante, celle de passer quelques heures à côté de lui dans l'espace confiné d'une voiture était impensable. En fait, ce serait une épreuve qu'elle ne se sentait pas la force d'affronter, compte tenu de leurs différentes conceptions de la vie.

— Je m'assurerai d'éviter les heures de pointe, mais merci de le proposer. As-tu eu le temps de déjeuner ? demanda-t-elle ensuite, changeant complètement de sujet.

Elle savait qu'il sautait régulièrement ses repas. Il se consacrait aux autres, aux dépens parfois de son propre bien-être.

— Non, mais je vais y aller.

Tandis qu'elle se levait, sa pause déjeuner terminée, Daniel se prit à souhaiter qu'une personne se présente bientôt pour le remplacer sur le canot de sauvetage.

En même temps, il espérait que les travaux de remise en

état du phare seraient bientôt achevés, afin de pouvoir le dévoiler à tous.

Lorsque Darcey appela son frère pour l'informer de sa venue, le week-end suivant, celui-ci se réjouit de la nouvelle.

— Tu m'as manqué, avoua-t-il. C'était formidable là-bas, mais personne ne pourra jamais te remplacer, grande sœur. Veux-tu que je te réserve une chambre quelque part ?

— Oui, s'il te plaît. Du vendredi matin au dimanche soir, dans un hôtel proche de chez toi.

— Je m'en occupe, promit-il. Je t'appellerai dès que c'est fait et, si je ne travaille pas à l'arrivée de ton train, j'irai t'attendre à la gare.

Après avoir raccroché, Darcey réfléchit à la meilleure manière d'occuper ses journées pendant sa semaine de vacances. L'image du phare en ruine lui vint brusquement à l'esprit. Elle ne l'avait pas revu depuis le jour où Daniel l'avait emmenée là-bas.

Les travaux devaient maintenant toucher à leur fin. Bientôt, Daniel pourrait inaugurer l'édifice et le dédier à son père. Quoi qu'il en soit, elle n'assisterait pas à la cérémonie. À quoi bon, alors que le phare symbolisait tout ce qu'elle redoutait dans l'existence de Daniel ? La mise en danger de sa vie qui lui était pourtant si précieuse…

Mais elle était curieuse de voir l'avancée des travaux, et rien ne l'empêchait d'aller visiter les lieux pendant que Daniel travaillait.

Le lendemain, elle prit donc le tramway de la promenade jusqu'au terminus, puis marcha jusqu'au phare. L'édifice repeint en blanc resplendissait sous le soleil hivernal. Une plaque en cuivre étincelait au-dessus de la porte.

« En mémoire de MARK OSBOURNE »

Des ouvriers s'affairaient encore, et l'un d'eux s'approcha d'elle.

— Vous êtes infirmière en pédiatrie à Oceans House, n'est-ce pas ? déclara-t-il. Notre petit garçon y a été hospitalisé, il y a quelques semaines, mais il va bien maintenant.

Darcey se força à sourire, bien qu'elle sache déjà que sa présence serait certainement rapportée à Daniel lors de sa prochaine visite ici. Bien sûr, ce dernier voudrait aussitôt connaître les raisons de sa venue.

Mais elle s'inquiéterait de cela, le moment venu. La lumière de cet après-midi d'hiver baissait déjà, et le tram arriverait bientôt pour la ramener en ville, en même temps que tous les ouvriers. Avant cela, elle voulait jeter un coup d'œil au manoir et aux autres *cottages* que Daniel avait mentionnés et qu'elle apercevait à l'horizon.

Elle partit donc dans cette direction, marchant d'un bon pas. En approchant, elle comprit aussitôt l'envie de Daniel de vivre dans une maison proche du phare et de redonner vie au charmant petit village un peu à l'écart, où il voulait élever ses futurs enfants. Mais serait-elle capable de vivre avec cette crainte perpétuelle de le perdre en mer ? S'il ne pouvait comprendre l'angoisse qui la tenaillait, comment pourraient-ils mener ensemble une vie heureuse ?

Absorbée par ses réflexions, elle perdit la notion du temps et quand elle fit demi-tour pour prendre le chemin du retour, elle aperçut, horrifiée, le tram qui disparaissait au loin avec à son bord, tous les ouvriers. Il n'y avait plus personne en vue.

En quelques minutes, la nuit tomba sur les maisons vides derrière elle, en même temps qu'une grosse averse s'abattait sur elle, la pluie fouettant portes et fenêtres tandis qu'elle courait d'une maison à l'autre, à la recherche d'un abri. Finalement, ce fut la lourde porte en chêne du manoir qui s'ouvrit sous sa poussée en grinçant sur ses gonds, pour lui offrir un refuge bienvenu.

Le mieux pour elle était de rester là jusqu'à la fin de l'averse, puis de prendre le chemin du retour à pied dans la nuit, en restant prudemment à distance du bord de la falaise où s'élevait le phare.

Personne ne risquait de s'inquiéter pour elle, vu qu'elle n'avait prévenu personne de ses projets. Et comme elle était en vacances, ni Daniel, ni Cordelia ne la jugeraient assez stupide pour aller se perdre et s'abriter dans une maison vide, avant de se lancer dans une longue marche nocturne pour rentrer à Seahaven.

Pour couronner le tout, son téléphone ne fonctionnait pas dans cet endroit isolé. Elle commença à paniquer avant de se rappeler soudain l'ouvrier qui l'avait reconnue. Remarquerait-il son absence dans le tramway ? Aurait-il l'idée de donner l'alerte ?

C'était son seul espoir, et elle s'y raccrocha pour ne pas céder à la panique.

La journée avait été longue, et Daniel s'apprêtait à quitter l'hôpital quand un des ouvriers qui travaillaient à la réfection du phare apparut et demanda à lui parler.

Espérant qu'aucun problème grave n'affectait le phare, Daniel l'emmena dans son bureau et attendit de connaître la raison de sa visite. À son grand étonnement, l'homme n'était pas là pour parler travail.

— Je m'inquiète peut-être pour rien, commença son visiteur, mais il m'a paru sage de vous prévenir que l'infirmière en pédiatrie qui travaille ici était venue voir l'avancement des travaux du phare.

Daniel le regarda, les yeux écarquillés.

— Nous avons discuté un moment, expliqua l'homme, puis elle est partie se promener en direction du manoir. Quand le dernier tram est arrivé, nous nous sommes tous entassés dedans, et il y avait tellement de monde que je n'ai pas remarqué son absence. Ce n'est qu'en arrivant en ville que je me suis rendu compte qu'elle ne faisait pas partie du voyage. J'ai pensé qu'il valait mieux vous prévenir, vu que le temps là-bas laissait à désirer.

— Vous avez bien fait, dit Daniel en sautant sur ses pieds, un mauvais pressentiment au creux de l'estomac.

Il attrapa sa veste.

— Personne là-bas n'aurait pu la ramener en ville en voiture, par exemple ?

L'ouvrier secoua la tête.

— Non. Parfois, une moto s'arrête pour nous poser des questions sur les travaux, mais pas aujourd'hui. Et, nous, nous empruntons toujours le tramway.

— Merci d'avoir pris la peine de venir jusqu'ici, dit Daniel, l'air sombre à l'idée de Darcey, perdue dans la nuit.

Si elle avait eu envie d'aller voir le manoir de plus près, il était le seul à blâmer.

En arrivant devant le phare dont la peinture blanche luisait dans la nuit, il descendit précipitamment de voiture, espérant que, pour une fois, les ouvriers avaient laissé la porte ouverte. Mais non. Tout était en ordre. Rien ici ne donnerait envie à quiconque de s'attarder.

Son angoisse décupla, et il attrapa une lampe de poche dans le coffre de sa voiture pour se diriger à grands pas vers le petit village maintenant sombre, immobile et sans âme, mais peut-être pas vide, si Darcey y avait trouvé refuge.

La pluie avait cessé, et la lune brillait dans un ciel sans nuage, éclairant l'abri de Darcey. Elle se sentait perdue et transie de froid, depuis ce qui lui semblait une éternité. Elle s'apprêtait à repartir vers la civilisation quand elle entendit une branche craquer à proximité. La porte s'ouvrit lentement, et la personne qu'elle avait appelée de tout son cœur dans le silence qui l'entourait apparut.

— Daniel ! s'exclama-t-elle, des sanglots de soulagement montant du plus profond de son être et les larmes coulant sur ses joues. Je priais pour que l'ouvrier avec lequel j'avais discuté ait remarqué mon absence dans le tramway !

Daniel ôta son manteau bien chaud et le posa sur ses épaules, avant de l'attirer contre lui où elle se blottit.

— Tes prières ont été exaucées, dit-il doucement. De retour en ville, il est passé à l'hôpital pour me prévenir qu'il s'inquiétait pour toi. Je dois dire que j'ai été très surpris. Après notre conversation, j'aurais pensé que le phare et le manoir seraient les derniers endroits que tu aurais voulu visiter par un après-midi pluvieux de congé. Tu n'as pas bénéficié des meilleures conditions pour découvrir les lieux ! Mais retournons à la voiture bien chauffée. Avant de venir, j'ai fait un saut à la cafétéria de l'hôpital pour prendre du café bien chaud.

Donnant la lampe à Darcey, il la prit dans ses bras et la porta jusqu'à la voiture.

Une fois dedans, il l'embrassa tendrement.

— Ne me refais plus jamais une peur pareille, dit-il, quels que soient nos différends.

Il lui offrit du café et poussa le chauffage à fond. Bien que réconfortée, Darcey retenait ses larmes. Hélas, rien n'avait changé quant à leurs positions sur les secours en mer. Malgré cela, elle l'aimait trop pour envisager sa vie sans lui.

De son côté, Daniel regrettait terriblement de ne pas avoir expliqué à Darcey qu'il avait demandé à être remplacé sur le canot de sauvetage. Il attendait maintenant un candidat pour prendre la relève.

— Je crois que tu devrais passer la nuit chez moi, dit-il. Il y fait bien chaud. Je te préparerai un bon repas et veillerai sur toi, après toutes ces émotions.

— Non, merci, répondit-elle au moment même où ils arrivaient dans leur quartier.

Elle sortit de la voiture et lui rendit sa veste.

— Très bien, fais comme tu veux ! lança Daniel dont la patience commençait sérieusement à s'émousser. Tu sais où me trouver, si tu as besoin de moi.

Sur ces mots, il repartit dans la nuit.

En rentrant chez lui, il trouva un message de Cordelia. Elle lui demandait des nouvelles de Darcey, qu'elle n'avait pas vue depuis quelque temps.

Avant de s'installer confortablement pour la soirée, il lui retourna son appel et lui expliqua qu'il venait juste de déposer Darcey chez elle, après qu'elle s'était perdue dans un endroit bizarre qu'elle était partie explorer pendant sa journée de congé.

— Quel dommage que tu ne sois pas en vacances, toi aussi ! s'exclama sa sœur, toujours pleine d'espoir.

Puis elle raccrocha, l'abandonnant à cette solitude qui lui convenait parfaitement il n'y a pas si longtemps encore mais qu'il ne supportait plus aujourd'hui.

Le lendemain matin, Daniel trouva une enveloppe posée sur son bureau. C'était une note succincte de Darcey qui s'excusait de ne pas lui avoir témoigné plus de gratitude, après qu'il était venu à son secours, alors qu'elle s'était montrée si imprudente. Elle lui expliquait également qu'elle serait absente pendant quelques jours, parce qu'elle partait rendre visite à son frère.

Daniel soupira. Non seulement il aurait préféré la serrer dans ses bras au lieu de lire une brève note de sa part, mais surtout, même s'il comprenait le besoin de Darcey de voir son frère, les journées allaient lui paraître interminables sans elle.

Cordelia devait passer dans la matinée avec Bethany, pour une nouvelle radio, probablement la dernière. Si tout allait bien, la petite pourrait retourner à l'école après le week-end, son dos maintenant tout à fait guéri. Ce qui signifiait également que sa grande sœur ne pourrait plus porter son costume d'infirmière à l'hôpital, comme elle l'avait fait jusque-là.

Il n'y avait eu aucun appel au secours venant d'un bateau en détresse depuis quelque temps, ce qui était plutôt inhabituel à cette époque de l'année. Daniel espérait que cela resterait ainsi jusqu'à ce que son remplaçant soit trouvé. Une fois cette question réglée, la route serait libre pour Darcey et lui, si elle l'aimait autant que lui. Mais tant qu'un candidat ne serait pas recruté, il devrait continuer à occuper la position de timonier, pour ne pas trahir la confiance de son père.

Si Cordelia était au courant de la situation, elle lui dirait probablement que son père comprendrait et ne voudrait que son bonheur, mais Daniel n'avait aucunement l'intention de mêler sa sœur à cet imbroglio.

Une fois qu'il se fut assuré que tout allait bien pour Bethany, il renvoya mère et fille chez elles sans mentionner ses problèmes.

Il ne s'était jamais dérobé à sa mission de secouriste en mer. Pour lui et les autres membres de l'équipage, risquer ainsi sa vie était aussi naturel que respirer. Peut-être encore plus pour lui, dont le père était vénéré parmi les marins et pêcheurs.

Mais sachant comment Darcey avait perdu ses parents et s'était ensuite chargée seule d'élever son jeune frère pendant toutes ces années, il comprenait sa crainte que le destin ne lui joue de nouveau un mauvais tour et lui arrache l'homme qu'elle aimait. Comment pourrait-il l'obliger à vivre avec cette épée de Damoclès suspendue au-dessus de la tête, si elle acceptait de l'épouser ?

9

Quand le train entra en gare dans sa ville natale, Alex l'attendait. Le moral de Darcey grimpa aussitôt en flèche. Il avait l'air heureux et détendu et l'accueillit avec un grand sourire.

Sur le chemin du petit hôtel où il avait réservé une chambre pour elle, il lui posa de nombreuses questions sur Seahaven.

Ce soir-là, après qu'ils eurent dîné, ils s'installèrent dans le salon de l'hôtel.

— Je suis impatient de découvrir où tu habites et l'hôpital où tu travailles dans cette ville au bord de la mer, Darcey. Du coup, j'envisage de venir te rendre visite à Pâques, ce qui n'est pas trop loin. Serais-tu d'accord ?

— J'adorerais cela, répondit-elle joyeusement, si ça ne t'ennuie pas que je sois obligée de travailler en cas de surcharge de travail. Mon appartement est petit et dans l'enceinte de l'hôpital, malheureusement, mais je te trouverai un endroit sympa où loger.

— Ne t'inquiète pas pour cela et, si certains jours tu es retenue à ton travail, je suis sûr que je trouverai de quoi m'occuper, d'autant que tu vis en bord de mer !

— Très bien. Tu me diras combien de temps tu comptes rester, et je te réserverai une chambre. Nous serons de nouveau ensemble, ajouta-t-elle, heureuse de retrouver son frère, alors qu'elle se sentait si seule.

Les bras de Daniel lui manquaient terriblement, et elle

souhaitait de tout son cœur qu'il abandonne ses missions de sauvetage, pour donner une chance à leur couple. Hélas, il n'était probablement pas prêt à se plier à ses désirs.

Néanmoins, elle s'efforça de repousser tout cela dans un coin de son esprit pour la durée du week-end et savoura ces deux journées en compagnie de son frère.

Ce n'est que lorsqu'elle se retrouva dans le dernier train en partance pour Seahaven, dans la nuit noire, qu'elle s'autorisa à penser au seul homme qu'elle aimerait jamais.

Bizarrement, comme s'il avait lu dans ses pensées, Daniel se trouvait sur le quai à son arrivée, son regard alerte scrutant chaque visage qui descendait du train. Quand il l'aperçut, il la rejoignit en deux enjambées, s'empara de sa valise et sourit devant sa surprise.

— Je suis venu un peu par hasard, expliqua-t-il. Je suis passé devant ton appartement et quand j'ai vu qu'il n'y avait pas de lumière, j'ai décidé de guetter l'arrivée des trois derniers trains, au cas où tu serais dans l'un d'eux. À cette heure, il n'y a plus de tramway, et les taxis sont très demandés.

— Merci d'avoir pensé à moi, dit-elle mal à l'aise, après avoir espéré entendre de bonnes nouvelles.

Mais apparemment se faire remplacer à bord du bateau de sauvetage ne figurait pas dans son agenda. Elle lui avait demandé plus qu'il n'était prêt à donner.

Ils se dirigèrent vers la voiture et, à l'air contrarié de Darcey, Daniel devina l'objet de ses préoccupations. Il aurait pu lui expliquer qu'il cherchait à se faire remplacer, mais qu'aucun candidat ne s'était encore présenté. En réalité, il se retrouvait maintenant partagé entre son amour pour elle et ses responsabilités envers ceux dont la vie était en péril.

Quand Daniel la déposa devant son appartement, Darcey fut tentée de l'étreindre. Elle ne voulait pas qu'il parte. Elle avait besoin de ses bras autour de ses épaules, de ses baisers passionnés… Et en même temps comment pourrait-elle lui demander cela, alors qu'elle était par ailleurs incapable de comprendre les engagements qu'il avait pris avant de la rencontrer ?

Elle comprenait son sens des responsabilités. Elle-même avait assumé l'éducation de son jeune frère, lorsque tous deux s'étaient retrouvés seuls au monde. Elle avait apporté à Alex tout l'amour dont la mort de leurs parents l'avait privé.

Seulement, elle aspirait aujourd'hui à une vie plus sereine.

Elle mit la clé dans la serrure.

— Tu reprends le travail, demain ? demanda Daniel.

— Oui, et je suis impatiente de retrouver mes petits patients, répondit-elle avec un sourire.

— À demain, alors.

Quand il fit demi-tour, elle dut se retenir de lui courir après.

— Merci encore d'être venu m'attendre à la gare, Daniel, lança Darcey, le lendemain matin. C'était vraiment très gentil de ta part.

Gentil !

Daniel se garda de lui avouer que s'il avait fait le pied de grue à la gare à minuit passé, c'était parce qu'elle lui manquait terriblement et qu'il était impatient de la retrouver. Et puis, il avait voulu s'assurer qu'elle revenait saine et sauve de ces deux jours passés loin de lui.

Quoi qu'il en soit, il était temps pour lui de se mettre au travail. De jeunes enfants attendaient qu'il guérisse leurs corps blessés. Aussi commença-t-il sa tournée matinale, Darcey à son côté.

En observant Daniel avec ses petits patients, Darcey sentit son cœur se gonfler de tendresse.

Elle ne pouvait s'empêcher de s'imaginer fonder une famille avec lui. Pure folie, alors que la peur de le perdre un jour la tenaillait. Daniel aurait beaucoup de mal à abandonner l'équipage du bateau de secours, surtout avec l'inauguration imminente du mémorial en l'honneur de son père. Pourquoi chercherait-il à se faire remplacer alors que, de toute évidence, le sauvetage en mer était une vocation pour lui ?

Même si elle l'aimait, elle resterait probablement seule, toute sa vie. Et cela d'autant plus que son jeune frère n'avait plus besoin d'elle maintenant qu'il était adulte.

Leur tournée terminée, Daniel partit voir d'autres malades, laissant Darcey en proie à un tumulte d'émotions. Supporterait-elle de travailler auprès de Daniel, alors qu'ils n'avaient pas d'avenir ensemble ? Devait-elle envisager de quitter Seahaven, pour prendre un nouveau départ ailleurs, loin de celui qu'elle aimait ?

Mais si elle partait, que deviendrait-elle ?

Condamnée à la tristesse, loin de l'homme qu'elle aimait, saurait-elle redonner un sens à sa vie ? Regretterait-elle de n'avoir pas su partager Daniel avec un assortiment d'inconscients, qui se croient capables de dompter les dangers de la mer, alors que ce n'est pas le cas ?

Le cours de ses pensées fut interrompu par l'arrivée d'un brancardier, transportant une petite fille appelée Bonnie qui venait juste d'être admise à l'hôpital. Darcey se précipita pour s'occuper de sa nouvelle patiente.

Après une journée bien remplie, elle décida de dîner dehors. En effet, elle n'avait pas eu le temps de faire des courses après son retour tardif, la veille. Malheureusement, en entrant dans un restaurant près de chez elle, elle y découvrit Brendan Stokes. Il était de retour dans le secteur, après avoir été détaché dans un établissement similaire à Oceans House.

Assis à une table pour deux, il indiqua à Darcey la place vide en face de lui.

— Vous n'êtes pas avec le patron ce soir, n'est-ce pas ?

Toujours le même charmeur !

— Non, répondit-elle. Je suis juste venue prendre un sandwich à emporter, parce que je suis fatiguée. Je compte me coucher tôt.

Sans lui laisser le temps d'ajouter quoi que ce soit, elle se dirigea vers le comptoir, abandonnant l'idée d'un bon repas chaud.

De retour dans son petit appartement, à la nuit tombée, Darcey trouva un dépliant glissé sous sa porte, annonçant la réouverture et l'inauguration prochaine du phare en mémoire de Mark Osbourne, pour le samedi suivant. Daniel y avait ajouté une note manuscrite.

« Chère Darcey,

Je suppose que tu n'assisteras pas à la cérémonie, pour diverses raisons.

L'une étant ta mauvaise expérience, il n'y a pas si longtemps, quand tu t'es perdue à proximité du phare.

L'autre, ton aversion pour ce que ce phare représente...

Mais j'espère que tu te joindras à moi en pensée.

Affectueusement,

Daniel. »

Bien sûr qu'elle serait avec lui en pensée, songea-t-elle, les larmes aux yeux.

Daniel n'était pas responsable de sa peur d'être seule. Hélas, parce qu'ils n'envisageaient pas la vie de la même manière, l'avenir lui semblait bien sombre...

Darcey rêva de tempêtes – et de Daniel. À son arrivée à l'hôpital, le lendemain matin, elle s'approcha de l'homme qui hantait ses rêves.

— Je penserai bien à toi, samedi. Ton père a dû être un homme vraiment exceptionnel. Qu'en était-il de ta mère, de son vivant ? Avait-elle peur de le perdre en mer ?

— C'était difficile, pour elle, comme pour n'importe quelle femme qui aime un homme qui risque sa vie pour celle des autres, répondit-il d'un air sombre. Je suis passé chez Cordelia, hier soir, pour mettre ma famille au courant de l'inauguration, samedi. Elle s'est réjouie de savoir que grâce au phare, le souvenir de notre père perdurerait.

Puis comme s'il estimait le sujet clos, il indiqua le premier lit de la salle.

— Et si nous commencions notre tournée ?

Le samedi arriva. Malgré un vent glacial, ceux qui avaient connu et respecté Mark Osbourne avaient fait le trajet jusqu'en haut de la falaise, pour témoigner leur respect à cet homme courageux et intrépide.

Daniel fouillait la foule du regard, espérant apercevoir Darcey, sans succès, jusqu'à l'arrivée du dernier tramway chargé de spectateurs. Elle fut la première personne à descendre, et le cœur de Daniel bondit à l'idée qu'elle comprenait au moins ses sentiments.

Pourtant à la fin du service, il la chercha en vain dans la foule. De toute évidence, elle était repartie, et rien n'avait changé entre eux.

— Il m'avait semblé apercevoir Darcey, dit Cordelia en s'approchant de lui. Est-elle partie ?

— On dirait. Nous avons un problème, expliqua-t-il devant l'air interrogateur de sa sœur. Je lui ai demandé de m'épouser, mais elle a trop conscience des dangers du sauvetage en mer pour dire oui, à juste titre, je le reconnais. Darcey a perdu ses parents dans des circonstances tragiques quand elle était adolescente et elle a dû élever seule son jeune frère. Alors, il est compréhensible qu'elle redoute aujourd'hui que l'histoire se répète avec nos propres enfants, si je disparaissais à mon tour comme papa.

— Quel dommage pour vous deux que votre bonheur soit gâché par de tristes événements du passé ! s'exclama Cordelia.

— J'attends de voir si les autorités peuvent trouver un candidat susceptible de me remplacer sur le bateau, dit-il, mais jusque-là, aucune nouvelle. J'espère que Darcey et moi aurons un avenir, mais tant que la situation n'évolue pas entre nous, j'apprécierais que tu gardes tout cela pour toi, Cordelia.

De retour dans son appartement après son apparition éclair à la cérémonie, Darcey regretta d'être partie aussi vite. Mais ce phare et surtout ce qu'il représentait n'avaient fait que raviver ses craintes de se retrouver seule. Avec ces pensées en tête, elle commença à réfléchir au programme du reste de sa journée.

À ce moment-là, des coups furent frappés à sa porte d'entrée, et elle alla ouvrir.

— Merci d'être passée à l'inauguration, commença Daniel d'un air grave. J'imagine que cela n'a pas dû être facile pour toi. Je suis venu t'inviter à déjeuner si tu le veux bien.

— J'accepte avec plaisir, répondit-elle avec un sourire.

— Alors, attrape ta veste et en route pour le restaurant que tu avais tant aimé, la première fois que nous avons dîné ensemble.

Ils agissaient tous les deux comme si aucun nuage n'assombrissait le ciel alors que, en vérité, l'horizon était totalement bouché.

Daniel laissa sa voiture sur le parking de l'hôpital, et c'est à pied qu'ils se dirigèrent vers le restaurant.

— Cordelia m'a demandé où tu étais passée, dit Daniel. Elle regrettait de ne pas avoir eu l'occasion de te parler.

— Oui, je sais. C'est ma faute. Je l'appellerai pendant le week-end.

— Pâques sera bientôt là, dit-il en changeant de sujet. As-tu prévu quelque chose ou comptes-tu travailler pendant cette période ? Finalement, nous n'avons jamais été naviguer avec le club des Moussaillons. Ou ce sujet est-il complètement tabou ?

— Non, bien sûr que non.

Darcey mourait d'envie de l'attirer contre elle, sans parvenir toutefois à oublier le jour où, alors qu'il la serrait dans ses bras, Daniel avait pris un appel du poste de secours en mer et gâché cet instant merveilleux. Depuis lors tout avait changé, et elle avait conscience des efforts qu'il déployait pour éviter tout nouveau sujet de polémique entre eux.

Il y avait beaucoup de monde dans le restaurant, mais on leur trouva quand même une place. Pendant qu'ils attendaient leurs plats, plusieurs personnes qui avaient assisté à la cérémonie s'arrêtèrent à leur table pour dire à Daniel combien ils trouvaient approprié ce geste en mémoire d'un tel homme.

— Tu dois être très fier de ton père, fit remarquer Darcey, impressionnée.

— Oui, je le suis, mais je ne recherche pas ce genre de chose pour moi-même.

À cet instant, le serveur apporta leurs plats, et il n'ajouta rien. Tous deux se sourirent, prêts à déguster leur repas.

À la fin du déjeuner, Daniel raccompagna Darcey chez elle.

— Puis-je t'offrir un café avant que tu regagnes ton appartement ? demanda-t-elle.

— Euh... Oui, merci, répondit-il.

Pas question pour lui de laisser passer une chance de passer quelques minutes de plus en sa compagnie.

Dans l'appartement, pendant que Darcey accrochait sa veste, il ne résista pas à l'envie de jeter un coup d'œil en direction de sa chambre, son regard s'arrêtant sur son petit lit une place. À l'idée de son immense lit double qu'il aimerait tant partager avec elle et du poids de leurs différends, il renonça à rester.

— Finalement, je vais rentrer tout de suite, annonça-t-il. J'ai pas mal de dossiers sur lesquels je dois travailler.

— Oui, bien sûr. Merci pour cet agréable déjeuner, Daniel.

— Tout le plaisir était pour moi.

Après un bref hochement de tête, il prit congé.

Une fois de retour dans son duplex silencieux, il poussa un soupir et gravit lentement l'élégant escalier qui conduisait à l'étage où se trouvait sa chambre.

Là, il contempla son lit, nettement plus confortable que

celui de Darcey, dont le souvenir lui faisait pourtant bouillir le sang dans les veines.

Aurait-il un jour le bonheur de la porter jusqu'ici comme sa jeune épouse ? Darcey possédait une forte détermination, née de sa peur de se retrouver seule, ce qu'il pouvait comprendre. Malheureusement, en ce qui concernait son remplacement au poste de timonier, les choses semblaient beaucoup plus difficiles qu'il l'avait anticipé. Pour autant, impossible pour lui d'abandonner l'équipage avec un homme en moins. Il espérait donc un retour positif des autorités qui, en le libérant de ses obligations, lui permettraient d'épouser Darcey. Il en rêvait, même s'il savait également qu'il garderait toujours au fond de lui le regret de ne plus se confronter aux assauts d'une mer déchaînée.

Le soir, juste avant de se coucher, il ne résista pas à l'envie de jeter un dernier regard en direction de l'appartement de Darcey, où plus aucune lumière ne brillait. Il l'imagina allongée seule dans son petit lit blanc, et son cœur se serra à l'idée du mal qu'il lui faisait en s'accrochant à sa sinistre résolution.

Pendant un long moment, Darcey resta éveillée, s'interrogeant sur ce que l'avenir lui réservait. Combien de temps Daniel et elle allaient-ils jouer ensemble au chat et à la souris ?

Lorsqu'elle ferma enfin les yeux, ce fut pour sombrer dans un sommeil agité et court. Déjà, la sonnerie stridente de l'alarme la réveillait en sursaut, avec l'impression qu'elle venait à peine de fermer les yeux.

Un soupçon de printemps accompagnait cette matinée. Un pâle soleil brillait dans un ciel sans nuage, et la mer était plus calme que Darcey ne l'avait vue depuis son arrivée à Seahaven.

Pâques serait bientôt là et, avec lui, Alexander. Quand Daniel ferait sa connaissance, il comprendrait combien ce jeune frère qu'elle avait élevé comptait pour elle. Ainsi peut-être que son désir de mettre au monde ses propres enfants avec lui pour père, mais sans la peur incessante qu'un jour il lui soit arraché par une virée en mer.

C'était dimanche et, pour une fois, elle ne travaillait pas. Le beau temps lui donnait envie de sortir et de se promener et tandis qu'elle réfléchissait à ce qu'elle allait faire, son téléphone sonna. C'était Cordelia qui l'invitait à déjeuner.

— Je serais ravie de venir, répondit-elle. J'allais justement vous appeler pour m'excuser de ne pas être allée vous saluer, hier, après l'inauguration du phare.

— Ne vous inquiétez pas pour cela. Les filles sont impatientes de vous voir, tout comme Lawrence et moi-même. Et... Daniel le serait également s'il savait que vous veniez. Mais il ne le découvrira que lorsqu'il nous rejoindra, après sa sortie au club. Aujourd'hui, il doit recevoir un candidat potentiel et lui expliquer en quoi consiste son poste sur le canot de sauvetage.

— Je vois, balbutia Darcey.

Ainsi, Daniel cherchait un remplaçant pour ses missions de sauvetage ! Cela signifiait-il qu'il serait bientôt libre de s'engager avec elle ?

— Daniel m'a parlé de vos craintes au sujet du sauvetage en mer..., dit Cordelia d'une voix douce. Je les comprends parfaitement, d'autant que je les partage. Mais il faut savoir que les accidents sont très rares.

— Ma raison le sait, rétorqua Darcey. Mais pour ce qui est de mon cœur... La peur de le perdre est là.

Cordelia marqua un silence, avant de reprendre.

— Daniel est un homme courageux et raisonnable. S'il doit continuer à faire partie de l'équipe de secours, il vous faudra décider si vous vous sentez la force ou pas de le supporter sur le long terme...

Darcey laissa échapper un soupir.

— Je sais à quel point son rôle de sauveteur lui tient à cœur. C'est comme un lien entre son père et lui. Et je m'en veux d'exiger de lui qu'il renonce à cette vocation pour moi.

Mais je ne me crois tout simplement pas capable de vivre dans l'angoisse. J'ai trop souffert autrefois.

— Quels que soient les liens que vous aurez avec mon frère à l'avenir, vous et moi sommes amies, Darcey. Et je vous attends donc pour déjeuner. Toute la famille sera heureuse de vous voir. Daniel aussi !

Touchée par les mots de Cordelia, Darcey sentit une larme rouler sur sa joue.

— J'accepte avec plaisir cette invitation, conclut-elle.

Quand Daniel arriva chez sa sœur pour déjeuner, il trouva Darcey couverte de bandages posés par deux petites infirmières en herbe.

Les rires chassèrent un instant son humeur sombre. Il avait passé la matinée à faire visiter, à contrecœur, son canot de sauvetage à un autre timonier.

— J'ai appelé chez toi tout à l'heure pour t'expliquer ce que j'allais faire ce matin, mais il n'y avait personne. Où étais-tu ? demanda-t-il.

— Le soleil printanier m'a attirée dehors, et j'ai fait une longue balade sur la promenade. À mon retour, j'ai reçu un appel de Cordelia qui m'invitait à déjeuner.

— Donc, tu sais déjà ce que j'ai fait aujourd'hui.

— Oui, mais pourquoi ne m'en as-tu pas parlé hier ?

— Parce que je n'ai été prévenu que ce matin, deux heures avant le rendez-vous.

— Et ? demanda-t-elle, anxieuse.

— Le candidat a aimé tout ce qu'il a vu, sauf qu'il n'avait pas compris que cela impliquait pour lui de déménager.

— C'était le seul candidat potentiel ?

— Oui, évidemment ! Crois-tu vraiment que je les aurais tenus à distance, parce que cela m'arrangeait ? Le fait est que je suis profondément attaché à mon engagement dans le sauvetage en mer, mais comme je ne tiens pas à te faire souffrir inutilement, je suis d'accord pour renoncer à cette activité, lorsque le moment sera venu. Cela étant, puisque je n'ai pas encore trouvé de remplaçant, il vaut peut-être mieux que nous prenions tous deux un peu de recul pendant quelque temps. Qu'en penses-tu ?

— Comme tu veux, répondit-elle d'une voix rauque.

Si Cordelia n'avait pas annoncé à cet instant que le repas était prêt, Darcey serait sans doute partie.

Mais elle avait trop d'affection pour son amie pour gâcher son plaisir. Aussi discuta-t-elle principalement avec les enfants, pendant que Daniel et Lawrence parlaient sport et que leur hôtesse souriait, inconsciente de la discussion animée qui avait agité ses invités.

Quand le crépuscule commença à tomber sur la ville, prétextant un appel d'Alex en début de soirée, Darcey commença à rassembler ses affaires avec l'intention de rentrer chez elle à pied.

— Je te raccompagne, annonça Daniel qui s'était approché. Je n'aime pas te savoir seule dans les rues le soir.

— Tout ira bien, répondit-elle. Je croyais que nous devions prendre un peu de recul ? ajouta-t-elle à voix basse.

— C'est vrai, mais pas maintenant. Je raccompagne Darcey chez elle et je reviens, lança-t-il à sa sœur.

Cordelia hocha la tête, ravie. Son vœu de voir son frère trouver enfin l'âme sœur semblait sur le point de se réaliser.

Elle espérait de tout cœur que Darcey serait celle qui rendrait Daniel heureux. Avant de nager dans le bonheur, il leur restait toutefois pas mal de chemin à parcourir et des vieilles blessures à guérir...

10

Le trajet se fit en silence, jusqu'à ce que Daniel gare la voiture devant l'appartement de Darcey.

— Salue ton frère de ma part quand tu l'auras au téléphone, dit-il. Pourquoi ne lui proposes-tu pas de venir vivre ici ? Il pourrait s'inscrire au club des Moussaillons.

Elle sourit pour la première fois depuis qu'ils avaient quitté la maison de Cordelia.

— Il en a déjà envie. Sa visite à Pâques l'aidera peut-être à prendre sa décision, ce qui impliquerait qu'il s'inscrive dans une nouvelle université à la rentrée.

— Évidemment.

Darcey descendit du véhicule, et Daniel repartit en sens inverse. Depuis qu'il la connaissait, il avait pris conscience de sa chance d'avoir une famille comme la sienne. Darcey et son frère avaient été privés d'un cercle proche, après le décès tragique de leurs parents. Il comprenait donc d'autant mieux son désir de faire un mariage serein, sans crainte ni appréhension.

Lui offrir ce bonheur le comblerait de joie, même si le prix à payer était cher à ses yeux. Il signifiait en effet renoncer à sa vocation de sauver la vie de tous ceux qui se retrouvaient aux prises avec l'océan. Il regretterait ce rôle.

Quoi qu'il en soit, la priorité était de trouver un nouveau timonier. D'autant que Pâques approchait, avec son lot de plaisanciers, impatients de se lancer sur les flots autour de Seahaven. Beaucoup étaient persuadés d'être des marins aguerris – jusqu'au premier écueil.

S'il avait demandé qu'on le remplace, Daniel ne pouvait s'empêcher d'espérer, au fond de son cœur, que le destin lui offre une dernière occasion de suivre les traces de son père – sans bien sûr braver le danger ou inquiéter Darcey.

Il était tombé amoureux d'elle au premier regard et savait à présent qu'elle était la réponse à toutes ces années de solitude qui avaient suivi son divorce. Lorsqu'il avait compris qu'elle l'aimait aussi, il avait connu un bonheur incroyable. Hélas, le douloureux passé de Darcey et son propre engagement dans les secours en mer étaient venus gâcher leur belle histoire d'amour naissante.

Un sourire aux lèvres, Darcey était au téléphone avec son frère. Il venait de lui confirmer les dates de son séjour. Il arriverait trois semaines plus tard, la veille du vendredi saint, et resterait jusqu'au milieu de la semaine suivante. Après son séjour à Seahaven, il envisageait de décoller pour Bangkok, afin de continuer son voyage.

— Je suis impatient de me retrouver au bord de la mer, dit-il. Il y a bien le lac ici où nous allons quand nous ne travaillons pas, et c'est super, mais rien de comparable à la mer. As-tu été naviguer ?

— Pas encore, répondit-elle d'une voix atone. Peut-être que tu pourras m'apprendre ?

— Pas de problème, promit-il avant de raccrocher.

Le silence revenu dans l'appartement, Darcey prit conscience que le plus sûr moyen pour Alex de naviguer serait de s'inscrire au club des Moussaillons, sous la houlette de Daniel.

Le lendemain, Pâques lui parut encore bien loin. Les lundis étaient toujours chargés, suite aux week-ends pendant lesquels les jeunes sortaient et se donnaient à fond dans leurs jeux, ce qui hélas les conduisait parfois à l'hôpital.

Darcey accompagna Daniel pour leur tournée habituelle des lits. Cela ne leur laissa guère de temps pour s'inquiéter d'autres sujets que la santé de leurs jeunes patients.

— Tout va bien depuis notre discussion d'hier ? lui demanda-t-il, avant de quitter le service.

— Oui, je crois. Je sais que je t'en demande trop, Daniel et je m'en excuse.

— Inutile, protesta-t-il gentiment. Contente-toi d'être toi-même.

Il s'éloigna, la laissant s'interroger sur la nature des sentiments qu'il nourrissait pour elle.

Les jours rallongeaient, le soleil avait maintenant renoncé à jouer à cache-cache avec les nuages. Mais Daniel n'avait encore reçu aucune candidature pour le poste de timonier – aucun membre de son équipage ne s'était proposé, chacun étant à l'aise à son poste.

Sachant que Darcey regrettait cette situation, il se préparait à devoir renoncer à ce rôle qui lui avait toujours tenu à cœur.

Ce jour fatal finirait par arriver tôt ou tard, même si cela prenait plus de temps que prévu.

Ce dimanche-là, Darcey avait accepté de suivre Daniel en mer, sur le bateau qui, les réparations terminées, avait retrouvé sa place dans la flotte, avec un équipage complet de jeunes matelots, encadré par Ely. Alex allait adorer naviguer avec ces jeunes de son âge. En raison de leur inexpérience, ils ne s'éloignaient guère des côtes, ce qui n'empêchait pas les navigateurs en détresse de se réjouir de leur arrivée.

À leur retour au poste de commandement près du port,

Bridget les attendait avec le déjeuner qui fut suivi comme toujours de la réunion hebdomadaire du club.

Darcey se demanda si les jeunes appréciaient à leur juste valeur tout le temps que Daniel leur accordait, et la patience qu'il déployait pour leur transmettre sa passion. Son dévouement forçait l'admiration.

Tandis qu'elle se faisait ces réflexions, leurs regards se croisèrent, et elle ressentit aussitôt cette communion qui les liait. Elle le remercia pour la sortie en mer et le quitta pour aller profiter des quelques heures qui restaient de cet exceptionnel dimanche de congé.

Daniel regarda Darcey s'éloigner, regrettant qu'elle ne soit pas restée jusqu'à la fin de la réunion, ce qui leur aurait permis de passer un moment ensemble. Mais peut-être cherchait-elle justement à l'éviter, maintenant que leur relation était en perte de vitesse, chacun d'eux campant sur ses positions.

À l'approche de Pâques, Darcey commença à rayer sur le calendrier chaque journée qui la rapprochait de l'arrivée d'Alex. Il lui manquait tant ! Alors qu'il avait longtemps été le centre de son univers, son petit frère avait pris son envol – trop loin d'elle à son goût.

Son frère devait arriver à la mi-journée, le jeudi, et Darcey se rendit compte tristement qu'elle ne serait pas là pour l'accueillir. Pis, elle devrait attendre jusqu'au soir pour le serrer dans ses bras. Ce qui ne sembla pas perturber Alex plus que cela quand elle l'appela pour le lui annoncer.

— Ce n'est pas grave, déclara-t-il d'un ton désinvolte. Une fois que j'aurai déposé mes affaires dans le studio que tu m'as réservé, je saurai m'occuper. Je me promènerai au bord de l'eau, et ce sera génial. Ensuite, j'irai t'attendre devant l'hôpital et, quand tu sortiras, à nous la grande vie, n'est-ce pas, sœurette ?

— Euh... Oui, répondit-elle en riant. Me laisseras-tu quand même le temps d'enlever mon uniforme ?

— Bien sûr.

Elle n'avait pas beaucoup vu Daniel depuis leur sortie en mer. C'était comme s'il cherchait à l'éviter, même s'il avait mentionné être impatient de rencontrer son frère, ce qui était toujours mieux que rien. Peut-être les emmènerait-il dîner tous les deux, un soir.

Elle lui en fit la suggestion, et Daniel acquiesça sans hésitation. Mais, très vite, Darcey se demanda si elle avait bien fait d'organiser une rencontre entre son frère et l'homme qu'elle aimait.

Avec la chance qu'ils avaient, il recevrait sans doute un appel au secours, ce soir-là...

Le jeudi, à la fin de sa journée de travail, Darcey ne trouva pas Alex devant l'hôpital. Comme son appartement n'était pas loin, elle s'y précipita, mais il n'était pas là non plus. Elle l'appela sur son portable, sans qu'il décroche.

Il était pourtant bien arrivé, il le lui avait confirmé au téléphone. Alex lui avait même indiqué s'être installé dans le petit studio qu'elle lui avait déniché face à la mer. Il avait l'intention de passer l'après-midi au bord de l'eau.

Où était-il donc passé ?

Il s'agissait probablement d'un simple contretemps.

Inquiète malgré tout, elle se dirigea vers le bord de mer, scrutant les alentours. Soudain, elle remarqua au loin, une petite foule rassemblée qui scrutait l'océan.

Aussitôt, son cœur se serra. Le canot de sauvetage en mer fonçait vers l'extrémité de la baie, dans une mer particulièrement démontée. Au loin, une forme humaine semblait ballottée par les flots, projetée sur les rochers avant d'être tirée en arrière, telle un fétu de paille.

Une peur sourde étreignit le cœur de Darcey.

Le bateau venait d'atteindre le nageur, et elle vit Daniel et un autre membre d'équipage passer par-dessus bord avec des gilets de sauvetage. Ils réussirent à remonter le corps inerte dans le bateau.

Alors, Darcey sut, sans le moindre doute, qu'il s'agissait d'Alex. Son frère allait lui aussi lui être arraché.

Le canot repartit en sens inverse, direction le port, salué par les applaudissements de la foule qui avait assisté au sauvetage.

Darcey se rua vers le ponton pour l'attendre.

Bridget l'avait devancée.

— Ils viennent de nous informer que le garçon est inconscient, expliqua-t-elle. Je ne sais pas qui est ce malheureux, mais il doit une fière chandelle à notre équipe. Ils seront là dans une minute et l'emmèneront directement à Oceans House où Daniel l'examinera. Si besoin, ils le transféreront à l'hôpital du centre-ville.

— C'est mon frère, hoqueta Darcey. Il est tout ce qui me reste au monde.

— Le bateau arrive. Vous allez pouvoir le voir et l'accompagner à l'hôpital, dit Bridget en lui tapotant le dos. Une ambulance attend pour l'emmener à Oceans House avec Daniel comme d'habitude. Si vous le lui demandez, je suis sûre qu'il vous autorisera à monter avec eux.

Darcey entendait à peine la vieille dame. Ses peurs prenaient vie et, sous ses yeux noyés de larmes, l'équipage descendit Alex, allongé sur une civière, Daniel à son côté.

— Quand j'ai vu son visage de près, j'ai été horrifié, lança Daniel en l'apercevant. Vous vous ressemblez tellement tous les deux.

— Va-t-il survivre, Daniel ? demanda-t-elle, les yeux fixés sur son frère immobile.

— Oui, il respire normalement maintenant. Une fois à Oceans House, je pourrai te rassurer davantage.

Il fit un signe de tête à l'ambulancier.

— Monte avec nous, ajouta-t-il. Dans une minute, nous serons sur place.

À cet instant, Alex ouvrit les yeux.

— Qu'est-ce que j'ai fait, Darcey ?

— Tu as affronté la marée d'équinoxe et tu as perdu répondit-elle. Nous t'emmenons à l'hôpital pour t'examiner.

— Bonne idée, dit-il avant de perdre à nouveau conscience.

— Nous le conduirons directement en radiologie. Je suis désolé de ce qui est arrivé à ton frère, Darcey. Cela n'a sûrement fait que renforcer tes craintes quant au sauvetage en mer.

— Non, Daniel, répondit-elle avec un pâle sourire. C'est tout le contraire. J'ai pris conscience de la chance qu'ont ceux qui se trouvent en péril, de pouvoir être secourus par une équipe comme la tienne. Je me trompais complètement et je ne veux pas que tu renonces à cela. Sans toi et ton équipe, Alex serait mort.

L'ambulance se gara devant les portes d'Oceans House, et Alex fut immédiatement transporté à l'intérieur, Darcey et Daniel auprès de lui. Reprenant conscience, il ouvrit les yeux.

— Je m'amusais à esquiver les grandes vagues, expliqua-t-il. Mais elles allaient trop vite pour moi et maintenant, je vais passer les vacances de Pâques à l'hôpital.

— Cela dépendra de tes blessures, commenta Daniel. La radio va nous en dire plus. À l'avenir, tu te rappelleras que l'océan n'est pas toujours amical. Loin de là.

Les radios révélèrent un bras cassé et d'énormes hématomes sur tout le corps. Mais Darcey et Daniel savaient que cela aurait pu être bien pire.

Quand Alex les interrogea sur son état, il écouta en silence leurs explications avant de demander à nouveau s'il allait devoir rester à l'hôpital jusqu'à sa guérison ou s'il pouvait s'installer chez Darcey.

— L'appartement de Darcey est trop petit pour que tu puisses loger chez elle, et je préfère que tu ne restes pas seul dans ton studio, tant que tu ne seras pas guéri. Mais j'ai une suggestion. Que dirais-tu de loger chez moi ? J'ai une chambre d'amis et je pourrai ainsi garder un œil sur toi pendant la nuit.

Chaque matin, je te ramènerai à l'hôpital, où tu pourras te rétablir en nous regardant travailler, ta sœur et moi.

— Ce serait formidable ! lança Alex d'une voix faible.

Son regard glissa vers Darcey qui se tenait là, émue de voir Daniel faire connaissance avec son futur beau-frère.

— Que dis-tu de cela, sœurette ?

— Ce que j'en dis ? Je suis si heureuse que tu ailles bien, murmura-t-elle, les larmes aux yeux. Il vaudrait mieux que tu restes ici, cette nuit, en tout cas. Le temps pour Daniel et moi de tout préparer. Qu'en penses-tu, Daniel ?

— Je suis d'accord avec toi. Mais d'abord, allons plâtrer ce bras.

Une fois le plâtre posé, Alex fut emmené dans une chambre, où Daniel et Darcey s'assurèrent qu'il était bien installé et que les infirmières de nuit avaient bien noté tous les détails de son traitement.

Puis ils quittèrent ensemble l'hôpital, après avoir promis d'appeler bientôt. De là, ils se rendirent chez Daniel qui montra à Darcey la chambre d'amis où son frère pourrait rester aussi longtemps que nécessaire. Il l'entraîna ensuite vers sa propre chambre. Darcey contempla le lit vide.

— Il y a toujours une place pour toi à côté de moi, lui dit-il doucement. J'ai très envie de te faire l'amour, mais je suis prêt à attendre notre nuit de noce, au manoir… Avec nos vœux de mariage aussi nombreux que les étoiles dans le ciel. Darcey, veux-tu m'épouser ?

— Oui, répondit-elle, le cœur battant. Je comprends mieux maintenant quel homme tu es vraiment et les choix que tu fais. Quand je t'ai regardé sauver la vie de mon frère, l'évidence m'a frappée de plein fouet. Sauver des vies est une vocation pour toi. Cela fait partie de ce que tu es et de ce que j'aime chez toi.

— Alors, dis-moi. Où souhaiterais-tu habiter, une fois devenue ma femme ?

— Dans le manoir, à côté du mémorial de ton père, repondit-elle d'une voix douce.

Il la regarda un long moment, l'air étonné.

— Tu veux vivre dans une maison où tu as passé des heures seule et dans le noir ?

— Oui, je le crains. Parce que tu es venu m'y chercher. D'ailleurs, je suis certaine que nous pourrons la transformer en un merveilleux cocon. Et qui sait ? Un jour, Cordelia et Lawrence auront peut-être envie de nous rejoindre et de s'installer dans un des cottages. Alex pourrait y devenir un visiteur régulier. Une fois que nous serons bien installés, nous pourrons réhabiliter le reste du village pour qu'il devienne un endroit où nos enfants adoreront vivre.

— C'est un projet formidable, dit Daniel en la serrant contre lui. Mais avant que nous soyons cernés par toute une famille aimante et une ribambelle d'enfants, je te veux pour moi seul... Alors, avant de retourner voir notre jeune patient, pouvons-nous fixer la date de notre mariage ?

— Oui, s'exclama-t-elle, les yeux brillant de joie.

Il l'embrassa longuement et, après avoir discuté de longues heures dans les bras l'un de l'autre, ils reprirent le chemin d'Oceans House.

Plus heureux que jamais.

Épilogue

C'était Noël à Seahaven. La neige tombait silencieusement.

Un grand événement se préparait, non loin du phare réhabilité.

Devant le splendide manoir, un arbre de Noël scintillait, prêt à accueillir les mariés et leurs parents et amis, après la cérémonie qui aurait bientôt lieu dans l'église du village.

Cordelia jouait les hôtesses pour son plus grand plaisir, tandis que Lawrence devait conduire la mariée à l'autel.

De son côté, Alex, en grande forme, accueillait amis et voisins à leur arrivée à l'église, décorée de houx et de lierre pour l'occasion.

Seahaven n'avait pas célébré de mariage depuis longtemps, et tous étaient ravis d'assister à ce beau moment.

Soudain, la marche nuptiale résonna et Daniel, debout devant l'autel, retint son souffle.

La mariée s'avançait vers lui, sublime dans une longue robe blanche, un bouquet de roses rouges à la main.

Son regard, qu'il avait connu si triste, pétillait de joie et d'amour.

Alors il sourit à la femme de sa vie et jura de la rendre heureuse, pour toujours et à jamais.

TRACI DOUGLASS

Les fiancés d'un week-end

Traduction française de
VIRGINIE CANTIN

BLANCHE

HARLEQUIN

Titre original :
A WEEKEND WITH HER FAKE FIANCÉ

Ce roman a déjà été publié en 2020.

1

La sage-femme Carmen Sanchez s'épongea le front avec la manche de sa blouse.

— Encore un effort, et le bébé sera là ! dit-elle à Teena, sa patiente âgée de 28 ans, en lui souriant pour l'encourager. Vous allez y arriver...

— Non, je n'y arriverai pas, haleta Teena, en laissant retomber sa tête sur l'oreiller. Je suis trop fatiguée.

Au bout de quinze heures de travail, c'était tout à fait normal, mais il n'y avait qu'une seule issue possible : faire sortir le bébé. L'idéal aurait été que le mari de Teena soit là pour la soutenir, mais le pauvre homme travaillait sur un bateau de pêche, quelque part en mer de Béring, et était impossible à joindre.

— Je sais que vous êtes épuisée, Teena, dit Carmen, mais vous avez fait un travail formidable jusqu'à présent. Il ne vous reste plus qu'à trouver la force de pousser encore une fois lors de votre prochaine contraction, et vous aurez votre bébé dans les bras. N'avez-vous pas envie de le voir enfin ? Après tous ces longs mois ? Pensez au visage de votre mari quand il découvrira son fils.

Teena fondit en larmes et hocha la tête.

— Oui, d'accord.

Carmen ajouta d'un ton plus autoritaire :

— Poussez aussi fort que vous le pourrez quand je vous le dirai, compris ?

La patiente hocha la tête et prit une profonde inspiration.

C'était la première grossesse de Teena, et dès le début elle s'était révélée difficile, en raison d'une drépanocytose qui compliquait les choses. Carmen avait travaillé en collaboration avec un obstétricien et un hématologue pour surveiller sa patiente et assurer un accouchement sans danger.

Comme une nouvelle contraction arrivait, le temps parut s'arrêter, et Teena se mit à gémir.

— Oui ! C'est ça, c'est bien. Bien... Poussez !

Teena s'appuya sur ses coudes et se raidit, les muscles tendus. Enfin, la tête du bébé apparut, suivie de près par une épaule, puis deux. Enfin, le nouveau-né glissa entre les mains de Carmen, et sa patiente se laissa tomber en arrière, exténuée.

Carmen coupa le cordon ombilical, puis tendit le bébé à une infirmière qui l'enveloppa et aspira sa petite bouche et son nez. Bientôt, les gémissements du nourrisson remplirent la pièce, et Teena pleura de nouveau, cette fois de soulagement et de joie mêlés.

Une fois l'accouchement terminé, Carmen prit un moment pour profiter de cet émerveillement. Même après des années de pratique, la venue au monde d'une nouvelle vie l'étonnait toujours.

Elle se glissa dans le couloir et se dirigea vers le bureau des infirmières pour décompresser et remplir quelques dossiers en souffrance.

Avant d'avoir terminé le premier, elle fut interrompue.

— Ah ! La femme que je cherchais...

La voix masculine, grave et profonde, fit battre plus vite le cœur de Carmen, qui leva les yeux sur Zac Taylor. L'attirance qu'elle ressentait pour lui était d'autant plus gênante qu'il était infirmier urgentiste et qu'ils se voyaient beaucoup, à la fois dans le cadre de leur travail et grâce à des amis communs. De plus, ils avaient passé une nuit torride ensemble il y a quelques mois, après la fête de Noël – un peu trop arrosée – du personnel de l'Anchorage Mercy Hospital. Depuis, une certaine tension s'était installée entre eux, qui ne se dissipait pas.

Carmen n'était pourtant pas du genre à avoir des aventures d'un soir. Et l'amour romantique ne faisait même pas partie de ses préoccupations, ce qui rendait plus gênant encore le trouble qu'elle ne pouvait s'empêcher de ressentir en sa présence.

Non qu'elle ait quoi que ce soit contre les cœurs et les peluches, mais elle n'avait pas de temps à perdre avec de telles mièvreries. Pas avec une mère dans les premiers stades de la démence dont elle devait s'occuper. Certains jours, sa mère allait bien ; d'autres jours, elle ne reconnaissait pas sa propre famille. Pour Carmen, la lente déchéance de la seule personne qui ait jamais été là pour elle était une véritable torture. De plus, elle économisait pour envoyer sa jeune sœur à l'école d'infirmières de l'université d'Alaska, à l'automne prochain. Entre ses horaires de travail chargés et ses responsabilités familiales, Carmen s'estimait heureuse d'avoir encore assez de temps pour manger et dormir. Quant à sortir, à se distraire, il n'en était hélas ! pas question.

En vérité, vu son passé, il valait probablement mieux qu'elle reste seule, de toute façon. Elle avait grandi dans le plus grand dénuement, au cœur du quartier le plus pauvre de Port of Spain, à Trinité-et-Tobago, et avait appris très tôt l'autonomie et le sens du sacrifice.

Carmen se considérait comme une femme robuste, responsable et indépendante. Prudente, aussi. Elle n'avait pas besoin d'un homme pour être heureuse. Et si elle se sentait parfois seule, eh bien, c'était le prix à payer pour sa sécurité et sa tranquillité. De toute façon, elle ne pouvait compter sur personne d'autre qu'elle-même…

Le seul problème, en ce moment précis, c'est qu'elle avait besoin que Zac lui rende un service.

Elle se mordit la lèvre et le regarda à travers ses cils baissés tandis qu'elle terminait son travail.

Ce type était la tentation incarnée. Sexy et charmant à

la fois. Et il lui plaisait d'autant plus qu'il répondait parfaitement à ses besoins : il avait une réputation de séducteur, ce qui signifiait qu'on ne pouvait pas envisager une relation sérieuse et durable avec lui. Mais pour régler des problèmes plus... ponctuels, il faisait parfaitement l'affaire.

— Salut, Zac ! lança Priya Shaw en sortant d'une autre salle d'accouchement, au bout du couloir.

Carmen se raidit. Priya était sa collègue et amie. Elle était également sa concurrente directe pour le poste de sage-femme en chef dans une nouvelle clinique californienne ultramoderne. Le poste était rémunéré le double de son salaire actuel, et si elle l'obtenait, elle pourrait placer sa mère malade dans un établissement de soins spécialisés et assumer les frais de scolarité de sa sœur.

— Salut, Priya, dit Zac, sans quitter Carmen des yeux.

Il s'accouda le comptoir, à côté d'elle, et l'odeur de son savon parfumé, mêlée à celle de son corps viril, l'enveloppa soudain, affolant ses sens et la rendant beaucoup plus vulnérable qu'elle ne l'aurait voulu.

— Dis à Lance que je l'appellerai plus tard pour ce week-end, lança Zac à Priya.

Celle-ci rabattit derrière son oreille ses longs cheveux bruns et attrapa un dossier.

— Entendu, répondit-elle avant de se diriger vers une salle d'accouchement.

Priya était fiancée à Lance Marranto, le meilleur ami de Zac, ce qui ne faisait que compliquer les choses pour Carmen. Mais elle trouverait un moyen de contourner cette difficulté.

Mais d'abord, elle devait finir de remplir ce dossier.

Carmen soupira en regardant son écriture. Ses lettres d'ordinaire bien régulières étaient un peu tremblantes à cause de la fatigue. Le long accouchement de Teena avait brûlé le peu d'énergie qu'il lui restait, d'autant qu'à cause de sa mère elle s'était couchée tard la veille et qu'elle avait dû se lever tôt pour assister au mieux sa patiente.

La mémoire de sa mère se dégradait plus vite ces derniers temps, et la pauvre avait mal à se rappeler qu'elle était en Alaska, et non sur son île natale, sous les tropiques. L'avant-veille, elle avait voulu sortir en pleine nuit se promener sur la plage, et Carmen avait dû se lever plusieurs fois pour l'arrêter. On n'était qu'au début du printemps, et les étendues sauvages des environs d'Anchorage n'étaient guère propices à la promenade pour une femme de soixante-cinq ans – surtout la nuit…

Heureusement, Carmen avait presque terminé sa garde. Tout ce qu'elle voulait, c'était faire ses transmissions aux infirmières de service chargées de Teena et rentrer chez elle pour prendre une douche et faire une longue sieste. C'est Clara qui devait s'occuper de leur mère jusqu'au lendemain.

Elle ne put réprimer un bâillement.

— Longue journée ? demanda Zac.

Ses stupides fossettes le rendaient beaucoup trop craquant…

— Longue nuit, aussi. Ma patiente a finalement accouché ce matin, après quinze heures de travail, répondit-elle en étirant les bras au-dessus de sa tête.

Elle remua ses pieds douloureux, puis ferma son dossier et le mit de côté.

— Pourquoi ? ajouta-t-elle.

— On vient d'amener un patient aux urgences, et j'ai quelques minutes à tuer. J'ai pensé que tu voudrais prendre un café. On dirait que tu en as besoin. Si tu conduis maintenant, tu vas t'endormir au volant.

Il la gratifia du sourire sexy qui la faisait toujours vibrer. Aucun homme ne devrait avoir le droit d'être aussi beau, songea-t-elle. Sérieusement. À la lumière des plafonniers, sa peau mate, qui tranchait sur le bleu de sa blouse d'infirmier, attirait davantage encore le regard.

— Est-ce que cette technique de drague, qui consiste à dire aux femmes à quel point elles sont affreuses, fonctionne bien, d'habitude ?

Carmen fronça les sourcils, se rappelant que Zac était un

ami, et devait absolument le rester, du moins si elle voulait que son plan fonctionne.

— Arrête, répondit-il sur le ton de la plaisanterie, je sais que tu as besoin d'une dose de caféine.

Elle aurait voulu refuser, mais il avait raison ! En plus, elle voulait lui demander un service, alors pourquoi ne pas saisir l'occasion ?

— Très bien. Allons boire un café.

Il rit.

— Tu es mignonne quand tu es de mauvaise humeur.

Elle le poussa vers l'ascenseur, leurs chaussures grinçant sur le sol en linoléum brillant. Pendant qu'ils attendaient, son pouls s'accéléra. Mais ce n'était pas à cause de Zac. Pas tout à fait, en tout cas. Non, elle se sentait nerveuse à l'idée de lui demander de l'aide. Elle détestait solliciter les autres, surtout pour régler un problème dont elle était seule responsable.

Si seulement elle s'était tue quand le directeur de la clinique californienne avait mentionné les fiançailles de Priya et Lance ! Si seulement elle avait pu éviter de mentir et avait réfléchi un peu avant de lancer : « Oui, moi aussi je vais me marier ! »

Elle ne put s'empêcher de sourire en se rappelant la déclaration qu'elle avait faite lors de l'entretien.

Car en vérité, elle n'était pas près de se marier. Cela faisait des mois qu'elle n'était pas sortie avec un homme !

Hélas ! la propriétaire de la clinique avait sauté sur cette occasion pour l'inviter, elle et son fiancé, à assister au prochain colloque national sur la profession de sage-femme, où le nom de la candidate retenue pour le poste serait annoncé.

C'est pourquoi Carmen avait absolument besoin d'un fiancé pour le week-end...

Hélas ! il ne lui restait plus beaucoup de temps, et elle n'était parvenue qu'à une seule conclusion : Zac Taylor était parfait pour le rôle. Il était intelligent, drôle, et les relations durables ne l'intéressaient pas.

Exactement ce dont elle avait besoin.

Ils entrèrent dans l'ascenseur, et les portes se fermèrent avant que quelqu'un d'autre les rejoigne. Elle résista à l'envie de se tourner en sentant le regard de Zac sur elle. Elle avait probablement mauvaise mine après avoir travaillé toute la nuit, mais ce n'était pas comme si elle essayait d'impressionner qui que ce soit, et encore moins lui !

Ils faisaient partie d'un groupe de collègues, médecins et sages-femmes, auxquels venaient s'ajouter quelques pompiers et leurs proches. C'était une bande très sympathique, et la dernière chose qu'elle souhaitait était gâcher l'ambiance en donnant libre cours à l'attirance qu'elle ressentait pour Zac.

Car Zac était un ami, se rappela-t-elle. Un ami à qui elle s'apprêtait à demander un service.

Ils prirent leurs boissons, puis trouvèrent une table tranquille dans la cafétéria ensoleillée, loin des autres clients. Carmen ne put retenir un rire ironique lorsqu'elle entendit les premières notes de la chanson *Smooth Operator*. Rien ne résumait mieux la personnalité de Zac, séducteur impénitent à la réputation sulfureuse.

— Qu'est-ce qui te fait rire ? demanda celui-ci en se penchant en arrière sur sa chaise et en étirant ses longues jambes.

— Rien. Je suis fatiguée, c'est tout, dit-elle. Tu as bientôt terminé ta garde, toi aussi ?

— Non. J'aimerais... enchaîner sur une nouvelle garde.

Il but son thé glacé. Zac travaillait presque aussi dur qu'elle, faisant des heures supplémentaires quand il le pouvait.

— Et... tu as des projets pour le week-end prochain ?

— Je ne sais pas encore...

Zac se pencha vers elle, au-dessus de la paille qui dépassait de son verre, avant d'ajouter :

— Pourquoi ?

Elle se sentit rougir. Pour faire diversion, elle se mit à jouer avec une mèche cuivrée échappée de sa queue-de-cheval serrée sur la nuque. Elle avait beau tenter de les apprivoiser, ses cheveux frisés restaient rebelles.

— J'ai un… truc.

— Un truc ? répéta Zac en haussant un sourcil.

— Un colloque national. Le week-end prochain. J'espérais que tu pourrais m'accompagner, si tu n'as rien de prévu.

Elle serra son gobelet si fort que le carton faillit plier.

Calme-toi. Il n'y a aucune raison d'être nerveuse. Ce n'est pas un vrai rendez-vous.

Se rappelait-il la nuit qu'ils avaient passée ensemble ? Sans doute, mais comme il n'en avait jamais parlé avec elle, elle supposait qu'il préférait l'oublier. Ils avaient tous les deux trop bu, et depuis plusieurs conquêtes avaient dû se succéder dans son lit.

À cette pensée, elle sentit une étrange douleur lui serrer le cœur. Ce qui était ridicule. Et stupide. Elle ne voulait pas plus s'engager avec Zac qu'il ne voulait s'engager avec elle.

Alors pourquoi tout cela lui causait-il plus de stress que de mettre des triplés au monde ?

— Tu veux dire que…

Zac se pencha en avant, et posa sur elle son regard sombre.

— … tu m'invites à partir avec toi pour le week-end ?

Il avait l'air aussi choqué qu'elle l'était par cette proposition.

— Oui. Non. Enfin, euh… pas exactement. Je t'invite à passer le week-end avec moi… si tu acceptes de te faire passer pour mon fiancé.

Des secondes s'écoulèrent, qui lui parurent des heures, avant que Zac lève vers elle un regard incrédule.

— Ton fiancé ? finit-il par dire. Tu peux me donner des détails ?

— Quel genre de détails ?

— Pourquoi, par exemple ?

Elle poussa un long soupir, puis se jeta à l'eau.

— Parce qu'une nouvelle clinique ouvre ses portes à Big Sur, en Californie, et que j'ai posé ma candidature pour le poste de sage-femme en chef. Si je l'obtiens, ce serait une belle promotion. Mais Priya veut ce job elle aussi, et c'est un plus pour la clinique qu'elle et Lance se marient. Non pas qu'être marié fasse partie des critères de sélection mais… comme je ne voulais pas être en reste, j'ai prétendu que j'allais me marier, moi aussi.

Elle marqua une courte pause, puis se força à continuer.

— Je sais à quel point ça paraît stupide, mais une fois ces mots prononcés je n'ai pas pu les rectifier sans me ridiculiser ou risquer d'être écartée pour avoir menti. À l'occasion du colloque national des sages-femmes, la clinique doit annoncer la nomination de la candidate retenue, et on m'a demandé de venir avec mon fiancé, au cas où…

Elle leva les yeux vers Zac, son cœur battant plus fort contre ses côtes à mesure que son embarras grandissait.

— La manifestation se tiendra dans le Yukon, à l'Étoile Arctique, un complexe hôtelier de luxe. Tous les frais sont pris en charge, y compris le transport…

Zac s'était raidi, remarqua-t-elle, et l'expression de son beau visage avait changé. Incapable de supporter son silence, elle murmura :

— Dis quelque chose…

— Quoi ? Tu veux que je mente pour toi, c'est ça ? Que je fasse semblant d'être quelqu'un que je ne suis pas ?

Elle grimaça au son de sa voix.

— Je comprends que tu sois déçu. Honnêtement, ce n'est pas ce que j'attendais de moi non plus mais maintenant je suis coincée. Je t'en prie, Zac, j'ai vraiment besoin de ton aide…

Comme il ne répondait toujours pas, elle abattit ses dernières cartes :

— C'est un quatre-étoiles. Il y a un room service, une salle de massage, un spa… Tu ne devrais pas t'ennuyer pendant que je participe aux réunions. Et nous n'aurions à faire semblant d'être un couple qu'en présence d'autres personnes. C'est tout à fait anodin, je t'assure.

— Anodin ? Les mensonges ne sont jamais anodins.

Zac expira lentement, et elle vit tressaillir un muscle sur sa mâchoire. Elle aurait voulu lui demander pourquoi cette idée le dérangeait tant, alors qu'il avait l'habitude d'être avec une femme différente chaque semaine, mais ce n'était vraiment pas le moment…

— Donc si je comprends bien, je suis censé passer trois jours avec toi dans un hôtel de luxe et jouer le rôle de ton fiancé pendant que tu participes à un colloque de sages-femmes ?

— Oui. C'est bien résumé.

Il resta silencieux un long moment, jouant avec sa tasse de café, puis la regarda enfin.

— Je ne suis pas sûr que ce soit une bonne idée.

Mince ! Ça ne se passait pas bien du tout. Elle aurait dû attendre d'être bien reposée pour lui demander ce service !

— Je sais que ma demande est un peu… limite, mais je ne demanderais pas si je n'étais pas vraiment dans le pétrin. Et si tu as peur que je dérape et que j'essaye de te séduire, rassure-toi ! Tu n'es pas mon genre.

À peine eut-elle prononcé cette phrase qu'elle la regretta, d'autant que la réponse ne se fit pas attendre.

— Tu n'as pas toujours dit ça.

Il s'en souvenait !

Elle ouvrit la bouche pour répondre, puis la referma, se contentant de serrer plus fort encore son gobelet en carton.

— Cette nuit-là était une erreur, parvint-elle finalement à répondre. Nous avions tous les deux trop bu et… nous sommes allés trop loin. Mais depuis, nous sommes passés à autre chose et nous sommes amis, rien de plus. S'il te plaît… C'est juste pour trois jours. Et c'est sans engagement de part et d'autre.

— Tu n'arrêtes pas de dire ça, mais… Tu ne peux pas demander à quelqu'un d'autre ? À ce type, en radiologie ? Comment s'appelle-t-il, déjà ?

Carmen s'éclaircit la voix.

— Jeff. Non. Je ne peux pas. Cela s'est mal terminé, entre nous. J'ai découvert qu'il me trompait avec la réceptionniste de son service.

Il prit une gorgée de thé, puis laissa échapper un soupir.

— Écoute, ça ne te ressemble pas. Je croyais que tu n'avais que l'embarras du choix, en matière d'hommes.

Aussi flatteur que soit son compliment, Carmen se sentit soudain plus fatiguée qu'elle ne l'était avant d'avoir pris son café.

— Détrompe-toi. Je t'ai demandé ce service parce que je me sens à l'aise avec toi, mais je n'insisterai pas. Si tu refuses, je contacterai l'un de ces services d'escorts en ligne et…

— Tu passerais le week-end avec un inconnu trouvé sur Internet ? la coupa Zac. Tu te rends compte à quel point c'est dangereux ! Dans ces conditions, je préfère y aller moi-même…

— Très bien.

Le soulagement de Carmen fut de courte durée.

— Il y a autre chose… Lance et Priya seront là aussi. La clinique a affrété un jet privé pour l'occasion, et ils voyageront avec nous. Il faut que nous accordions nos violons avant de partir.

Il se redressa sur sa chaise.

— Tu plaisantes ? En plus de mentir à tes futurs patrons, tu veux que je mente aussi à mon meilleur ami ? Je te signale que Lance est convaincu que je suis célibataire. Si ce n'était pas le cas, il l'aurait sûrement remarqué, tu ne crois pas ?

— Tu réfléchis trop. Échangeons toutes les informations nécessaires et gardons notre calme. Tout se passera très bien.

Elle garda le regard baissé pour qu'il ne puisse pas y lire le doute qui s'était emparé d'elle. Elle avait besoin qu'il y croie pour y croire elle-même.

— D'accord. Admettons que ça fonctionne le temps d'un week-end et que tu obtiennes le poste. Comment feras-tu ? Tu arriveras au travail un matin en racontant que tu n'as plus de fiancé ? Comment expliqueras-tu à tes nouveaux employeurs que j'ai disparu de ta vie ?

— Je gérerai ça en temps voulu.

Elle n'avait franchement pas la tête à ça en ce moment,

préférant se concentrer sur l'obtention du poste. Elle s'inquiéterait des détails plus tard.

— Nous devons trouver un moyen de faire croire à Lance et Priya que entretenons une liaison secrète, depuis des mois. Nous pourrions leur dire qu'après la fête de Noël nous nous sommes revus…

Pour elle, en tout cas, ce n'était qu'un demi-mensonge. Elle n'avait jamais vraiment oublié Zac ni ce qu'elle avait ressenti cette nuit-là, entre ses bras.

— Nous devons les convaincre que très vite, c'est devenu sérieux entre nous et que nous sommes prêts à franchir la prochaine étape.

Zac s'assit et secoua la tête.

— Ce ne sera pas aussi facile que tu le penses. Lance me reproche de l'avoir un peu laissé tomber, ces derniers temps.

— Laissé tomber ? Depuis quand ?

— Je ne sais pas. Quelques mois. J'ai été très occupé, c'est tout. As-tu pensé à tous ces petits détails que les gens en couple savent l'un de l'autre ? Les anniversaires, les couleurs et les plats préférés, les animaux de compagnie, les petites manies ? Crois-moi, si tu ne sais pas tout de moi, Lance s'en apercevra tout de suite.

Elle sentit son inquiétude monter en flèche. Elle était allée trop loin pour faire machine arrière, désormais, mais elle n'avait pas le droit à l'erreur.

— Nous mettrons tout cela par écrit, chacun de son côté, puis nous échangerons nos informations et apprendrons tout par cœur.

— Par écrit ? dit Zac, sceptique.

— Pourquoi pas ? Pour trois jours, inutile de connaître tous les détails. Alors, c'est d'accord ?

— Je pense que c'est une erreur, mais… d'accord, lâcha Zac à contrecœur.

Carmen se détendit. Il ne lui facilitait pas les choses, mais elle était contente qu'il ait fini par accepter. Après avoir consulté sa montre, elle se leva et jeta son gobelet vide à la poubelle.

— Je te remercie. Je t'enverrai les détails du vol par SMS. Et j'espère que tu me diras plus tard pourquoi tu es si réticent à m'accompagner.

— N'y compte pas !

Une fois seul, Zac regretta d'avoir accepté la proposition de Carmen. Jamais il ne pourrait lui dire la vérité, car son passé était un secret qu'il ne voulait partager avec personne.

Malgré son désir de renouer le fil de son histoire avec elle, il savait qu'il ne devait pas retourner à l'Étoile Arctique, un endroit qu'il avait passé les douze dernières années à fuir.

Pourquoi fallait-il que le colloque se déroule précisément dans cet établissement, propriété de celui qu'il voulait à tout jamais bannir de son existence ?

Son père...

L'homme qui avait trompé sa mère et trahi la confiance de sa famille.

L'homme à qui Zac refuserait d'accorder son pardon aussi longtemps qu'il vivrait.

C'est à cause de lui que Zac ne faisait confiance à personne et gardait tout le monde à distance de crainte d'être à nouveau blessé. Parce qu'il avait fini par croire qu'il lui ressemblait, qu'il n'était lui-même qu'un menteur et un tricheur...

Et peut-être l'était-il, à en juger par la vie qu'il menait. Une vie de fêtes et de conquêtes, à en croire les ragots qui circulaient sur son compte – et qu'il cultivait avec soin pour éviter qu'on découvre qui il était vraiment.

Alors qu'il était reparti de zéro et s'était créé un avenir tout neuf, voici que le destin s'acharnait contre lui, et le pire c'est qu'il ne pouvait s'en prendre qu'à lui-même.

Pourtant, il n'aurait pas pu dire non à Carmen. Il la considérait comme son amie, même s'il n'avait pas tout à fait réussi à oublier l'incroyable nuit qu'ils avaient passée ensemble, après cette fête de Noël.

Ça n'avait pas d'importance. De toute façon, elle et lui, ça ne marcherait jamais. Elle était bien trop bien pour lui. C'était vrai à l'époque, et ça l'était encore aujourd'hui, ce qui ne l'empêchait pas d'avoir toujours envie d'elle...

Perdu dans ses pensées, il ne vit pas Lance s'approcher de sa table, un sandwich et une bouteille d'eau à la main.

— Salut ! Je croyais que tu étais de garde, aujourd'hui ?

Sans y être invité, il se laissa tomber sur la chaise en face de Zac, qui remarqua que ses beaux yeux bleus étaient cernés. Ces derniers temps, les pompiers d'Anchorage travaillaient d'arrache-pied pour préparer la saison touristique.

— Susan s'occupe de la radio. Elle m'enverra un texto quand elle aura besoin de moi.

Zac regarda par la fenêtre, autant pour se ressaisir que pour éviter le regard de son meilleur ami, qui lisait en lui comme dans un livre ouvert.

— Dis-moi, Lance, as-tu déjà fait quelque chose de tellement stupide, de tellement risqué que tu t'es demandé si tu ne devais pas aller consulter un psy ?

Après avoir réfléchi quelques instants, Lance répondit :

— Tu as rencontré Priya, n'est-ce pas ? Je n'arrive toujours pas à croire qu'elle ait dit oui quand je lui ai demandé de m'épouser. Elle est trop bien pour moi, mec !

Zac éclata de rire.

— C'est vrai. Pourtant, les choses se sont bien terminées pour vous, non ?

— C'est vrai...

Soudain, Lance s'interrompit, son sandwich en l'air.

— Attends. On parle de femmes, là ? Ne me dis pas que le grand Zac Taylor, grand séducteur devant l'Éternel, est enfin tombé amoureux ?

Zac leva les yeux vers son ami. Non. Il n'était pas amoureux. C'était de la folie. Bien sûr, il aimait bien Carmen, et ils étaient amis. Un peu plus, même, mais... ce week-end, il l'accompagnerait pour lui rendre service. Rien d'autre. Il ne fallait surtout pas...

La voix de Lance le ramena à la réalité.

— Eh bien ? Tu vas me dire son nom ou pas ?

Zac secoua la tête.

— Il n'y a pas de nom, parce qu'il n'y a pas de femme.

Son ami fronça les sourcils, sans le quitter des yeux.

— Non, non. J'y crois pas, mec. Il se passe quelque chose, j'en suis sûr...

— Pourquoi tu te soucies tant de ma vie privée ? lança Zac, agacé. Occupe-toi donc de tes affaires.

— N'essaye pas de changer de sujet ! rétorqua Lance, avant de poursuivre avec un sourire : J'ai raison, n'est-ce pas ? Tu as rencontré quelqu'un. Je le savais ! Tu es différent depuis la fête de Noël. Plus... réservé.

En effet, Zac aimait rester discret. Le scandale provoqué par la révélation de la liaison de son père avait été largement relayé par les tabloïds, et il avait détesté tous ces projecteurs braqués sur lui. Il n'avait que seize ans à l'époque et n'avait pas su gérer la situation. Il avait eu un accident avec la nouvelle voiture de sport que ses parents lui avaient offerte et avait blessé sa petite amie de l'époque. Elle s'était complètement rétablie, mais Zac s'en voulait encore de s'être montré aussi insouciant.

Pressé de chasser ces mauvais souvenirs, il tenta une nouvelle fois de changer de sujet.

— Priya et toi êtes prêts pour le mariage ?

Heureusement, cette fois, Lance mordit à l'hameçon.

— Je suppose... qu'elle s'occupe de tout. Je suis à ses ordres.

Il alla jeter sa bouteille d'eau vide, puis revint s'asseoir.

— J'ai même accepté de l'accompagner à un colloque, le week-end prochain. Elle a postulé pour un nouveau job, et si elle l'obtient, on devra déménager en Californie. Je ne suis pas vraiment prêt à quitter l'Alaska, mais je pense que la plage et le surf, ce n'est pas mal non plus...

Zac acquiesça d'un vague signe de tête. Il ne se sentait pas la force de révéler à son ami que lui et Carmen seraient présents au colloque, et que cette dernière briguait également le poste en Californie.

— Je ne sais pas ce que tu mijotes, ajouta Lance en se levant, mais tu verras : un de ces jours, tu te feras passer la corde au cou, comme les autres ! Allez, à plus tard !

2

« Appel à toutes les unités... Un accident de la circulation s'est produit à l'intersection d'Arctic Boulevard et de la 58e Avenue ouest. Une femme de 37 ans, enceinte de 8 mois, se plaint de douleurs thoraciques. Terminé. »

— Ici FA 14, bien reçu, dit Zac au volant. Nous serons sur place dans deux minutes.

Toutes sirènes hurlantes, il accéléra pour se frayer un chemin à travers la circulation dense de midi, heureux d'avoir autre chose à faire que de se concentrer sur Carmen. Plus le week-end approchait, et plus il craignait d'avoir commis une terrible erreur.

À quoi pensait-il donc quand il lui avait promis de l'accompagner dans le seul endroit au monde où il ne voulait jamais remettre les pieds ? Et, qui plus est, de se faire passer pour son fiancé ?

En plus de la menace imminente que représentait la proximité avec son père, il y avait aussi le fait que Carmen et lui n'avaient pas vraiment rompu le lien, après la nuit qu'ils avaient passée ensemble. Ils ne l'avaient pas fait consciemment, mais il se sentait différent, plus vivant, dès qu'elle était dans les parages. En vérité, c'est pour ça qu'il n'était sorti avec personne, depuis cette fameuse fête de Noël. Même s'il refusait de l'admettre, depuis leur aventure, il ne s'était pas intéressé à une autre qu'elle.

Ce qui l'effrayait plus que tout au monde.

Parce que s'ils s'engageaient tous les deux dans une relation plus sérieuse, comment pourrait-il être sûr qu'il ne finirait pas par la trahir, tout comme son père avait trahi sa mère ? Bien sûr, depuis, sa mère avait pardonné, et ses parents avaient trouvé un terrain d'entente, mais Zac ne pouvait pas attendre la même chose de Carmen, s'il commettait une faute. Ou plutôt quand il la commettrait, car était donné ses ascendants il ne faisait aucun doute qu'il s'écarterait un jour ou l'autre du droit chemin.

Susan, sa partenaire, était occupée à préparer le matériel médical, à l'arrière de l'ambulance. Elle lui lança :

— Tout va bien ? Tu as encore ce regard…

Il jeta un coup d'œil dans le rétroviseur et répondit :

— Quel regard ?

— Je ne sais pas… Tu as l'air soucieux. Pourquoi ?

Zac soupira, s'arrêta derrière l'une des quatre voitures de police déjà présentes sur les lieux et détacha sa ceinture de sécurité.

— Et toi ? Pourquoi est-tu si curieuse ?

— Tu as raison, dit Susan en sortant par l'arrière du véhicule, ce ne sont pas mes affaires. J'aurais cru que tu serais content de ne pas être de garde ce week-end. À ta place, je le serais, en tout cas ! J'adorerais avoir trois jours devant moi pour partir en vadrouille !

Ils se faufilèrent à travers la foule de badauds et de policiers jusqu'à l'endroit où trois véhicules accidentés bloquaient deux voies - un camion devant, suivi d'une petite voiture et d'une berline familiale. D'après les dommages et la position des véhicules, il était évident qu'il ne s'agissait pas d'une collision frontale.

— Tu as quelque chose de prévu ? demanda Susan comme ils s'arrêtaient près de la voiture du milieu.

Oui.

— Non.

Zac laissa tomber sa sacoche au sol et se présenta au policier qui se tenait devant lui.

— Zac Taylor, de l'équipe d'urgence. On nous a appelés pour une femme enceinte qui se plaint de douleurs à la poitrine...

— Par ici, dit le policier avant de les conduire auprès de deux femmes debout près du trottoir, l'une âgée d'une soixantaine d'année, et l'autre, très enceinte, qui se tenait le ventre, appuyée à un réverbère.

— Je m'en occupe, dit Susan en s'approchant de la femme enceinte.

Zac, lui, se dirigea vers la femme plus âgée. Elle était pâle comme un linge et tremblait de tous ses membres.

— Avez-vous été impliquée dans l'accident, madame ?

Elle hocha la tête.

— Oui. J'étais dans cette voiture, répondit-elle en désignant le dernier véhicule.

— Etes-vous blessée ?

— Non.

Sa voix n'était guère plus qu'un murmure, et elle était visiblement sous le choc. Soudain, Zac remarqua du sang sur sa main gauche, qui coulait d'une plaie assez profonde. Il saisit son bras pour l'empêcher de bouger.

— Venez dans l'ambulance, madame, je vais vous faire un pansement, et vous pourrez vous reposer un peu, d'accord ?

— Cette jeune femme est enceinte, dit la femme tandis qu'il la guidait vers le véhicule. Je veux m'assurer que le bébé va bien. J'étais derrière elle, et elle a pilé. Je ne m'étais pas rendu compte que je la suivais d'aussi près...

Susan était déjà en train d'allonger la femme enceinte sur un brancard. Alors qu'il aidait sa patiente à monter à l'arrière, Zac perçut des bribes de leur conversation.

« J'ai été frappée par l'arrière et j'ai embouti la remorque du camion, devant moi. »

Vu l'état des véhicules, les choses auraient pu être bien pires pour tout le monde, songea Zac.

Une fois les deux femmes en sécurité, Susan vérifia les constantes de la patiente enceinte tandis qu'il s'occupait du doigt lacéré de l'autre conductrice. Celle-ci avait repris des couleurs depuis que Zac lui avait donné un verre d'eau, mais elle continuait de s'inquiéter pour la femme enceinte, en face d'elle.

— Tout s'est passé si vite…, murmura-t-elle.

Zac vit Susan brancher un doppler portable sur le ventre de la femme enceinte pour surveiller le rythme cardiaque fœtal. L'intérieur de l'ambulance fut rapidement rempli d'un bruit sourd très réconfortant. Susan lui fit signe de la tête que tout allait bien, mais ils allaient quand même transporter la patiente à l'hôpital.

— Gardez la plaie propre et sèche, et changez le pansement tous les jours jusqu'à ce que ça soit cicatrisé, conseilla Zac à sa patiente. Autre chose ?

Elle secoua la tête.

— Dans ce cas, je crois que les policiers à l'extérieur ont quelques questions à vous poser…

— Sa tension est à 10-7, dit Susan.

— C'est bien ? demanda l'autre femme à Zac.

— Très bien. La tension est généralement un peu basse quand on est enceinte.

Après avoir confié sa patiente aux policiers, Zac verrouilla les portes arrière de l'ambulance, puis s'installa au volant et appela les urgences par radio pour les prévenir de leur arrivée.

— Anchorage Mercy, ici véhicule 14, en route pour votre établissement avec une femme de 37 ans, enceinte de 38 semaines, impliquée dans un accident de voiture. Serons là dans cinq minutes. Terminé.

— Bien reçu. Un obstétricien vous attend, confirma l'infirmière de traumatologie. Des blessures visibles ?

— Ma sage-femme travaille dans cet hôpital, intervint la femme enceinte. Carmen Sanchez. Je veux la voir !

Zac acquiesça. Évidemment, il fallait que ce soit Carmen…

Heureusement, la circulation était moins dense, et ils arrivèrent rapidement à l'hôpital. Alors qu'ils se dirigeaient vers l'une des salles de traumatologie, Zac transmit les informations à l'équipe des urgences :

— Le ventre de la patiente a heurté le volant pendant l'accident. Le rythme cardiaque fœtal était normal pendant le transport, aucun saignement, aucune crampe, bien que la patiente se soit plainte de douleurs thoraciques après l'accident. Antécédents de trois fausses couches et d'une mortinaissance.

— Merci, je connais ses antécédents, dit Carmen, apparue à côté de lui alors qu'ils arrivaient dans une salle où les attendait l'obstétricien de garde, le Dr Tom Farber. Il leva la main pour saluer Zac.

— On prend le relais...

Le rideau se referma brusquement, et Zac resta planté là, tandis que Susan gloussait à côté de lui.

— Encore ce regard... Ne t'inquiète pas. Carmen est trop bien pour toi, de toute façon. Bon, je vais ranger un peu l'ambulance !

Zac se réfugia au poste des infirmières. Ce n'était pas dans ses habitudes, mais il voulait attendre un peu et s'assurer que tout allait bien avec le bébé.

Du moins était-ce l'excuse qu'il avait trouvée...

— Tu es toujours là ? lança Carmen quand elle sortit de derrière le rideau, vingt minutes plus tard.

Elle s'en voulut de se montrer aussi abrupte, mais elle n'ait pas bien dormi depuis leur conversation à la cafétéria, l'esprit assailli par mille pensées confuses. Et voilà maintenant qu'il venait la distraire au travail !

Instinctivement, elle s'approcha de Zac, qui se tenait pourtant déjà beaucoup trop près d'elle. Le week-end arrivait à grands pas, elle venait d'enchaîner trois gardes de douze heures en trois jours, et avec cette nouvelle patiente à prendre en charge sa nuit déjà longue allait encore s'allonger.

— Je croyais que tu avais un rendez-vous galant, ce soir…

— Eh non ! répondit-il. Je ne suis plus sur le marché maintenant, tu t'en souviens ? rétorqua-t-il, tout sourire. Mais depuis quand te soucies-tu de mon emploi du temps ?

— Ton emploi du temps ne m'intéresse pas, répondit Carmen, mais je ne veux pas alimenter les ragots. Tu sais à quel point les gens sont bavards. Je suis sûre que Lance a déjà tout raconté à tout le monde.

Un léger bruit de toux le fit reculer d'un pas, et elle s'écarta aussitôt en apercevant Tom, de l'autre côté de la vitre.

— Désolé, je ne voulais pas vous déranger…

— Tu ne nous déranges pas du tout, répondit Carmen, trop vite. Alors, votre avis, docteur ?

— Je pense qu'elle peut rentrer chez elle. Aucun signe de détresse fœtale. Le rythme cardiaque du bébé est normal et élevé. La tension artérielle de la mère est bonne aussi. Pas de taches ou d'effacement vaginal à l'examen. Je suis pour signer le bon de sortie, sauf si tu n'es pas d'accord.

— Si, si. Très bien.

Carmen faisait de son mieux pour rester professionnelle, même si elle était encore troublée par ce bref échange avec Zac. Si elle commençait comme ça, comment allait-elle survivre au week-end qui l'attendait ?

— Je vais aller lui parler, répondre à toutes ses questions, et la renvoyer chez elle. Merci, Tom.

— Tout le plaisir est pour moi.

Avant d'entrer dans l'ascenseur, Tom lui jeta un dernier coup d'œil et ajouta :

— Amusez-vous bien, les enfants !

— Nous n'y manquerons pas, merci, dit Zac avec un signe de la main.

— N'y compte pas trop ! lança Carmen. Ça m'étonnerait qu'on s'amuse beaucoup, ce week-end.

— Pourquoi j'y vais, alors ? soupira Zac. Ah oui ! Pour aider une amie. Ce ne sera pas une partie de plaisir pour moi non plus, crois-moi.

— Ah oui ? Et pourquoi pas ? Un séjour gratuit dans une station de luxe, tous frais payés, ça ne se refuse pas, non ?

Comme il ne répondait pas, elle leva les yeux du dossier qu'elle était en train de remplir et remarqua que son expression enjouée était devenue sérieuse.

— Qu'est-ce qu'il y a ?

— Rien d'important.

Il détourna le regard, et elle vit une ombre passer sur son beau visage. Mais avant qu'elle ait pu l'interroger, une des infirmières s'approcha du bureau et entama une conversation avec lui.

Carmen ressentit une petite pointe de jalousie, et se le reprocha aussitôt. Elle n'avait aucun droit sur Zac Taylor. Il avait accepté de l'accompagner ce week-end pour lui rendre service, rien de plus.

Elle soupira et revint à son dossier, faisant de son mieux pour ignorer Zac – sans succès, hélas ! En voyant Tom et Wendy si heureux avec leur nouveau bébé et Sam, la fille que Tom avait eue de son précédent mariage, Carmen espérait qu'un jour elle connaîtrait le même bonheur, si tant est que son emploi du temps chargé lui permette de rencontrer quelqu'un.

Carmen signa les papiers de sortie et les remit à l'infirmière en lui demandant de faire savoir à la patiente qu'elle serait là dans un instant pour répondre à ses questions.

Comme Zac ne faisait pas mine de partir, elle lui jeta un coup d'œil en biais en frottant sa nuque raidie.

— Tu n'as pas d'autres interventions de prévues ?

— C'est assez tranquille, aujourd'hui, comme tous les mardis. Susan et moi, nous tuons le temps en attendant le prochain appel.

De nouveau, elle frotta sa nuque douloureuse.

— Laisse-moi faire...

Il repoussa doucement sa main et commença à masser les nœuds de son cou et de ses épaules avec ses doigts longs et forts. Heureusement que le bureau la retenait, sinon, elle se serait laissée aller contre lui.

— Tu ne devrais pas travailler autant.

— Je n'ai pas le choix, dit-elle en se forçant à s'éloigner de lui. Je ne travaille pas que pour subvenir à mes propres besoins.

— Ah bon ? comment ça ? demanda Zac. Je sais que nous devons échanger des fiches d'information, mais si nous voulons faire semblant d'être ensemble, j'aimerais en savoir un peu plus sur toi et ta famille. Sinon, nous ne serons pas crédibles…

Ce rappel lui fit l'effet d'un verre d'eau glacée lancé au visage, et Carmen se redressa brusquement. Elle devait garder la tête froide et rester calme et rationnelle si elle voulait réussir.

— Ma mère et ma sœur vivent avec moi. Ma mère est malade et a besoin de soins vingt-quatre heures sur vingt-quatre. Ma sœur voudrait s'inscrire à l'université d'Alaska pour devenir infirmière, mais tout cela coûte cher. C'est pour ça qu'il faut à tout prix que je décroche ce poste en Californie… Maintenant, excuse-moi, mais je dois retourner auprès de ma patiente…

Elle commença à s'éloigner, mais il lui emboîta le pas.

Pourvu qu'il laisse tomber le sujet de sa vie privée ! songea-t-elle. Elle n'aimait pas parler d'elle. Elle n'aimait surtout pas ressentir une attirance aussi forte pour un homme qui lui donnait envie de s'ouvrir à lui, de se reposer sur lui. Tout cela était totalement impossible.

Les hommes n'étaient pas fiables. Elle l'avait compris le jour où son père les avait quittées, sa mère, sa sœur et elle. Carmen avait presque élevé Clara, car sa mère était contrainte d'occuper trois emplois pour subvenir à leurs besoins.

Carmen avait dû grandir vite, et faire preuve d'autonomie. C'est peut-être pour cela que la profession de sage-femme lui convenait si bien. Elle aimait qu'on ait besoin d'elle. Elle avait l'habitude qu'on l'appelle à l'aide, et dans ce cas elle oubliait ses états d'âme et se mettait au travail.

Au lieu de regagner dans la salle de traumatologie, elle s'engagea dans un nouveau couloir, décidant de brûler un peu d'énergie avant de se remettre au travail. Comme elle poussait la porte donnant sur l'escalier, Zac demanda :

— Je croyais que tu allais voir ta patiente ?

— Oui. Dans une minute...

Son téléphone sonna dans sa poche, et elle y plongea la main.

— Après ça...

Si elle ne s'éloignait pas vite de Zac, elle risquait de faire quelque chose de stupide. Le pousser contre le mur pour l'embrasser à perdre haleine, par exemple...

Comme il la regardait en silence, plus sexy que jamais, elle lança :

— Tu voulais me dire autre chose ?

Zac recula légèrement, avant de répondre :

— C'est normal de se confier, parfois, tu sais.

Elle rit et secoua la tête, faisant de son mieux pour paraître désinvolte.

— Peut-être devrais-tu suivre toi-même ton conseil, au lieu de me faire taire chaque fois que je te pose une question personnelle. À plus tard, Zac.

Alors qu'elle s'engageait dans l'escalier, elle l'entendit répondre :

— C'est un défi ? Ça tombe bien, j'adore les défis !

Une fois seule, Carmen s'appuya contre le mur, le cœur battant, tandis que des souvenirs de la nuit qu'ils avaient passée ensemble défilaient dans sa tête. Leurs corps enlacés entre les draps, elle criant son nom dans l'extase...

Les mains tremblantes, elle sortit son téléphone portable et rappela sa sœur alors qu'elle montait l'escalier menant au troisième étage.

Clara décrocha à la deuxième sonnerie.

— Que se passe-t-il ?

— J'ai peut-être fait une grosse bêtise.

Avant qu'elle ait pu les retenir, les mots étaient sortis de sa bouche. Elle sentait qu'elle devait en parler à quelqu'un, sous peine d'exploser.

— Attends ! s'écria Clara dans l'écouteur. Qu'as-tu fait ?

— C'est au sujet du job pour lequel je postule, en Californie. Comme mes futurs employeurs potentiels sont très famille, et qu'ils ont été favorablement impressionnés par Priya et ses fiançailles avec Lance, je me suis sentie obligée de leur mentir pour avoir une chance supplémentaire. J'ai besoin de cette promotion, Clara, nous en avons besoin pour payer les soins de maman et tes frais de scolarité.

— Et tu crois que demander à un homme avec qui tu as eu une aventure de jouer le rôle de ton fiancé te permettra de décrocher ce job ?

Elle avait parlé à sa sœur de l'aventure d'un soir, car de toute façon elle n'aurait pas pu lui cacher. Celle-ci avait raison : son idée n'était peut-être pas la meilleure qui soit, mais quel choix avait-elle ? Issue d'une famille aisée, Priya avait reçu une formation de pointe dans les meilleurs établissements tandis que Carmen, elle, avait dû travailler la nuit pour financer ses études et pour faire venir sa famille aux États-Unis une fois son diplôme en poche.

— Zac est au courant de tout, et il est d'accord, expliqua Carmen.

— Vraiment ? dit Clara d'un air dubitatif. Je ne veux pas que tu sois malheureuse, tu sais...

— Tout ira bien, je te le promets, conclut-elle, autant pour se convaincre elle-même que pour rassurer sa sœur.

3

Le jeudi, en fin de matinée, Zac prit une profonde inspiration au moment de pénétrer dans l'aéroport international Ted Stevens d'Anchorage. Des dizaines de personnes se pressaient dans le hall, mais son regard fut immédiatement attiré vers la jeune femme à la peau cuivrée et aux cheveux bouclés qui, de l'autre côté de la barrière de sécurité, consultait sa montre.

Vêtue d'un jean, d'un col roulé vert émeraude, d'une parka et de bottes en daim noires, Carmen était bien différente de la femme qu'il voyait tous les jours à l'hôpital. Plus jeune encore, et beaucoup plus sexy...

Soudain, il se rappela pourquoi il était ici. Ce n'était pas des vacances. Il ne s'agissait pas de sexe, mais de travail.

— Désolé, je suis en retard, dit-il en s'avançant vers elle, avant de poser son sac par terre.

Elle le toisa, vérifia de nouveau sa montre, puis se dirigea vers l'escalator le plus proche en lui lançant par-dessus son épaule :

— En effet, tu es en retard. J'espère que tu feras mieux pendant le reste du week-end. Et tu es trop habillé, aussi.

— Je ne savais pas quoi porter. Nous n'en avons pas discuté, répondit-il. Tu as le numéro de la porte ?

Il se sentit soudain mal à l'aise, dans son jean foncé et son blazer en tweed, avec sa chemise blanche ouverte au col.

— Pas besoin, lui dit-elle. Nous prenons un jet privé, tu t'en souviens ?

— Ah oui ! c'est vrai…

Une hôtesse de l'air les attendait près d'un guichet et les escorta jusqu'à un petit avion blanc aux lignes pures, frappé du logo de la clinique californienne. Le propriétaire de la clinique devait avoir un compte en banque bien garni, car ce genre de bolide des airs coûtait plus de 60 millions de dollars.

À l'époque, avant que la trahison de son père fasse s'effondrer le monde autour de lui, Zac avait accumulé suffisamment d'heures de vol pour devenir lui-même pilote. Mais c'était dans une autre vie…

— Nous y voilà, dit l'hôtesse de l'air en s'arrêtant en bas d'une passerelle. Bon vol.

— Merci.

Carmen monta les marches devant lui, et Zac s'efforça de ne pas fixer le jean qui moulait parfaitement son joli derrière. Quand elle s'arrêta juste avant la porte de l'avion et se tourna vers lui, il faillit la heurter tant il était distrait.

— Tu es prêt ? demanda-t-elle. Tu as apporté ton dossier ? Nous pourrons le revoir pendant le vol, puisque nous n'avons pas eu le temps avant. Je crois que Priya et Lance sont déjà à bord.

Zut ! Il aurait voulu arriver plus tôt, mais Susan l'avait appelé, et il avait mis du temps à choisir ses bagages. En plus, il y avait eu des travaux sur la route… Bref, on aurait dit que le monde entier s'était ligué contre lui.

Était-ce un signe qu'il fallait renoncer ? Hélas ! il était trop tard maintenant.

— On va devoir bluffer pour s'en sortir, ajouta Carmen.

Cela n'était pas un problème pour lui. Même s'il ne jouait pas souvent au poker, il savait commet tromper son monde. Encore une chose que son père lui avait apprise…

Il mit la main dans la poche de sa veste et en sortit la bague qu'il avait achetée tout à l'heure. Puis il plongea son regard dans celui de Carmen, prit sa main gauche et glissa l'anneau à son doigt.

— Nous serons plus crédibles ainsi, tu ne crois pas ?

Comme elle ne répondait pas, il leva les yeux et la vit en train d'admirer le solitaire en platine serti d'un beau diamant. Il avait opté pour un bijou véritable, dans l'espoir de tromper les plus sceptiques... Il le rendrait à leur retour. Ce n'était pas un problème.

— Elle est magnifique, murmura Carmen.

— Toi aussi, répondit-il avec un clin d'œil. On y va ?

Il la poussa doucement vers l'intérieur du jet. S'ils ne s'installaient pas tout de suite, il risquait de l'attirer dans ses bras et de l'embrasser, ce qui n'était pas du tout une bonne idée. Ils n'avaient même pas encore quitté Anchorage que déjà il avait déjà du mal à ne pas fantasmer sur elle. Comme il l'avait fait lors de cette nuit de Noël...

Dès qu'ils montèrent à bord de l'avion, Lance et Priya se précipitèrent à leur rencontre.

— J'avais raison ! s'écria Lance dès qu'il aperçut la bague qui brillait au doigt de Carmen. Pas étonnant que tu ne m'aies pas dit ce que tu faisais ce week-end, Zac. Espèce de cachottier !

— Jusqu'à la dernière minute, je n'étais pas sûr de pouvoir partir. Mais tu as eu du flair, bravo ! dit Zac en rangeant son sac de voyage dans un compartiment, avant de s'installer. J'ai dû jongler avec mon emploi du temps, mais je n'aurais manqué ce rendez-vous pour rien au monde, n'est-ce pas, ma chérie ?

Elle frémit quand il posa sa main glacée sur la sienne mais elle réussit à plaquer un sourire sur ses lèvres avant de sussurer :

— Merci, mon doudou...

Elle lui caressa tendrement la joue avant d'ajouter à l'intention de Lance et Priya :

— Zac et moi cherchons à passer plus de temps ensemble en dehors du travail, et j'ai pensé que ce week-end était une occasion parfaite. Avec tout le stress du mariage...

— Attendez une minute, dit Priya, stupéfaite. Vous êtes

en train de me dire que… vous êtes fiancés ? Comment diable as-tu pu garder ce secret aussi longtemps ? Je ne savais même pas que tu voyais quelqu'un depuis… Jeff, et encore moins Zac.

Zac était presque sûr que son sang ne circulait plus dans ses doigts tant Carmen les serrait fort. De plus, ce stupide diamant lui meurtrissait la peau, mais il s'était engagé et avait l'intention de faire de ce week-end un succès.

— Nous avons délibérément gardé notre liaison secrète, dit-il. Tu sais à quelle vitesse les ragots se répandent à l'hôpital, et ma Carmen tient à préserver sa vie privée. De plus, nous voulions nous assurer que les choses étaient solides entre nous avant de l'annoncer au monde entier.

Dubitatif, Lance fronça les sourcils.

— Mais tu ne m'en as jamais parlé non plus, et je suis ton meilleur ami ! En fait, je ne vous ai jamais vus ensemble, à part lors de cette folle soirée de Noël. Mais… vous êtes sortis ensemble, ce soir-là ? C'est ça, n'est-ce pas ?

Lance se pencha vers l'avant, son regard se posant tour à tour sur Zac et Carmen, et ajouta :

— Bien joué, mec ! Et tu es d'accord pour déménager en Californie si elle obtient ce boulot, c'est ça ? Je n'aurais jamais cru qu'un jour tu quitterais ton Alaska bien-aimée.

Zac sentit une chaleur inconfortable envahir tout son corps, mais il résista à l'envie de se lever de son siège. Lance avait raison sur toute la ligne, et l'idée de s'éloigner de l'État qui l'avait vu naître lui déchirait le cœur. Mais ce n'était qu'un jeu, se rappela-t-il, et il le jouerait jusqu'au bout, car c'était ce qu'il avait convenu dès le départ avec Carmen.

D'ailleurs, les mensonges étaient plus crédibles lorsqu'on y mêlait un soupçon de vérité. Cela aussi, il le savait grâce à son père.

Ce n'est pas la même chose. Je ne suis pas comme lui. Pas du tout.

Il jouait la comédie pour aider une amie, rien de plus. Mais… son père n'avait-il pas invoqué les mêmes raisons – et prétendu avoir menti pour protéger son fils et sa femme, et juré que cela ne s'était produit qu'une seule fois ?

Alors que de douloureux souvenirs se réveillaient, menaçant de le submerger s'il ne descendait pas aussitôt de cet avion pour courir se réfugier chez lui, une hôtesse de l'air vint s'assurer qu'ils étaient prêts à décoller et à commander leurs boissons. Le commandant de bord annonça qu'il effectuait les ultimes vérifications en attendant l'autorisation de la tour de contrôle.

Zac se concentra sur les consignes de sécurité qu'un steward était en train de réciter, et lorsque le premier agent de bord revint avec ses boissons, il s'était ressaisi. Le fait que Lance et Priya aient reçu l'ordre de faire pivoter leurs sièges, les soustrayant, Carmen et lui, à leur regard, acheva de le rassurer, du moins pour le moment.

Il laissa échapper un long soupir, heureux de cet instant de répit. Quand l'avion s'élança sur la piste, Carmen posa instinctivement la main sur son bras. Il se demandait si elle avait peur en avion. Ils n'en avaient pas vraiment discuté. Comme ils n'avaient pas vraiment discuté de beaucoup de choses, d'ailleurs...

Zac se tourna vers elle et dit à voix basse :

— Ça a marché, tu as vu ?

Lâchant enfin sa main, elle prit une gorgée de vin.

— Tu trouves ? On aurait dit que tu allais t'évanouir pendant que Lance te parlait !

— Je vais mieux, maintenant. Comme nous n'avions rien préparé, j'ai été un peu pris au dépourvu, c'est tout.

Menteur !

Il regarda Lance et Priya, devant eux. Leurs têtes se touchaient presque, et ils discutaient très probablement d'eux et de leurs fiançailles impromptues, songea-t-il.

En vérité, la perspective d'aller se jeter dans la gueule du loup le secouait plus qu'il ne voulait l'admettre. Si sa mère avait pardonné à son père, lui n'avait pas été capable de faire de même. Le cœur brisé, il avait quitté le domicile familial par égard pour elle. Il aimait sa mère plus que tout, et pour ne pas perturber davantage sa vie en se disputant constamment avec son père, il était parti.

Elle lui manquait tous les jours, cependant, et même s'il aimait à penser qu'il avait guéri de cette ancienne blessure, ce n'était peut-être pas aussi vrai qu'il le prétendait.

Dès que le voyant de sa ceinture de sécurité s'éteignit, il se libéra et se tourna vers Carmen.

— Où est ton dossier ? Je veux être prêt pour la prochaine fois…

Il se leva, sortit son propre dossier de son sac et lui tendit une feuille. Rédiger cette brève liste et la ranger dans un classeur lui avait paru ridicule, mais il ne voulait pas que Lance et Priya tombent dessus par hasard.

— Ce n'est pas grand-chose, mais c'est tout ce que je peux partager avec toi.

— Tout ce que tu peux partager ? répéta-t-elle en déchiffrant la liste, avant de lever de nouveau les yeux vers lui. Tu travailles pour la CIA ?

— Non. Il y a juste des choses personnelles que je ne dis pas aux gens.

— Je ne suis pas les *gens*, murmura-t-elle. Je suis censée être ta fiancée.

— « Censée », insista-t-il. Ce vol ne dure qu'une heure. C'est peut-être le bon moment pour me dire tout ce que je dois savoir sur ton compte.

Elle termina son verre, puis prit son propre classeur dans son cabas posé à ses pieds.

— Contrairement à toi, je n'ai pas de secrets. Tout ce qui me concerne est écrit là…

Il lut le papier, puis haussa un sourcil.

— Tu as même imaginé tout un scénario pour nos débuts ? Je t'ai couru après pendant des années, et tu as finalement eu pitié de moi ?

— C'est mieux que la vérité, non ? Même si Lance l'a déjà devinée, la fine mouche…

Il sourit, la tête appuyée contre son siège.

— Tu te souviens de cette nuit-là ? Tu portais une petite robe rouge décolletée dans le dos et aussi…

Elle lui frappa le bras.

— Arrête ! gronda-t-elle. Tu n'étais pas mal non plus, avec ton jean et ton T-shirt moulants ! Très sexy, sur la piste de danse.

— Tu me trouvais sexy ? C'est pourtant toi que tout le monde regardait ! Tu te souviens de notre slow ? Je ne peux plus entendre cette chanson sans penser à toi…, dit-il en fermant les yeux.

— C'était quoi, déjà ? Oh ! c'est vrai… *Havana* de Camila Cabello.

Il s'écarta légèrement d'elle, conscient de s'aventurer sur un terrain dangereux en flirtant, mais incapable de s'arrêter. Pas une seule nuit ne passait sans qu'il rêve d'elle à cette fête, sublime dans sa petite robe qu'il brûlait de lui arracher pour lui faire l'amour toute la nuit…

Malgré lui, il soupira :

— Tu étais très belle, ce soir-là…

En guise de réponse, elle posa sur lui ses beaux yeux brillants de plaisir.

À cet instant, le steward se pencha pour remplir à nouveau leurs verres, et le charme fut rompu.

Carmen reprit l'étude de son dossier.

— Mieux vaut se concentrer là-dessus tout de suite. Comme tu l'as dit, le vol ne dure qu'une heure.

Zac se redressa et reprit sa lecture. Son père avait quitté la famille quand Carmen n'était encore qu'une enfant. Elle avait été élevée par une mère célibataire et s'était occupée de sa jeune sœur. Ensuite, elle avait fait ses études d'infirmière. Pas étonnant qu'ils s'entendent si bien. Ils se ressemblaient beaucoup. Sauf que son père à lui n'avait pas bougé. C'est Zac qui avait dû partir.

— Alors, dis-moi ce qui ne figure pas dans cette liste, dit-il en se tournant vers elle.

Elle lui jeta un coup d'œil en biais et lâcha :

— Je te l'ai dit, tout est là.

— Non, il manque quelque chose.

— Ah oui ? quoi ?

Elle croisa les bras, attirant son attention sur ses seins, mais il détourna rapidement le regard. Pas assez vite, cependant.

— Pourquoi m'as-tu choisi pour ce week-end ? demanda-t-il, la gorge serrée.

D'autres souvenirs de cette nuit de fin d'année l'assaillirent de nouveau. Les courbes de ses hanches, si douces sous ses paumes, ses soupirs alanguis, le goût de ses seins sur sa langue...

Non, non. Garde ton sang-froid, bon sang !

Carmen était à l'opposé du genre de femmes avec qui il couchait normalement. D'habitude, il aimait les femmes qui aimaient faire la fête, et qui partaient sans se retourner après une ou deux nuits. Carmen, même si elle s'en défendait, faisait rimer « amour » avec « toujours ».

Savoir qu'elle n'était pas son genre aurait dû l'aider à garder ses distances ce week-end. Hélas ! ce n'était pas le cas.

— Je te l'ai dit, à la cafétéria. Tu es un ami, et je te fais confiance. Comme nous avons des atomes crochus, j'ai pensé que ça rendrait toute cette mascarade plus crédible. N'y vois rien de plus...

Elle consulta de nouveau sa liste.

— Tu es capricorne ? J'aurais plutôt dit lion, ou peut-être scorpion.

— Scorpion ? Pourquoi ?

— Parce que tu aimes manifestement tes petits secrets.

— Je n'aime pas les secrets. Mais je tiens à préserver mon intimité, répondit-il d'un ton ferme. Et, crois-moi, je sais de quoi...

— Querelle d'amoureux ? interrompit une voix féminine.

Priya et Lance s'étaient de nouveau tournés vers eux et,

visiblement, ils étaient prêts pour une nouvelle série de questions.

Ce week-end s'annonçait très long et très éprouvant…

— Allez, dis-moi tout ! commença Lance. Comment vous êtes-vous rencontrés ? Ça dure depuis combien de temps et comment diable avez-vous réussi à garder le secret si longtemps ?

— Eh bien…

Carmen leva la main pour l'arrêter.

— Nous nous sommes rencontrés à la fête de l'hôpital et nous avons continué à nous voir après. Récemment, les choses sont devenues plus sérieuses, et nous nous sommes fiancés.

Priya était perplexe.

— Si vite ? demanda-t-elle. C'est bizarre, parce que le mois dernier, tu m'as dit que tu n'avais pas l'intention de t'engager avec qui que ce soit. Que ta carrière et ta famille étaient trop importantes pour toi et te prenaient tout ton temps. Ça a changé ?

— Non, répondit Carmen, ou plutôt… oui. Je viens de changer de perspective, en fait. Parfois, il suffit de rencontrer la bonne personne et…

Priya n'avait pas l'air convaincue. Elle se tourna vers Zac.

— Hmm… C'est à propos du boulot ? Est-ce que cela a quelque chose à voir avec le poste à la clinique ?

Zac toussa pour couvrir sa gêne. Rien de tel que de voir sa ruse éventée avant même qu'elle ait fonctionné.

— Non, bien sûr que non !

— Ne sois pas ridicule, ajouta Carmen. Mes qualifications parlent d'elles-mêmes, tout comme les tiennes. Je n'ai pas besoin d'un homme pour trouver un boulot.

Elle leva le menton d'un air de défi, puis reprit :

— Ce week-end est l'occasion pour Zac et moi de passer du bon temps ensemble loin de l'hôpital. Pas vrai, mon doudou ?

Zac eut à peine eu le temps de hocher la tête qu'elle se penchait vers lui pour l'embrasser. Ses lèvres étaient si douces, si tendres sur les siennes qu'il en oublia son rôle de fiancé docile et, l'attrapant par le cou, approfondit ce baiser.

Un bip sonore qui retentit dans la cabine le ramena à la réalité, et il s'écarta d'elle à contrecœur.

— Les voyants des ceintures de sécurité viennent de s'allumer, dit-il à Lance et Priya. Vous feriez mieux de vous rattacher. Nous allons traverser une zone de turbulences...

Priya et Lance les fixèrent tous les deux d'un air soupçonneux avant de faire pivoter leurs sièges, leur laissant un peu d'intimité.

Zac se tourna vers Carmen.

— Ça va ? Parle-moi un peu plus de ce travail. Pourquoi maintenant ?

— Cela fait presque dix ans que je travaille à Anchorage Mercy, alors j'ai envie de changer, et comme une occasion se présente, j'ai décidé de la saisir.

— À cause de l'argent ? C'est un poste de chef d'équipe, n'est-ce pas ?

— Oui. J'ai beaucoup travaillé toute ma vie et je ne veux pas risquer de perdre ce que j'ai gagné. C'est pourquoi il est important d'éviter les... complications.

Zac hocha la tête, amusé. Il pensait qu'elle parlait de sexe. Mais pour lui, le sexe n'était pas compliqué. Seul l'engagement pouvait poser problème, il l'avait appris grâce à – ou plutôt, à cause de – son père.

Ils restèrent assis en silence pendant un moment, puis Carmen se tourna nouveau vers lui.

— Il n'y a rien sur ta famille ou ton passé, remarqua-t-elle.

— Parce que ce n'est pas important. Mais si tu tiens absolument à tout savoir, sache que mon père est dans les affaires et ma mère femme au foyer. Nous sommes fâchés. Je ne leur ai pas parlé depuis des années. Ma famille est la dernière chose qui me définit. Je suis un homme libre.

— Je vois, dit Carmen, mais tu vas devoir m'en dire davantage, au cas où on me poserait des questions plus précises. Je me suis mise à nu pour toi...

« Mise à nu ? »

Cette expression fit naître dans son esprit une foule d'images plus érotiques les unes que les autres. Elle s'était penchée vers lui, et il huma avec délices son parfum capiteux. Quelques centimètres de plus et il pourrait l'embrasser de nouveau, la goûter pour voir si elle était aussi délicieuse que...

Une secousse l'éloigna brusquement d'elle. L'avion venait d'entrer dans une zone de turbulences, les secouant durement.

— Veuillez vous assurer que vos ceintures de sécurité sont bouclées, dit l'hôtesse de l'air en passant.

Carmen s'adossa à son siège, repoussant les boucles de son visage rougi.

— Qu'est-ce qui ne va pas ?

Elle eut un sourire triste, les yeux tournés vers le hublot.

— Yuh cyah play mas if yuh fraid powder.

Zac fronça les sourcils en bouclant sa ceinture de sécurité.

— C'est un dicton trinidadien ?

— Oui. Ça veut dire qu'il ne faut pas se mêler de quelque chose si on ne peut pas faire face aux conséquences.

Touché !

Elle avait raison. L'alchimie qui les poussait l'un vers l'autre avait toujours été explosive, mais ils avaient pu y résister en s'évitant, en restant chacun sur son territoire. À Anchorage, cela était facile, mais maintenant qu'ils étaient coincés dans cet avion, quelque part au-dessus du Yukon gelé, sans échappatoire, il songea qu'il avait peut-être fait le mauvais choix en acceptant de se prêter avec elle à cette comédie qui devait durer tout un week-end.

Ravalant sa frustration, Carmen se tourna vers le hublot et évita le regard de Zac aussi longtemps qu'elle le put – jusqu'à ce que son cou lui fasse mal et que ses fesses soient engourdies d'être restées si longtemps au même endroit.

Ce week-end ne serait pas aussi tranquille qu'elle l'avait prévu… Dès qu'elle posait les yeux sur cet homme, elle sentait une douce chaleur envahir son corps et le souffle lui manquer. Comment faire semblant de former un couple avec lui, alors qu'elle brûlait de resserrer encore le lien puissant qui les unissait déjà malgré eux ?

Si l'avion ne les avait pas secoués, un peu plus tôt, elle l'aurait embrassé de nouveau, sans retenue. Elle le désirait, comprit-elle soudain, comme elle n'avait jamais désiré aucun homme.

Cela n'avait aucun sens ! Elle était une personne sensée, prudente, qui ne se laissait pas guider par ses pulsions. Elle était une soignante, quelqu'un sur qui on pouvait se reposer, et beaucoup de personnes dépendaient d'elle. Aussi séduisant soit-il, elle ne pouvait pas céder à l'élan qui la poussait vers Zac et abandonner son bon sens.

Elle avait passé sa vie à faire passer les autres avant elle, à attendre son heure. Cependant, elle n'était pas une solitaire dans l'âme. Elle aimait les rencontres, le contact, mais avec les hommes elle ne laissait jamais les choses aller trop loin, de crainte d'être abandonnée.

Avant Jeff, sa dernière relation sérieuse avait duré deux ans. Jusqu'à ce que Steve la quitte sous prétexte qu'ils avaient des projets trop divergents. Au fond d'elle cependant, Carmen craignait de connaître la vraie raison : elle ne méritait pas de connaître l'amour. Si elle avait été meilleure, plus intelligente, plus dévouée, moins indépendante, Steve serait peut-être resté. Son père aussi…

Elle soupira et regarda les nuages duveteux, au-dessous d'eux. Elle se sentait déchirée. Une partie d'elle-même voulait décrocher ce nouveau poste, prouver sa valeur, mais une autre partie s'en voulait d'avoir recours au mensonge pour y parvenir.

Hélas ! il était trop tard pour revenir en arrière, maintenant.

Il ne restait plus qu'à tenter de tirer le meilleur parti de cette situation pour le moins étrange et inconfortable.

Tout à coup, elle se tourna vers Zac et dit d'un ton résolu :

— Écoute, je sais que c'est difficile, mais… il s'agit juste de faire semblant. Nous sommes amis, et nous ne pouvons pas prendre le risque de gâcher notre amitié.

— D'accord, dit Zac sans la regarder.

— Nous devrons continuer de travailler ensemble, à l'hôpital, après ce week-end. Alors ne rendons pas les choses plus difficiles qu'elles ne le sont déjà, d'accord ?

— D'accord.

Elle prit une profonde inspiration et fixa le plafond de la cabine.

— Dans ce cas… faisons semblant.

Il referma son dossier et se tourna de nouveau vers elle.

— Alors, je recommence : parle-moi de ce poste, en Californie.

Elle le regarda, surprise.

— Tu veux vraiment en savoir plus… maintenant ?

— Non. Ce que je veux, c'est finir ce que nous avons commencé tout à l'heure, en nous embrassant. Mais comme je ne peux pas…

Elle se força à ignorer ce qu'il venait de dire et se concentra sur sa question, à laquelle elle répondit le plus sérieusement du monde.

— La personne qui sera choisie devra superviser une équipe de quatre sages-femmes, avec la possibilité d'agrandir l'effectif à mesure que le service prendra de l'ampleur. Et ils ont aussi prévu un important dispositif de formation.

Les épaules de Zac se détendirent un peu.

— C'est tout à fait dans tes cordes.

— Oui, j'ai l'intention de présenter pendant le colloque un projet visant à aider les sages-femmes à élaborer une méthode nouvelle de dépistage des troubles de l'humeur et de l'anxiété périnatale.

Elle n'avait parlé de son plan à personne d'autre qu'à sa

sœur, mais il serait peut-être bon qu'elle s'exerce sur lui avant de le présenter à ses nouveaux patrons potentiels.

— J'aimerais aussi développer des stratégies d'aiguillage et d'intervention pour répondre aux situations les plus délicates, ainsi qu'un suivi pour assurer la continuité des soins.

— Waouh ! dit-il, impressionné, c'est super !

— Merci. Espérons que les recruteurs seront de ton avis.

Carmen consulta sa montre. Plus qu'une demi-heure avant l'atterrissage. Nerveuse, elle jeta un coup d'œil au compartiment à bagages, au-dessus de leurs têtes.

— Zac ?

— Oui ?

— Tu n'as apporté qu'un sac ?

— Oui, pourquoi ?

— As-tu pensé à prendre un smoking pour la soirée ?

Il leva brièvement la tête, puis répondit d'un air distrait.

— Oh ! oui ! J'ai fait envoyer le reste de mes affaires à l'hôtel. J'ai pensé que ce serait plus facile comme ça.

Elle n'y avait même pas pensé.

— Je ne savais pas que c'était possible.

— C'est très facile. Les hommes d'affaires font ça tout le temps, et ils ne sont pas les seuls. Le personnel de l'hôtel s'assure que les bagages arrivent dans la bonne chambre après l'accueil des invités.

Il jeta un coup d'œil vers elle, comme s'il s'était rendu compte qu'il en avait trop dit, puis détourna rapidement le regard.

— De toute façon, c'est juste un week-end, tout se passera bien.

— Oui, tu as raison, c'est juste un week-end, répéta-t-il. Et moi, je suis Julia Roberts !

— Comment ?

Il sourit.

— Julia Roberts. Dans Pretty Woman ? Sauf que cette fois, les rôles sont inversés et que c'est toi qui es là pour exaucer le moindre de mes désirs. Alors donne-moi ta carte de crédit pour que je puisse aller faire du shopping...

Elle éclata de rire. Zac était plein de surprises, et il ne manquait décidément pas de fantaisie. Mais il n'était pas pour elle. Point final.

Comme il fermait les yeux, sans doute pour profiter de ces derniers instants de calme avant l'atterrissage, elle l'imita et se renfonça dans son siège.

4

Une demi-heure plus tard, Zac était assis à côté de Carmen dans la limousine qu'ils partageaient avec Priya et Lance. Comme ils atteignaient une crête, l'Étoile Arctique se dressa soudain devant eux. Même après toutes ces années, c'était toujours un spectacle impressionnant, reconnut-il.

Il lutta contre une montée d'adrénaline en pénétrant dans l'imposant hall tout de bois et de verre du chalet principal, et s'efforça de se concentrer sur les lumières qui brillaient aux fenêtres des pavillons privés, plus loin, dans la prairie.

C'était là qu'il avait grandi.

Des souvenirs des jours heureux lui revinrent soudain en mémoire : les délicieuses odeurs des bons petits plats que préparait sa mère, les soirées de jeux et de rires, les moments de réconfort et de paix... Mais il les chassa bien vite. Cette époque était révolue, et il valait mieux l'oublier.

— Ah ! tu es là ! lança Carmen en le prenant par le bras. C'est magnifique, n'est-ce pas ?

Il acquiesça d'un signe de tête, les yeux rivés sur ses lèvres. Oui, c'était magnifique, mais pas autant qu'elle.

— Oh !

Priya s'était approchée d'une table ronde en marbre, au centre de l'atrium. Un énorme vase en cristal taillé, débordant de lys blancs et de roses, y était posé. Elle se pencha pour humer une fleur, puis admira le vase.

— C'est du cristal de Baccarat. Ça vaut des milliers de dollars.

Elle avait raison. Le père de Zac n'avait pas lésiné sur les moyens pour décorer ses hôtels.

— Souris, s'il te plaît, lui glissa Carmen à l'oreille. Nous sommes censés être heureux et amoureux, rappelle-toi.

— Oui. Viens, allons nous enregistrer, répondit-il en l'entraînant vers le guichet, bientôt suivi par Lance et Priya.

— Mademoiselle Sanchez ? dit une jeune femme souriante en les voyant s'approcher. Je m'appelle Willow. Bienvenue à l'Étoile Arctique.

Elle se tourna vers Priya.

— Et vous devez être mademoiselle Shaw...

Elle leur serra la main, puis leur tendit des sacs cadeaux portant le logo de la clinique californienne.

— Nous sommes heureux de vous recevoir. Suivez-moi, s'il vous plaît. J'ai déjà pris la liberté de réserver vos suites, et le garçon d'étage est en train d'y livrer vos bagages en ce moment même. Je vais vous montrer vos chambres. N'hésitez pas à me faire savoir si vous avez besoin de quoi que ce soit pendant votre séjour. Mademoiselle Sanchez, vous et votre invité occuperez la suite Yupik. Et vous, mademoiselle Shaw, serez dans la suite Aléoutes.

Ils montèrent un grand escalier jusqu'au deuxième étage. Zac se rappelait que les ailes de l'hôtel formaient un immense carré de cinq étages entourant un jardin rempli de fleurs au printemps. Il adorait jouer là-bas quand il était enfant. Il y avait aussi une réserve où les jardiniers du domaine recueillaient les animaux sauvages blessés.

Le groupe s'arrêta pour attendre les ascenseurs qui menaient à leurs chambres. Il n'y avait que quatre suites au dernier étage, toutes nommées d'après les tribus indigènes d'Alaska.

Quelques minutes plus tard, ils poussaient la porte de leur suite.

— Merci, Willow, dit Carmen.

— Tout le plaisir est pour moi, répondit la jeune femme

en lui remettant une carte magnétique. Appelez-moi si vous avez besoin de quoi que ce soit pendant votre séjour. Vous pouvez me joindre par la réception de 8 heures à 20 heures. Votre concierge du soir sera Dustin, et vous pouvez aussi le joindre par la réception. Bon séjour à l'Étoile Arctique...

Sur ce, elle se tourna vers Priya et Lance pour les conduire dans la direction opposée.

— On se parle plus tard ! dit Lance en s'éloignant.

C'était précisément ce que Zac redoutait.

Il suivit Carmen à l'intérieur et constata que les propriétaires de la clinique californienne avaient pris soin de faire apporter une bouteille de champagne et des fraises, joliment présentées sur la table du salon.

Le design de la suite était tout aussi spectaculaire que le reste de l'hôtel. Hauts plafonds, grandes fenêtres surplombant le paysage, mobilier à la fois chic et confortable, l'endroit comprenait un grand salon, une salle à manger avec une table de huit places et une kitchenette parfaitement équipée.

Un bref couloir menait à la chambre équipée d'un lit king size, d'un coin salon avec une causeuse, une chaise et une table près des fenêtres, d'un dressing et un balcon privé. La salle de bains était aussi grande que la chambre à coucher, avec un jacuzzi, un pan entier de mur couvert de miroirs et une spacieuse douche en verre.

S'il cet établissement n'avait pas appartenu à son père, Zac aurait pu y rester indéfiniment. Pourtant, il avait hâte de regagner son petit appartement d'Anchorage. Son salaire d'infirmier n'était pas énorme, mais il lui permettait de payer ses factures et même de s'offrir quelques folies. Il avait renoncé à son héritage en rompant tous ses liens avec sa famille, et cela ne lui manquait pas. Pas trop, en tout cas.

Ils trouvèrent leurs bagages soigneusement posés sur des étagères. Les vêtements qu'il avait fait livrer plus tôt – son smoking et d'autres chemises et costumes – avaient été suspendus dans le grand placard de l'entrée.

L'argent n'achetait pas le bonheur, mais il rendait la vie un peu plus facile, parfois.

— Tu es bien silencieux, dit Carmen en caressant du doigt les draps de coton égyptien du lit. Tu regrettes d'être venu ?

— Non, répondit-il en ouvrant son sac, je suis fatigué, c'est tout.

— Hmm...

Carmen retira ses bottes, puis sa parka.

— Le verre de bienvenue est à 19 heures, ce qui nous laisse trois heures à tuer.

— Parfait. J'ai besoin de temps pour me détendre avant de retrouver Lance et Priya.

Il s'approcha d'elle.

— Tout va bien ? Tu as l'air... nerveuse.

Carmen s'assit sur le lit et hocha la tête.

— Oui, c'est juste que... j'ai un peu mal au ventre, c'est tout.

Il toucha son front.

— Tu ne vas pas tomber malade, n'est-ce pas ? J'ai fait envoyer ma trousse de travail avec mes affaires. Donne-moi une minute, je vais chercher un thermomètre...

— Non, tout va bien, juste un peu de stress. C'est idiot, non ? Après tout, c'était mon idée, mais c'est beaucoup moins évident que je ne le pensais, et...

— Non. Ce n'est pas idiot du tout.

Il lui saisit doucement le poignet.

— Respire, respire... Pas de pression. Imagine-toi qu'on s'attarde avec les collègues après le boulot. On est peut-être au Snaggle Tooth, en train de boire un verre après une soirée de garde. On parle, on rit, on se détend... Wendy fait un horrible karaoké avec Tom. Jake et Molly ont amené les jumeaux. C'est cool...

Elle hocha la tête et riva son regard au sien.

— Bien. Tu vas être géniale ce week-end. Tu es intelligente, drôle et la meilleure sage-femme que j'aie jamais rencontrée.

Carmen sentit son pouls ralentir enfin.

— Maintenant, va prendre un bon bain chaud pour te détendre. Nous reparlerons de tout ça plus tard.

Allongée dans la baignoire avec des bulles jusqu'au cou, Carmen s'efforça de chasser le trouble que Zac avait une fois de plus fait naître elle, et échoua lamentablement.

Pourtant, il ne servait à rien de fantasmer sur lui, et de se remémorer sans cesse la nuit qu'ils avaient passée ensemble. Car cela ne se répéterait pas ici. Ce n'était pas sans raison qu'elle avait établi des règles ; il était grand temps qu'elle s'y tienne. Pour son propre bien, et sa protection.

Elle aimait que sa vie soit bien réglée, planifiée, organisée. Lorsqu'elle vivait encore à Trinité, elle établissait des budgets et des plannings pour gérer au mieux la maison et s'assurer qu'ils avaient assez d'argent pour finir le mois. Lorsqu'elle était à l'école d'infirmières, ses talents d'organisatrice lui avaient aussi été utiles pour concilier vie professionnelle et obligations familiales.

Malheureusement, ces compétences ne lui servaient à rien, dans la situation actuelle. Elle avait bien essayé de régenter sa relation avec Steve, qui lui avait reproché d'écouter sa tête au lieu de faire confiance à son cœur.

La seule fois qu'elle avait cédé à son instinct, c'était cette fameuse nuit, après la fête, et elle s'en était mordu les doigts. En fin de compte, peut-être aurait-elle dû être franche avec les propriétaires de la clinique de Californie et leur dire la vérité, au lieu de leur mentir.

Désemparée, elle se pencha pour appuyer sur le petit bouton qui actionnait les jets, puis ferma les yeux pour faire le vide dans son esprit. L'eau lui dispensa ses bienfaits, soulageant les nœuds dans les muscles de son dos et de ses omoplates, et elle ne tarda pas à sombrer dans un demi-sommeil.

Elle imagina Zac dans la chambre à coucher, si près d'elle qu'elle pouvait voir les petites taches d'or dans ses yeux, l'ombre de la barbe sur sa mâchoire, et sentir son souffle quand il se penchait vers elle…

Puis elle se rappela la chaleur de sa peau sous ses doigts, la dureté de ses muscles pressés contre sa poitrine, ses gémissements profonds alors qu'il avait atteint le plaisir ultime…

Bzz, bzz, bzz, bzz…

Le son de son portable qui vibrait sur le bord de la baignoire la ramena à la réalité. Se rappelant soudain qu'elle avait réglé son alarme, elle éteignit les jets, enfila un peignoir et traversa la chambre en direction du dressing.

Assis au bord du lit, Zac se passa la main dans les cheveux. Pourquoi était-il si impatient qu'elle sorte de la salle de bains ? Ce n'était pas une escapade romantique. Ils étaient là pour travailler, elle en vue de décrocher le poste de ses rêves et lui pour jouer le rôle de son fiancé.

Pourtant, quand il la vit dans ce peignoir, il fut pris d'un désir soudain de le lui arracher pour l'entraîner vers le grand lit et caresser ses seins, avant de descendre jusqu'à son joli nombril et…

Non ! C'était ridicule. Il se comportait comme un adolescent.

Frustré, il se leva et saisit le prospectus de l'hôtel sur la table de nuit. Il y avait plein de choses à faire pour s'occuper, et son père avait apporté beaucoup d'améliorations au cours des douze années qui s'étaient écoulées depuis que Zac était parti. Et s'il ne voulait pas sortir, il pouvait regarder la télé, commander un massage, consulter ses e-mails et surfer sur Internet…

Mais rien de tout cela ne l'intéressait. Il se sentait trop agité pour rester enfermé ici, surtout avec Carmen qui s'habillait dans le dressing. De plus, il n'était pas du genre à s'asseoir et attendre. Il aimait faire des choses, être actif.

Il se leva d'un bond, puis enfila chaussettes et chaussures avant de sortir de la chambre. Espérant brûler un peu d'énergie, il emprunta la cage d'escalier et, une fois au rez-de-chaussée, se dirigea vers la réception.

Le hall d'entrée était plus occupé que jamais, rempli d'invités au colloque. Tant mieux, parce qu'il ne voulait pas risquer d'être reconnu, songea-t-il en scrutant la foule à la recherche de visages familiers. Heureusement, il n'en trouva aucun.

D'ordinaire, son père était présent lors de toutes les grandes manifestations organisées à l'hôtel, mais cela avait peut-être changé. Il avait probablement plus important à faire dans ses autres établissements.

— Comment est votre chambre, monsieur ? demanda Willow comme il s'approchait du guichet. Que puis-je faire pour vous aider ?

— Tout va très bien. Merci.

Il jeta un coup d'œil autour de lui, puis baissa la voix.

— L'autre concierge dont vous avez parlé tout à l'heure, celui qui travaille la nuit, Dustin. Son nom de famille n'est pas Lewis, par hasard ?

Elle a souri.

— C'est le cas. Vous le connaissez ?

— Possible...

Zac laissa échapper un soupir. Dustin Lewis avait trente ans de plus que lui, mais il avait été un bon ami pendant son adolescence et, en cet instant, il lui apparaissait comme la seule personne en qui il pouvait avoir confiance.

— Vous avez dit qu'il est de garde à 20 heures ?

— Oui, monsieur. Mais d'habitude, il arrive un peu plus tôt. Il aime bien discuter avec les autres membres du personnel avant son service. Voulez-vous que je l'appelle ?

— Non, merci, répondit Zac, mais si vous me dites où il pourrait être, je peux le trouver moi-même.

— Près de la piscine, peut-être. Il aime bien s'asseoir là et regarder le coucher du soleil. C'est au bout du couloir, sur la droite...

— Merci encore.

Il quitta le chaos du hall d'entrée, passa la porte vitrée indiquée par Willow et entra dans l'atrium en verre qui abritait le bassin olympique. En sentant l'odeur du chlore, il se rappela que c'est dans cette piscine qu'il avait appris à nager, avec ses parents. Son père lui avait montré comment plonger. Il se souvenait encore de la joie sur le visage de ce dernier quand il avait terminé son premier cinquante mètres en moins de cinq minutes. C'était une époque merveilleuse… Jusqu'à ce que tout tourne mal.

Zac trouva Dustin sur un des transats entourant la piscine déserte à cette heure, en train de regarder le ciel, au loin. Il n'était n'était même pas encore 17 heures, mais en mars la nuit tombait très tôt dans le Grand Nord.

Soucieux de ne pas l'effrayer, il s'arrêta à quelques pas de lui et s'éclaircit la voix.

— Ça fait longtemps, Dustin…

Dustin se retourna lentement, et son sourire s'élargit.

— Zachary Taylor ! s'exclama-t-il aussitôt. Quelle surprise ! Approche, mon garçon. Que viens-tu faire ici ?

Zac embrassa son ami, puis s'assit sur le bord d'un transat, face à lui.

— Je vis à Anchorage maintenant. Je travaille comme infirmier urgentiste dans un hôpital.

— Infirmier ? J'ai toujours su que tu étais intelligent, et que tu ferais quelque chose de bien dans la vie.

Dustin hocha la tête, puis son sourire s'estompa à mesure que son expression redevenait sérieuse.

— Ton père sait que tu es ici ?

— Non.

Zac pencha la tête et se frotta la nuque.

— Et je préférerais qu'il ne l'apprenne pas. S'il te plaît, ne lui dis pas que tu m'as vu, d'accord ?

— Tu peux compter sur moi. En plus, tes parents ne vivent plus ici. Ils ont emménagé dans ce nouvel endroit qu'il a acheté à Chicago il y a environ un an, dans la suite du *penthouse*, d'après ce que j'ai compris, expliqua Dustin. Mais parle-moi de toi. Es-tu marié ? As-tu des enfants ?

— Ni l'un ni l'autre, répondit Zac d'un air distrait, soulagé de savoir qu'il pourrait passer le week-end sans croiser ses parents.

Dustin hocha légèrement la tête.

— Hmm… Dommage… pour les enfants, je veux dire. J'ai toujours pensé que tu ferais un bon père.

— Vu le modèle que j'ai eu, j'en doute ! répliqua Zac en haussant les épaules.

Il regarda le ciel qui s'assombrissait, strié d'or, de pourpre et d'indigo.

— Et toi, que deviens-tu ? Comment va Martha ?

Une ombre de tristesse passa sur le visage de Dustin.

— Ma Martha est décédée l'année dernière, d'une rupture d'anévrisme. Ça a été un choc…

— Je suis vraiment désolé, murmura Zac en se penchant pour poser sa main sur l'épaule de Dustin. Je l'ignorais.

— Comment aurais-tu pu être au courant ? Tu n'étais pas là. Mais les enfants et les petits-enfants vont bien. En janvier, une petite-fille, Zoey, est venue agrandir la famille.

— Félicitations ! dit Zac comme son ami lui montrait des photos sur son téléphone, elle est magnifique ! Elle a tes yeux.

— Oui. Et mes poumons, aussi. Elle pleure parfois si fort qu'on l'entend jusqu'en Sibérie.

Zac sourit.

— Joli ! Dustin, tu m'as manqué, tu sais… Autrefois, on se voyait tous les jours.

— Tu devrais peut-être revenir plus souvent, alors.

Dustin remit son téléphone dans sa poche. C'est alors que Zac remarqua la gaze blanche enroulée autour de son poignet.

— Tu es blessé ? demanda-t-il.

— Comment ?

Dustin fronça les sourcils, puis regarda le pansement.

— Oh ! ça ! Ce n'est rien du tout. Je me suis coupé en préparant le dîner l'autre jour. Rien de grave.

À voir la tache de sang séché sur la gaze, Zac avait plutôt l'impression qu'il s'agissait d'une plaie profonde.

— Et comment va ton diabète ? demanda-t-il.

Dustin balaya sa question d'un revers de la main.

— Très bien, très bien... Tu te prends pour mon médecin maintenant, mon garçon ?

— Non.

Zac avait saisi l'irritation dans la voix de son ami et décida de laisser tomber – mais pas avant d'avoir ajouté une dernière chose...

— Mais je suis un soignant qualifié. Je m'inquiète pour toi, c'est tout. Si tu veux que je jette un coup d'œil à cette coupure, dis-le moi. Les plaies guérissent plus lentement à cause du diabète, tu sais ?

— Oui. Je te remercie, mais je suis parfaitement capable de prendre soin de moi. Je le fais depuis assez longtemps, maintenant.

Zac s'adossa à son transat pour regarder le soleil se coucher et les premières étoiles apparaître dans le ciel.

— Alors, mes parents ne sont pas du tout là ce week-end ? demanda Zac une nouvelle fois, pour se rassurer.

— Je n'ai pas dit ça. Seulement, ils ne vivent plus ici en permanence.

Dustin s'allongea de nouveau dans sa chaise longue et jeta un coup d'œil à Zac.

— Tu sais comment est ton père, il n'aime rien laisser au hasard. Avec le grand colloque qui doit avoir lieu ici ce week-end, je ne serais pas du tout surpris qu'il vienne voir comment ça se passe. Mais dis-moi... si tu n'es pas venu pour le voir et te réconcilier avec lui, que fais-tu ici ? Tu manques terriblement à ta mère, tu sais. Elle n'en parle jamais, mais je le sais...

Sa mère lui manquait aussi, songea Zac, attendri. Mais il se ressaisit bien vite et répondit :

— Je… J'aide une amie.

— Hmm… Tu as toujours pensé aux autres. Si tu veux éviter ton père, je te conseille de rester vigilant. Je ne connais pas son emploi du temps, mais il aime bien se cacher parmi les invités.

Espérons qu'avec tous les autres participants au colloque, lui et Carmen pourraient se cacher, eux aussi, songea Zac.

— Comment va ma mère ? demanda-t-il.

— Très bien. Ils vont bien tous les deux, pour autant que je sache. Il n'y a pas beaucoup de changements par ici, Zac, tu le sais, répondit Dustin en désignant la fenêtre. Mêmes montagnes, même neige, même paysage majestueux. C'est ce que j'aime dans cet endroit. C'est réconfortant de penser que tous les lieux restent immuables, quoi que nous fassions. Ça m'aide à combattre la solitude.

— Je comprends, murmura Zac, songeur.

— Penses-tu encore à ce qui s'est passé autrefois avec ton père ? Je comprends qu'il t'ait déçu en ayant une liaison avec cette autre femme. C'est ton père, et tu l'idolâtrais. Il a commis des erreurs, comme nous tous, Zac. C'est humain. Peut-être que tu devrais…

— Je vais te laisser, le coupa Zac en bondissant de son transat. Il faut que je me prépare pour la réception de ce soir.

— Je t'accompagne, dit Dustin en se levant à son tour.

À l'époque, son ami le dominait d'une tête, remarqua Zac. Maintenant, ils étaient de la même taille, car Dustin s'était voûté en vieillissant.

— Mon service commence bientôt, dit-il.

Zac le suivit hors de l'atrium.

— Si tu changes d'avis à propos de cette coupure, mon amie et moi sommes dans la suite Yupik. Viens quand tu veux, je te referai ton pansement.

— D'accord. Quant à toi, si tu tombes sur ton père, essaye de te montrer compréhensif. La vie est trop courte pour entretenir de vieilles rancœurs. C'est ma Martha qui me l'a appris.

— Certaines blessures sont trop profondes pour guérir, dit Zac, s'arrêtant à la porte qui donnait sur la cage d'escalier.

— Oui, mais personne n'est parfait. Pas même toi, mon garçon, alors essaye d'éviter les ennuis tant que tu es là, conclut Dustin avant de tourner les talons et de se diriger vers la réception.

La vérité, c'est que ses ennuis avaient déjà commencé, à la minute même où il avait accepté de faire ce voyage avec Carmen. Avec le recul, il songea qu'il aurait été plus sage de refuser mais hélas ! il ne pouvait pas revenir en arrière, maintenant.

Tout ce qu'il pouvait espérer, c'était en finir au plus vite avec ce maudit week-end.

5

Durant le dîner de bienvenue, Ellen Landon, soixante ans, propriétaire de la clinique de Big Sur, était assise entre Carmen et Priya.

Carmen n'avait vu que des photos d'elle sur Internet, et elle admirait sa prestance. Bien que proche de l'âge de la retraite, Ellen Landon ne montrait aucun signe de fatigue. Aussi active et dynamique que beaucoup de gens plus jeunes qu'elle, elle ne semblait pas près de vendre son établissement.

En face d'Ellen, à la table ronde recouverte d'une nappe blanche, entre Zac et Lance, se trouvait son épouse, une gynécologue et obstétricienne nommée Elizabeth Nguyen. Leur clinique, très novatrice, était considérée comme l'une des meilleures de l'État de Californie, et on y formait d'excellentes sages-femmes.

Travailler avec ces deux pionnières serait un honneur, sans compter le tutorat d'Ellen et de son équipe qui, à lui seul, était très convoité. Bien sûr, l'augmentation de salaire et la promotion au poste de chef d'équipe seraient aussi bienvenues...

— Je suis si heureuse que vous soyez ici toutes les deux, dit Ellen en souriant tour à tour à Carmen et Priya, et c'est un plaisir de rencontrer vos proches, aussi. Depuis combien de temps vous et votre fiancé sortez-vous ensemble, Carmen ?

— Pas longtemps, madame Landon, répondit Carmen,

évitant le regard de Priya, pareil à celui d'un faucon. Nous sortons ensemble depuis quelques mois.

— Oui, c'est arrivé si vite, remarqua Priya. Vous nous avez pris par surprise.

— Et comment ! dit Lance de l'autre côté de la table. Si j'avais su que votre histoire avait commencé le soir de la fête de Noël, j'en aurais parlé aux collègues et...

— C'est exactement pour cela qu'on ne te l'a pas dit ! lança Zac d'un ton léger.

— C'est merveilleux. J'adore les histoires secrètes ! Et s'il vous plaît, appelez-moi Ellen, lança leur hôtesse, apparemment inconsciente de la tension qui régnait autour de la table. Félicitations pour vos fiançailles, Carmen. C'est une période tellement excitante ! Je me souviens quand Liz et moi avons planifié notre mariage. Nous avions tant de choses à faire... et si peu de temps. Et vous, Priya, depuis combien de temps êtes-vous avec Lance ?

— Presque un an, répondit Priya sans quitter Carmen des yeux. Nous prenons le temps de nous connaître, sans nous précipiter. Je préfère planifier, pour ne rien rater d'important. Ça doit être difficile pour toi, Carmen, des fiançailles aussi précipitées ! J'ai toujours pensé qu'on se ressemblait, toi et moi, pour ce qui était de l'organisation. Je veux dire, il y a telllement de choses à faire, tant de détails à régler...

Carmen plaqua sur ses lèvres son plus beau sourire pour tenter de dissimuler le malaise qui l'avait envahie.

— Oui, tu as raison. J'aime tout planifier. Mais l'amour ne prévient pas...

— Hmm..., dit Priya d'un air légèrement soupçonneux. Quelle date avez-vous fixée pour le mariage ?

— Oh ! rien n'est encore arrêté ! Nous profitons du moment présent.

— Bien sûr...

Priya n'avait pas du tout l'air convaincue. Elle jeta un coup d'œil rapide à Lance, puis regarda de nouveau Carmen.

— Et pour la robe ? Les fleurs ? Le lieu ? Vous devriez commencer à planifier tout cela avant même de fixer une date. Quelle est la couleur préférée de Zac ?

Carmen se souvint de la fiche que Zac lui avait préparée et répondit sans hésitation :

— Le bleu.

— Sa nourriture préférée ?

— Tout ce qui est mexicain.

— Son film préféré ?

— Piège de cristal.

Carmen était stupéfaite. C'était pire que les quizz du jeu télévisé préféré de sa mère ! Elle chassa avec peine la boule qui s'était formée dans sa gorge. Sous la table, Zac lui prit la main et la serra.

— Qu'est-ce que le film préféré de Zac a à voir avec notre mariage ? demanda-t-elle.

— Rien, répondit Priya avec un sourire sournois. Je demandais, juste...

— Comment trouvez-vous vos suites ? voulut savoir Ellen.

— La nôtre est magnifique, répondit Carmen, soulagée par cette diversion. Toute cette station est incroyable, n'est-ce pas, doudou ?

— Oui, magnifique, dit Zac sans la quitter des yeux, et très agréable.

Carmen sentit une vague de chaleur parcourir tout son corps mais cette fois-ci cela n'était pas dû à la gêne, mais à l'homme qui se tenait près d'elle. Ce qui était mauvais signe. Très mauvais signe, même.

Elle était là pour impressionner Ellen Landon, pas pour flirter avec Zac.

— Monsieur Taylor ? dit Ellen, êtes-vous formé au secourisme ?

— Oui, madame, je suis le meilleur infirmier urgentiste d'Anchorage ! plaisanta-t-il avant de prendre une gorgée de scotch. Et appelez-moi Zac, je vous en prie.

— Très bien, Zac.

Ellen hocha la tête.

— Vous devriez échanger des anecdotes avec ma femme. Elle me raconte toujours des histoires affreuses au sujet de ses gardes aux urgences.

— Avec plaisir, dit Zac en se tournant vers Liz. Vous travaillez dans un grand établissement ?

Reconnaissante que les projecteurs soient désormais braqués sur quelqu'un d'autre, Carmen prit une grande inspiration et lissa du plat de la main sa petite robe noire. Mis à part les fines bretelles qui laissaient voir ses épaules, elle était plutôt sobre, mais les regards appuyés que lui jetait Zac lui donnaient l'impression qu'il pouvait voir au travers.

Heureusement, un serveur offrit une diversion bienvenue en apportant le premier plat de leur repas gastronomique – carpaccio de courgettes aux crevettes grillées –, lui épargnant une autre série de questions de la part de Priya.

Pendant qu'ils mangeaient, Ellen entra dans le vif du sujet :

— Vos deux curriculum vitae sont très intéressants, mais ce sont les présentations que chacune d'entre vous a soumises sur l'orientation que vous aimeriez donner à la clinique pour l'avenir qui m'ont le plus intriguée.

Elle prit une bouchée de carpaccio avant de continuer :

— C'est grâce à cela que chacune d'entre vous a été retenue. Cependant, il n'y a qu'un seul poste disponible, car notre budget ne nous en permet pas davantage pour l'instant. J'aimerais donc que vous parliez plus en détail de vos plans pour le programme de formation. Priya, voulez-vous commencer ?

— Je concentrerais pour ma part mes efforts sur la prévention du diabète gestationnel et des troubles hyperactifs grâce au dépistage et à la prise en charge en début de grossesse, expliqua Priya. D'après mon expérience, la pathogenèse est multifactorielle et comprend notamment des éléments liés au mode de vie comme la nutrition, la gestion du stress ou encore l'activité physique...

Pendant que sa collègue exposait ses idées pour la nouvelle clinique californienne, Carmen grignotait son carpaccio. Elle avait à peine pris quelques bouchées qu'elle sentit la cuisse de Zac contre la sienne. Soudain, un délicieux frisson l'envahit, et elle se revit dans sa suite, après son bain, vêtue de son seul peignoir alors tandis qu'il était torse nu…

— Et vous, Carmen ? demanda Ellen, pouvez-vous nous parler de votre programme de formation, s'il vous plaît ?

Concentre-toi.

— Bien sûr !

Elle dut fournir un effort surhumain pour chasser de son esprit les images troublantes qui l'avaient envahie et aborder des sujets sérieux. Il était temps d'éblouir son hôtesse avec ses idées brillantes et novatrices, et elle n'avait pas le droit à l'erreur, se rappela-t-elle.

— Mon principal objectif serait de donner aux sages-femmes les moyens d'améliorer le dépistage des troubles de l'humeur et de l'anxiété périnatale. J'aimerais développer les interventions brèves et les stratégies d'orientation en réponse aux situations émergentes et mettre au point un suivi pour assurer au mieux la continuité des soins.

— Ces deux idées sont excellentes, dit Ellen. Je cherche quelqu'un qui soit capable de concevoir et de mettre en œuvre les nouveaux cours de formation pour sages-femmes que vous évoquez, Carmen, et aussi pour développer un programme novateur de prévention visant à réduire l'incidence et la gravité des pathologies dont vous parlez, Priya.

— Je connais bien ces pathologies, dit Carmen avec assurance.

Elle s'était exprimée d'un ton très professionnel, qui, heureusement, ne reflétait pas les émotions qui l'agitaient en cet instant. Cela ne la gênait pas du tout d'aborder le sujet de prédilection de Priya. Après tout, même si cette dernière était une amie, elles étaient en compétition pour ce poste, et elle voulait montrer à Ellen qu'en l'engageant elle aurait une collaboratrice compétente dans les deux domaines.

— Les articles que j'ai lus suggèrent d'inclure des dépistages standardisés et des programmes de prévention fondés sur le niveau de risque des patientes, avant de traiter des aspects logistiques et éducationnels liés au mode de vie. Grâce à mes propres recherches, j'ai identifié au moins trois stratégies de prévention élaborées à partir de données probantes pour réduire le risque de diabète gestationnel et de troubles hypertensifs chez les patientes. Je serais ravie de pouvoir vous présenter un plan détaillé et complet lors de mon entretien final.

Pour ne pas se laisser distancer, Priya se lança dans un discours sur la prise en charge du prolapsus des organes pelviens tout au long de la vie des patientes. Au moment où elle cessa de parler, leur plat principal – du bœuf braisé aux oignons glacés et confit de raisins – était servi.

Zac était charmant, comme d'habitude, et même si le reste du week-end devait être un enfer, Carmen savait qu'au moins il aurait parfaitement joué son rôle de fiancé énamouré. De temps en temps, cependant, elle le surprenait en train de scruter la foule, comme s'il cherchait quelqu'un. Ce qui était étrange, puisqu'aucun d'eux n'était jamais venu dans cet hôtel de luxe.

Puis elle se rappela que Lance avait mentionné que Zac ne voyait personne en ce moment. Est-ce qu'il cherchait quelqu'un ici ? Il était beau, intelligent et drôle, et la femme qui saurait le séduire aurait bien de la chance de...

Non.

Penser à cela ne la mènerait nulle part et ne ferait que la déprimer. Ce qui était idiot, parce qu'elle et Zac n'étaient pas vraiment en couple. Elle n'avait pas le droit d'être jalouse, même s'il était censé faire semblant d'être *son* fiancé pendant le week-end.

Alors pourquoi cela me dérange-t-il autant qu'il regarde les autres femmes ?

Peut-être parce qu'au fond d'elle, elle aurait bien voulu rencontrer un homme qui la regarde, *elle*...

Enfin, on servit le dessert – un gâteau aux noisettes et au chocolat meringué –, et un petit orchestre commença à jouer. Plusieurs couples des tables environnantes se dirigèrent vers la piste de danse, et Zac lui tendit la main.

— Carmen, m'accorderais-tu cette danse ?

Elle s'excusa et se laissa guider par Zac, qui la prit dans ses bras et commença à évoluer parmi les autres couples qui ondulaient en rythme. Tout cela semblait un peu surréaliste – dans son smoking chic, on l'aurait cru tout droit sorti de la couverture d'un magazine.

Quand il la serra davantage contre lui, elle huma son odeur de savon, de bois de santal et d'un soupçon de vanille. Délicieux… Son premier instinct fut d'enfouir le visage dans son cou et d'inhaler profondément. Puis, se rappelant soudain où ils étaient, elle resta à une distance respectable.

— Le dîner s'est plutôt bien passé, je crois, dit-il contre sa tempe.

— Oui. Heureusement que nous avions préparé des fiches.

— C'est vrai… Même si les miennes étaient plutôt succintes.

Elle frissonna en sentant ses jambes contre les siennes.

— D'ailleurs, j'ai mémorisé plein d'infos, au cas où, ajouta-t-il.

Elle rit.

— Ah oui ? C'est quand, mon anniversaire ?

— Le 12 août.

— Ma chanson préférée ?

Il tendit l'oreille et sourit.

— Celle qui passe en ce moment, *The Way You Look Tonight*, mais tu préfères la version de Michael Bublé. Pourquoi crois-tu que je t'aie demandé de danser ?

— Très bien.

Elle appuya le front contre sa poitrine pour qu'il ne voie pas à quel point il l'avait touchée.

— Et ma couleur préférée ?

— Le violet. Ou plutôt, le bleu lavande.

— Second prénom ?

— Celui de ta mère, Ramona.

— Tu es bon, dis donc !

— C'est ce que toutes les femmes disent, plaisanta-t-il.

Elle se pencha en arrière et lui frappa le bras.

— Quelle délicatesse !

C'est alors qu'elle le vit saluer de la tête un homme aux cheveux blancs, debout près de l'entrée de service.

— Qui est-ce ?

— Dustin, le concierge de nuit. Je l'ai rencontré tout à l'heure, pendant que tu étais en train de t'habiller.

Il la guida vers un coin plus calme de la piste de danse et se pencha légèrement pour lui glisser à l'oreille.

— Cela ne figure pas dans nos fiches, mais sache que je suis heureux qu'aucun autre homme d'Anchorage Mercy ne puisse te voir ici, ce soir. Parce que tu es belle, Carmen, et que je ne veux pas partager…

Carmen serrée, très serrée contre lui, Zac ondulait au son de la musique dans la pénombre, loin des regards indiscrets de leurs voisins de table.

Honnêtement, à ce moment-là, Carmen aurait pu demander à n'importe quel homme de faire tout ce qu'elle voulait. Sa robe aurait dû être interdite dans les 50 États du pays. La soie noire moulait ses courbes, laissant deviner sans peine ce qui se trouvait au-dessous. Les minuscules bretelles, sur ses épaules, retenaient à peine la robe, au décolleté en V, qui lui arrivait à mi-cuisse et révélait ses jolies jambes bien galbées.

Elle portait un chignon ce soir, bien que quelques boucles aient réussi à s'en échapper, et ses beaux yeux d'un vert mordoré brillaient d'intelligence et de détermination. C'était une femme avec qui il fallait compter, et si belle que la regarder était presque douloureux.

— Je t'ai dit à quel point tu étais belle, ce soir ?

— Tu l'as fait, merci. Tu n'es pas trop mal non plus.

Il sourit. Quel plaisir d'être ici avec elle ! Si les choses avaient été différentes – s'il avait été un homme meilleur –, il lui aurait demandé d'être à lui, et pas seulement pour le week-end. Hélas ! c'était impossible.

— Merci, parvint-il à répondre.

Une fois le slow terminé, l'orchestre joua un autre air, l'un de ses préférés, cette fois, et il ne put s'empêcher de l'attirer un peu plus près, jusqu'à ce qu'elle pose la tête sur sa poitrine et que le doux parfum de jasmin de ses cheveux lui chatouille le nez.

— J'aime danser avec toi, dit-il simplement.

— Moi aussi, chuchota-t-elle. C'est sympa.

« Sympa » n'était pas vraiment l'adjectif qu'il aurait choisi pour exprimer ce qu'il ressentait en la tenant dans ses bras. Il aurait voulu la soulever et la porter dans leur chambre pour lui faire l'amour toute la nuit… Hélas ! les couples autour d'eux commençaient à quitter la piste de danse et Zac recula, brusquement ramené à la réalité.

— Euh… nous devrions retourner à notre table, pour que tu puisses éblouir un peu plus encore tes futures employeuses.

— Oui, sans doute, soupira Carmen.

Il n'y avait plus qu'Ellen et Liz à leur table, occupées à parler de leurs lieux de villégiature préférés, situés dans le monde entier. Pendant son enfance, Zac avait beaucoup voyagé avec son père pour visiter tous ses hôtels. Il n'avait jamais pensé que cela lui serait utile, mais si cela pouvait aider Carmen à décrocher l'emploi de ses rêves, il prendrait volontiers part à la conversation.

— Où sont Priya et Lance ? demanda Carmen en s'asseyant.

— Priya ne se sentait pas bien, tout à coup, dit Ellen. Lance l'a emmenée se rafraîchir. J'espère que ce n'est rien.

— Je vais aller voir, dit Carmen.

Avant qu'elle puisse se lever, Lance et Priya étaient de retour. Priya avait l'air un peu pâle, et Lance n'avait guère meilleure mine.

— Tout va bien ? demanda Carmen.

— Oui, très bien, merci, répondit Priya sans lâcher la main de Lance. De quoi parlions-nous ?

— Destinations de vacances.

Lance s'écria.

— Génial ! Quelqu'un est-il déjà allé en Italie ?

— Oui, dit Zac. Florence est l'un de mes endroits préférés, après Barcelone.

— Et toi, Carmen ? demanda Priya. As-tu beaucoup voyagé ?

— Pas vraiment. J'étais toujours trop occupée à travailler pour partir en vacances.

— Eh bien, maintenant, vous pouvez peut-être prévoir un beau voyage pour votre lune de miel ! suggéra Ellen. Liz et moi sommes allés en Amérique centrale et en Amérique du Sud pour le nôtre. Rio, le Costa Rica, Belize... C'était merveilleux !

— Oui, ce serait bien, dit Carmen d'un ton rêveur en se tournant vers Zac.

Un brouhaha se fit entendre près de la porte, et Zac vit ses parents entrer dans la salle. Aïe ! Il était temps de partir.

Il se leva et tendit le bras à Carmen.

— Nous devrions retourner dans notre chambre, dit-il abruptement. Vous commencez tôt demain, et tu dois te reposer, ma chérie. Ellen et Liz, ce fut un plaisir de vous rencontrer toutes les deux, et merci encore pour ce merveilleux week-end...

Ellen se leva pour lui serrer la main.

— Heureuse que ça vous plaise, Zac. Ne manquez pas de profiter de certaines commodités pendant que vous êtes ici, car nous allons occuper Carmen pendant les prochains jours.

— Je n'y manquerai pas, merci, susurra Zac en la gratifiant de son plus charmant sourire. Prête, chérie ?

Carmen lui jeta un regard confus.

— Mais que...

Pour la faire taire, il l'embrassa. Quand il releva la tête, il vit qu'elle avait rougi et que leurs voisins de table les regardaient d'un air attendri.

— Je pense que nous allons nous reposer, nous aussi ! lança Priya. Une longue journée nous attend, demain.

Elle prit la main de son fiancé, tandis qu'Ellen concluait en enlaçant Liz :

— Je suppose que nous allons tous nous coucher tôt, alors. À demain matin...

Une main sur ses reins, Zac entraîna Carmen vers les ascenseurs.

— Qu'est-ce qui te prend, tout à coup ? demanda-t-elle.

— Rien. Rien du tout ! dit-il, mais j'ai besoin d'air. Si nous allions faire une petite promenade avant de nous coucher ? N'oublie pas que tu seras enfermée toute la journée, demain, pour le colloque...

— Oui, pourquoi pas ? acquiesça-t-elle, un peu perplexe.

— Super ! lança-t-il en appuyant sur le bouton de l'étage qui desservait leur suite. Allons nous changer, nous sortirons ensuite.

6

Carmen ne savait pas exactement où ils iraient lorsqu'elle sortit de la salle de bains, peu de temps après, vêtue d'un jean et d'un pull bleu à col roulé.

— Je suis prête. J'espère que je suis assez chaudement habillée.

— J'ai pensé que nous pourrions simplement explorer un peu les environs de l'hôtel, dit Zac.

Il lui prit doucement les mains alors qu'elle retirait les épingles de son chignon, et elle frissonna quand il glissa les doigts dans ses boucles.

— Relâcher un peu la pression, se détendre... discuter.

— Discuter de quoi ? lui demanda-t-elle comme il l'aidait à mettre son manteau. Nous devrions peut-être rester ici. Tu as raison. Je me lève tôt demain.

Comme il soupirait et se passait la main sur le visage, elle remarqua autour de ses yeux de légères rides de tension qui n'existaient pas auparavant. Il avait l'air aussi nerveux qu'elle l'avait été pendant le dîner. Peut-être qu'un peu d'air frais ne ferait pas de mal, après tout !

— Reste ici si tu veux, Carmen, dit-il, mais moi, j'ai besoin de respirer.

Il avait raison. Cet interrogatoire, à table, avait été assez pénible, et elle ne pourrait pas trouver le sommeil avant d'avoir évacué tout ça.

— Très bien. Allons-y ! Tu as faim ?

— Mais... nous sortons de table !

— Tu as à peine touché à ta nourriture. Tu sautes souvent des repas, comme ça ?

Surprise, elle cligna des yeux. Personne ne lui parlait jamais d'elle, et la plupart des gens ignoraient ses besoins. C'est elle qui était là pour aider les autres.

— Non, pas souvent. Mais j'étais nerveuse à l'idée de rencontrer Ellen. Je suis surprise que tu l'aies remarqué.

— Je remarque tout chez toi.

Il sourit avant de replacer une mèche rebelle derrière son oreille.

— J'ai remarqué aussi que même si tu prenais beaucoup ton verre à vin, tu ne buvais que rarement. Que tu détournais le regard quand tu étais gênée...

Elle déglutit avec peine, le cœur battant la chamade.

— Je ne suis pas gênée. Je... je n'aime pas parler de moi, c'est tout.

— Moi non plus, murmura-t-il comme ils arrivaient au rez-de-chaussée.

La nuit était claire et belle, très étoilée, les sentiers entourant l'hôtel bien entretenus. La neige crissa sous ses bottes alors qu'ils s'avançaient dans la forêt silencieuse, qui embaumait le pin.

Après une dizaine de minutes de marche, Carmen ne pouvait plus contenir sa curiosité.

— Tu m'as dit que tu voulais parler, tout à l'heure. Et si tu m'expliquais pourquoi tu étais si méfiant, à la fin du dîner ? On aurait dit que tu t'attendais à voir ton pire ennemi faire irruption dans la salle.

— Mais non...

Carmen ralentit comme ils approchaient d'un petit torrent partiellement gelé.

— Tu es sûr de savoir où tu vas ? Je ne veux pas passer la nuit ici, à tourner en rond.

— Fais-moi confiance.

Zac lui prit la main et la conduisit jusqu'à un endroit où ils purent facilement franchir le torrent. Ses doigts étaient chauds autour des siens.

— Ce n'est plus très loin. Ne t'inquiète pas, je ne te laisserai pas te perdre dans la toundra sauvage. Une fille des îles comme toi ne tiendrait pas une heure, seule ici.

— La « fille des îles » est plus forte qu'elle n'en a l'air ! rétorqua-t-elle. Quand on est capable de repousser par la force les avances d'un étudiant ivre mort, on peut survivre à tout, crois-moi !

Zac la regarda.

— Cela t'est arrivé ? Quand ?

— Quand j'étais serveuse dans un hôtel à Port of Spain. Les étudiants aisés avaient l'habitude d'y venir passer les vacances de printemps. Nous avions un service de sécurité, mais certains clients croyaient que nous faisions partie des prestations...

Elle frémit au souvenir de la nuit où l'un de ces types s'était approché d'elle, dans le parking de l'hôtel.

— Mais j'ai pris des cours d'autodéfense au centre de jeunesse de mon quartier, quand j'étais adolescente. Quelques coups de coude bien placés font des miracles...

— Je suis désolé, murmura Zac. Certains hommes se conduisent vraiment comme des monstres.

— Où as-tu fait tes études ? demanda-t-elle pour changer de sujet.

— À l'université de l'Alaska, à Anchorage.

Elle sourit.

— C'est là que j'ai obtenu mon diplôme. Quelle était ta matière principale ?

— Médecine.

— Tu as commencé médecine ? Pourquoi as-tu fini infirmier urgentiste, alors ?

— Je n'ai pas *fini* infirmier, répondit-il, sur la défensive. J'ai *choisi* ce métier, ce n'est pas la même chose. J'adore ce que je fais et, comme je l'ai dit, je suis le meilleur infirmier urgentiste d'Anchorage. J'adore être en première ligne, aider les gens dans les pires moments de leur vie. Avoir un titre devant mon nom n'y changerait rien. Tu te sens « moins bien » qu'une autre parce que tu es sage-femme et non gynécologue-obstétricienne ?

— Non, bien sûr que non ! Désolée. Je ne voulais pas t'offenser.

Il soupira.

— Moi aussi, je suis désolé. Je ne voulais pas te brusquer.

Le silence se fit alors qu'ils atteignaient le sommet d'une petite colline, et elle découvrit, en contrebas, des rangées de cages remplies d'animaux, bordées de grands bâtiments.

En entendant des hurlements de loups, elle se tourna vers Zac.

— Un zoo ? Au milieu d'un complexe hôtelier ?

— C'est un centre de remise en forme animal, en quelque sorte. Tous les animaux recueillis ici sont originaires de la région. Certains ont été blessés et sont soignés avant d'être relâchés dans la nature. D'autres sont des résidents permanents, incapables de vivre comme avant. Les gardiens les montrent aux enfants dans les écoles locales. Allez, viens. Allons voir ça.

Elle le suivit jusqu'aux enclos, étonnée qu'il en sache autant sur cet endroit. Ils passèrent devant des cages renfermant des wapitis, des orignaux et des rennes.

— Dis-moi… comment savais-tu où se trouvait et endroit ?

— J'ai lu la brochure de présentation de l'hôtel, expliqua-t-il en s'avançant pour caresser le museau d'un orignal. J'ai pensé que ça te plairait. J'adore être dehors.

— Moi aussi. À Trinité, je passais toutes mes heures libres à la plage, à observer les mouettes, les dauphins et les pélicans jouer au large.

— Tu dois regretter le soleil et la mer, non ?

— Parfois, mais ce qui m'importe, c'est d'avoir ma famille auprès de moi.

— Et la Californie ? Si tu obtiens le poste, tu déménageras. Te suivront-ils ?

— C'est l'idée...

Carmen le regarda par-dessus son épaule.

— Ça ne te dérange pas, de ne pas être proche de ta famille ?

— Pas vraiment. Ma mère me manque parfois, avoua Zac, mais j'aime être indépendant.

— Tu ne te sens pas seul, parfois ? Douze ans sans voir sa famille, c'est long.

Prendre soin de sa mère atteinte de démence était parfois difficile, et il arrivait qu'elle et Clara se disputent, mais Carmen ne pouvait pas imaginer vivre sans elles.

— Pas vraiment. Je veux dire, c'est pour ça que j'ai des amis, non ?

— Ils vivent à Anchorage ?

— Qui ?

— Tes parents.

Il haussa les épaules et répondit :

— Non. Mais même si c'était le cas, je ne voudrais pas voir mon père.

Elle perçut un accent douloureux dans sa voix.

— Eh bien, je suis désolée pour ce qui s'est passé entre vous deux. Et pour ta mère ? Tu dois beaucoup lui manquer.

— C'est à cause d'elle que je suis parti. Elle a pardonné à mon père d'avoir eu une liaison. Pas moi, car il lui a brisé le cœur. Elle a pu surmonter ça, mais pour maintenir la paix, je suis parti.

Soudainement, il fit demi-tour.

— Nous devrions rentrer, il commence à faire froid.

Ils marchèrent quelques instants en silence, puis, une fois au sommet de la colline, s'arrêtèrent pour regarder une nouvelle fois les animaux. C'est alors qu'un reflet vert dans le ciel attira l'attention de Carmen. Elle avait vu plusieurs aurores boréales depuis son arrivée à Anchorage, mais jamais d'aussi belle. Bientôt, tout le ciel fut strié de vert, de bleu et de rose.

— C'est beau à couper le souffle, chuchota-t-elle, fixant le ciel nocturne.

— Oui…

Le temps sembla s’arrêter lorsque Zac la prit dans ses bras avant de poser les lèvres sur les siennes une fois, deux fois, puis de prendre sa bouche avec fougue.

Elle avait juré de ne plus l’embrasser, de s’en tenir avec lui à une relation strictement platonique, mais c’était si parfait ! Trop parfait. Quand elle fit courir les doigts sur son torse pour les poser autour de son cou, un gémissement lui échappa, et elle sentit qu’il était aussi excité qu’elle. S’ils avaient été dans leur suite, elle l’aurait poussé sur le lit et aurait donné libre cours à la passion qui la dévorait, mais malheureusement ils étaient dehors, dans la neige. Les loups hurlaient, et ses orteils étaient engourdis par le froid.

Finalement, elle se força à reculer et à rassembler ce qui restait de son bon sens. Ils avaient déjà passé une nuit ensemble, et elle ne voulait pas recommencer. Elle savait très bien que des hommes comme lui ne désiraient pas s’engager. Mais elle non plus, n’est-ce pas ? C’est d’ailleurs pour ça qu’elle l’avait amené ici…

Elle avait beaucoup de projets – entre autres, professionnels –, et entamer une relation sérieuse avec un homme ne l’aiderait pas à atteindre ses objectifs. Quant à son son cœur, eh bien… il attendrait.

— Viens, retournons à l’hôtel, dit Zac.

Zac n’était pas stupide. Il comprit tout de suite que leur baiser était une erreur. Carmen méritait un homme qui puisse se consacrer entièrement à elle, un homme sans secrets.

Et ce n’était pas lui.

Hélas…

Il avait accepté de l’accompagner ce week-end, persuadé que ce serait simple. Qu’il pourrait éviter sa famille et son passé tout en lui apportant son aide. Il découvrait maintenant que ce ne serait pas le cas.

Il devait à tout prix s'en tenir à leur plan initial : jouer son rôle et garder ses pulsions pour lui. Il s'était un peu ouvert à Carmen ce soir, mais ce serait tout. Peu importait qu'elle fût drôle, pleine de surprises, sensuelle, et lui sous le charme... Il devait se montrer prudent avec elle, sous peine de perdre plus que la raison s'il commettait la même erreur qu'il y a quelques mois, à la fête.

Il en avait assez, des aventures superficielles, assez de jouer les séducteurs. Il attendait davantage, même s'il savait au fond de lui-même qu'il ne l'obtiendrait jamais, car il n'était pas de ceux qui faisaient de bons maris. Certes, il n'avait pas eu de relation avec une femme depuis sa nuit avec Carmen, mais ce n'était pas vraiment un choix conscient de sa part. C'était un heureux hasard, et ça ne voulait certainement pas dire qu'il était tombé amoureux d'elle, n'est-ce pas ?

Il avait grandi avec des gens qui le comparaient constamment à son père, lui disant à quel point ils se ressemblaient. Pendant des années, Zac l'avait pris comme un compliment, aspirant à suivre l'exemple paternel. Jusqu'au jour où celui-ci avait été forcé de révéler sa liaison – qui faisait la une des tabloïds – à sa femme et à son fils.

En l'espace d'un instant, le monde de Zac avait basculé, passant du paradis à l'enfer. Cet homme, son père, un homme qu'il adorait, n'était pas le modèle que Zac imaginait, mais un être humain comme les autres, égoïste, menteur, et prêt à sacrifier le bonheur de ceux dont il prétendait se soucier le plus au monde.

Oui, l'amour n'apportait que douleur et chagrin. Mieux valait se tenir à l'écart de tout ça.

Lorsqu'ils atteignirent le torrent, Zac prit la main de Carmen pour l'aider à traverser. Sa peau était douce et chaude dans la sienne, et il dut lutter contre une nouvelle vague de désir. Comme il accélérait l'allure, pressé de regagner l'hôtel, elle lui demanda :

— Pourquoi m'as-tu embrassée, tout à l'heure ?

Zac hésita, puis se tourna vers elle en souriant.

— Est-ce une question piège ?

— Non, mais j'ai l'impression que tu me caches quelque chose. J'ignore encore ce que c'est, mais j'ai bien l'intention de le découvrir...

Sur ces paroles, elle s'engagea d'un pas résolu sur le sentier qui menait à l'hôtel.

7

Tôt le lendemain matin, un café à la main, Carmen assista à sa première réunion de la journée. La salle était remplie, et elle rejoignit Ellen et Liz, qui étaient assises à l'avant, à côté de Priya.

— Réduire le nombre de césariennes est une priorité pour les organismes de santé et les organisations professionnelles. Et la dystocie du travail est la cause principale des césariennes. Retarder l'admission à l'hôpital jusqu'à ce que le travail actif soit établi est une méthode qui permet de diminuer les diagnostics de dystocie du travail. Cependant, on manque de données probantes sur la meilleure façon d'y parvenir. Plusieurs modes d'interventions ont été étudiés, y compris les algorithmes d'admission et l'éducation des patientes et du personnel. Cette présentation montrera les résultats d'un projet d'amélioration de la qualité des soins dont le but était de réduire les admissions précoces et de soutenir la naissance physiologique par la mise en œuvre d'outils performants permettant de diminuer le taux de césariennes NTSV.

L'infirmière praticienne parlait d'un ton monocorde, et bien qu'elle trouve le sujet intéressant, Carmen craignait de manquer de caféine pour se tenir éveillée pendant les deux prochaines heures. Elle n'avait pas bien dormi la nuit dernière, trop troublée le baiser qu'elle avait partagé avec Zac pour trouver le sommeil. À quoi pensait-elle en répondant à son baiser ? C'était stupide. Ce n'était pas bien. Mais elle n'avait pas pu résister...

— Alors, qu'avez-vous fait Zac et toi après le dîner hier soir ? chuchota Priya. Lance et moi avons frappé à la porte de ta suite, mais personne n'a répondu.

— Nous sommes allées nous promener, dit Carmen en se concentrant de nouveau sur l'oratrice. Nous avions besoin d'un peu d'exercice.

— Ah oui ? gloussa Priya. Cela ne m'étonne pas...

Carmen se sentit rougir tandis qu'elle griffonnait frénétiquement sur son bloc-notes.

— Désolée, j'essaye d'écouter...

La conférencière poursuivait :

— Nous avons développé plusieurs outils novateurs, y compris un guide de triage précoce des patientes et une liste de contrôle pour le soutien du travail. L'algorithme de triage a réduit l'admission précoce de 41 % à 25 %, tandis que les naissances physiologiques ont augmenté de 2 %. Le taux de césariennes NTSV a légèrement diminué, passant de 22 % à 21 % au cours de ce projet de huit semaines...

Carmen s'efforça de ne songer à rien d'autre qu'à son travail jusqu'à la séance de questions-réponses qui eut lieu à l'issue de cet exposé, suivie d'une pause avant la séance suivante.

Comme elle sortait des toilettes et s'apprêtait à rejoindre Ellen et Liz, elle croisa Zac.

— Salut, quoi de neuf ?

— Tu as une autre conférence ?

Carmen consulta sa montre.

— Pas avant vingt minutes. Que veux-tu ?

— De l'aide.

Il la prit par le coude et la guida vers les ascenseurs.

— J'ai un ami qui a besoin d'une incision et d'un drainage, et il me faut de l'aide.

— Une incision et un drainage ? répéta-t-elle tandis qu'il appuyait sur le bouton de l'étage. Ici ? Tu as le matériel nécessaire ? Ton ami devrait peut-être aller à l'hôpital pour se faire examiner.

— C'est Dustin, le concierge que tu as vu hier soir. Il refuse d'y aller. En plus, il est diabétique.

— Mais… tu viens juste de rencontrer, non ?

Zac baissa les yeux.

— C'est une longue histoire… Disons que ce n'est pas la première fois que je viens à l'Étoile Arctique.

— Vraiment ? Quand y es-tu venu ?

Elle jeta un coup d'œil circulaire au décor luxueux. C'était peut-être le meilleur infirmier urgentiste d'Anchorage, mais il était loin d'avoir un salaire à trois chiffres.

— Il y a douze ans.

Sans plus de précisions, il ouvrit la porte de leur suite.

— Carmen Sanchez, voici Dustin Lewis. Carmen et moi travaillons ensemble à Anchorage. Elle est sage-femme.

— Enchanté de vous rencontrer, mademoiselle Sanchez, lui dit Dustin avec un sourire. Vous devez être là pour le colloque.

— En effet ? Et appelez-moi Carmen.

Zac alla chercher sa sacoche médicale dans la chambre à coucher, puis revint et déposa un scalpel jetable, de la gaze, des gants, un champ stérile, des boules de coton et un antiseptique sur la table, ainsi qu'une seringue et de la lidocaïne.

— Dustin, viens t'asseoir, s'il te plaît. Carmen va m'aider à nettoyer cette coupure sur ton bras. Elle n'est pas très belle, et si l'on ne fait rien, elle pourrait s'infecter et provoquer une gangrène. Une fois que nous aurons drainé et nettoyé la plaie, Carmen pourra peut-être te prescrire un antibiotique. As-tu des allergies ?

— Non. Pas d'allergies.

À contrecœur, Dustin s'assit et remonta la manche de sa chemise. Lorsqu'elle vit le bandage autour de son avant-bras, Carmen comprit que Zac avait vu juste. Du sang séché collait le pansement à la plaie, et la peau autour de la gaze était rouge et enflammée.

— Oui, je peux vous faire une prescription. J'apporte toujours mon ordonnancier avec moi, au cas où. Un instant, je vais me laver les mains.

Elle utilisa le savon antiseptique que Zac lui avait donné, puis enfila une paire de gants et posa une serviette absorbante sous le bras blessé de Dustin. En coupant les bandages souillés, elle constata que la coupure était bien infectée. Elle versa de l'antiseptique sur du coton et entreprit de nettoyer la plaie du mieux qu'elle pouvait, avant que Zac l'incise.

— Désolée, mais ça va peut-être faire un peu mal.

— Je ne ressens plus grand-chose à cause des lésions nerveuses causées par mon diabète, dit Dustin en haussant les épaules.

— Cela explique l'état de sa blessure, glissa Zac à l'oreille de Carmen.

Une fois la coupure nettoyée, elle jeta les morceaux de coton.

— Allons-y, Zac. Vous êtes prêt, Dustin ?

— Je sais que tu ne sens pas grand-chose, dit Zac en aspirant de la lidocaïne dans une seringue, mais j'endors un peu la zone au cas où, d'accord ?

— Comme tu veux, mon garçon, mais dépêche-toi, soupira Dustin. Tu sais que je n'aime pas les aiguilles.

Zac injecta la lidocaïne autour de la coupure, puis ouvrit le sachet renfermant le scalpel stérile.

— D'accord. Je vais drainer la plaie, maintenant. Tu devrais te sentir mieux après ça, Dustin.

L'intervention ne prit que quelques minutes, et une fois la plaie bandée Carmen se débarrassa de ses gants, puis alla chercher son ordonnancier dans son sac.

— Garde la plaie propre et sèche, et je la réexaminerai demain afin de m'assurer que l'infection a bien été enrayée, dit Zac. Va consulter ton médecin dès que possible ou sinon prends rendez-vous avec le médecin de l'hôtel ; il vient très régulièrement.

— L'apparence n'est pas la seule chose que tu aies héritée

de ton père, mon garçon. Tu es aussi autoritaire que lui, dit Dustin en retroussant sa manche de chemise. Mais merci pour votre aide, et à vous aussi, Carmen.

Carmen sourit en lui remettant son ordonnance.

— Assurez-vous de les prendre avant les repas. Alors comme ça, vous avez bien connu la famille de Zac ?

Carmen perçut le regard désespéré que Zac jeta à Dustin.

— Oui, en effet, répondit celui-ci. Mais il faut que je me sauve, maintenant... J'espère que vous apprécierez votre séjour à l'Étoile Arctique.

— Comptez sur nous, dit Carmen en le raccompagnant jusqu'à la porte tandis que Zac disparaissait dans la chambre.

Elle décida de profiter de son absence pour essayer d'en savoir plus. Appuyée contre le chambranle de la porte, elle reprit, plus bas :

— Écoutez, Dustin... Je ne veux pas être indiscrète, mais Zac et moi sommes amis, et j'ai remarqué que parler de sa famille le dérangeait vraiment. En vérité, je pense que le simple fait d'être ici le dérange. Pouvez-vous me dire pourquoi ?

Dustin la dévisagea pendant quelques instants, puis jeta un coup d'œil à la porte de la chambre à coucher avant de chuchoter :

— Ce n'est vraiment pas à moi de parler de la vie privée de Zac. Ce sont des questions que vous devriez lui poser. Je confirme cependant qu'il a beaucoup de souvenirs ici, certains bons, d'autres moins bons. Mais, encore une fois, ce n'est pas à moi de vous raconter ça. Désolé.

Carmen laissa échapper un soupir. Ni elle ni Zac n'avait bien dormi la nuit dernière. Il avait insisté pour lui laisser la chambre et s'était installé dans le grand canapé du salon. Ils étaient tous les deux fatigués, après cette journée chargée et leur marche nocturne, mais à en juger par le nombre de fois où elle l'avait entendu s'agiter, il n'avait pas mieux réussi qu'elle à trouver le sommeil.

Il avait accepté de l'accompagner ce week-end, et pourtant

elle ne l'avait jamais vu aussi stressé. Pour se sentir moins coupable, elle songea qu'elle pourrait l'inviter à passer la soirée avec elle. Il n'y avait pas de dîner officiel de prévu, et elle avait quartier libre.

— J'aimerais lui proposer une balade, ce soir, confia-t-elle à Dustin, mais je ne connais pas la région, et je ne sais pas trop ce qu'il y a à faire à part rester à l'hôtel. Avez-vous une idée de ce qui lui plairait ?

Dustin la regarda un instant, puis dit :

— Allez jouer au bowling !

Elle fronça les sourcils.

— Au bowling ?

— Il aime beaucoup le bowling. J'étais plutôt doué pour ça, moi aussi, murmura Dustin en croisant les bras, doucement pour ne pas abîmer son bandage. Il y en a un au village, tout près d'ici. C'est le week-end, donc il y a probablement du monde, mais on peut réserver. Je peux m'en occuper, si vous voulez.

— Oh oui ! s'il vous plaît.

À Trinité, Carmen avait l'habitude d'emmener Clara jouer au bowling dans la ruelle, en bas de leur appartement, les soirs où leur mère travaillait tard. L'endroit était sympathique, et elles s'y sentaient plus en sécurité que seules chez elles. De plus, on y servait des repas chauds, et le patron leur offrait un plat de temps en temps. Jouer au bowling avec Zac lui rappellerait de bons souvenirs. Et si en plus il aimait cela, c'était encore mieux.

— Merci, Dustin.

— Tout le plaisir est pour moi. Profitez de votre journée. Et encore merci pour votre aide.

Une fois Dustin parti, Carmen consulta sa montre.

— Mince, je dois redescendre pour ma prochaine conférence ! lança-t-elle à Zac en prenant son sac à main. Ne prévois rien pour ce soir. J'ai quelque chose en tête…

Zac passa la tête dans l'entrebaîllement de la porte.

— Ah bon, quoi ?

— C'est un secret. C'est à mon tour, cette fois...

— Il ne manquait plus que ça !

Son rire profond la suivit jusqu'aux ascenseurs.

Le reste de la journée se déroula dans un tourbillon de débats, d'échanges, de conférences, ponctués d'un entretien informel avec Ellen pendant le déjeuner. Carmen avait mal au crâne lorsqu'elle regagna la suite, vers 17 heures, où elle trouva Zac en train de travailler sur son ordinateur.

— Alors, quoi de neuf ? lança-t-elle en déposant son gros sac sur une chaise.

— Pas grand-chose. Je réponds à quelques mails en retard. C'est encore le moment de faire l'inventaire. Susan s'en occupe toute seule, dit-il en éteignant son ordinateur portable. C'est toujours assez stressant.

— Oui, j'en suis sûre... Je vais prendre une douche, puis nous pourrons sortir. Assure-toi de porter quelque chose de confortable.

— Pas de dîner officiel ce soir ? Pas d'entretien ?

— Non, non. J'ai eu une autre brève entrevue avec Ellen plus tôt. Nous sommes libres.

Elle retira son blazer et ses chaussures, puis retourna dans le salon. Les draps que Zac avaient utilisés la veille étaient soigneusement empilés au coin du canapé. S'efforçant de chasser les images d'elle et de Zac enlacés sur un lit, elle dit :

— Tu m'as emmené au sanctuaire des animaux hier soir. Ce soir, j'ai pensé qu'on pourrait dîner et aller au bowling.

Zac s'approcha d'elle en riant.

— Tu veux aller au bowling ?

— Bien sûr, pourquoi pas ?

— Aucune raison. Je n'aurais jamais imaginé que tu aimais ce genre de choses.

— Parfois, les gens sont pleins de surprises, conclut-elle avant de disparaître dans la salle de bains.

Une heure plus tard, Zac ouvrait la porte de la Strike City Alley. Il n'y était pas allé depuis le lycée, mais l'endroit était pareil à son souvenir. À droite, une arcade. À gauche, le snack-bar. Au centre, le comptoir où l'on louait des chaussures. Plus près des allées se trouvaient des casiers contenant des boules de toutes les couleurs et de toutes les tailles.

Il avait encore du mal à imaginer Carmen à l'aise dans un endroit comme celui-ci. Mais lorsqu'il se souvint qu'elle avait parlé à Dustin plus tôt, il se demanda si son vieil ami avait quelque chose à voir avec cela. Sinon, comment aurait-elle su ?

— Veux-tu dîner d'abord ? lui demanda-t-il alors qu'elle laçait ses chaussures.

— Comme tu veux. Nous avons une piste jusqu'à la fermeture.

— Super.

Zac alla au comptoir pour commander une grande assiette de nachos à partager et deux sodas. Une fois le repas prêt, il apporta le plateau à la grande table ronde où Carmen était assise. La musique pulsait des haut-parleurs, ajoutant encore à l'ambiance, et Carmen ne put s'empêcher de fredonner. Elle leva les yeux et le surprit en train de la regarder.

— Qu'est-ce qu'il y a ?

— Rien.

Son regard tomba malgré lui sur sa bouche. Pour tenter d'oublier leur baiser de la veille, il avait passé la majeure partie de l'après-midi à nager, à courir, à se faire masser, avant de retourner dans la suite pour vérifier ses mails. En vain. Elle agissait sur lui comme une drogue, et l'alchimie entre eux était addictive. Pourtant, il ne pouvait pas prendre le risque d'aimer Carmen, faute d'avoir le cœur brisé. Si seulement sa libido pouvait suivre ce programme !

Il fit de son mieux pour se concentrer sur leur assiette et demanda :

— Tu as déjà joué au bowling ?

— Oui. J'y emmenais ma sœur quand nous étions petites. J'étais plutôt bonne à l'époque...

— Vraiment ? La compétition risque d'être serrée, alors...

Elle sirota son soda et lui sourit, ses yeux verts brillant d'impatience.

— Quand tu veux !

Il secoua la tête.

— Pas encore. Finissons tranquillement notre dîner.

— D'accord, dit-elle en jetant un regard circulaire dans la salle. Cet endroit est bien plus sympa que celui que j'avais l'habitude de fréquenter à Trinité, qui sentait la fumée et l'alcool.

— Ça n'était pas vraiment un endroit pour les enfants, alors.

Malgré les problèmes de son père, Zac avait grandi dans un milieu privilégié, contrairement à Carmen. En fait, il avait du mal à imaginer la pauvreté que Carmen avait connue.

— N'auriez-vous pas été plus en sécurité à la maison, ta sœur et toi ?

— Pas vraiment. Notre mère faisait du mieux qu'elle pouvait, mais l'immeuble dans lequel nous vivions n'était pas beaucoup mieux fréquenté. Et toi ? C'était comment, là où tu as grandi ?

Zac sentit une tension gagner ses épaules. Ce n'était pas n'importe qui, qui l'interrogeait ainsi sur son passé, c'était Carmen, son amie. Il ne voulait pas tout lui révéler, mais il se rendit compte, que pour la première fois depuis longtemps, il avait envie de partager quelque chose.

— C'était un bel endroit. Ma mère était aimante et attentionnée. Mon père travaillait beaucoup quand j'étais plus jeune, alors je ne le voyais pas souvent. Nous avions une belle vie.

Elle hésita, puis demanda :

— Mais... ton père a eu une liaison, n'est-ce pas ?

— Oui. Quand j'avais 16 ans. Tout a changé après ça. Il a trahi ma confiance, trahi ma mère. Je n'arrive pas à lui pardonner. C'était mon idole. Je voulais être comme lui plus tard, et j'ai toujours pensé que je lui ressemblerais. Un jour, il nous a annoncé qu'il avait fait une erreur et couché avec une autre femme. Mais une liaison est un acte délibéré, un choix conscient, pas une erreur ! Comment pardonner une chose pareille ?

— Je ne sais pas, reconnut-elle.

Il prit sa main.

— Parlons plutôt de tes parents…

— Je ne sais pas grand-chose sur mon père, reprit-elle. Il a quitté notre famille quand j'avais huit ans. Ma sœur Clara n'avait que deux ans et se souvient à peine de lui, mais moi, si. Il était riche. Sud-américain. Nous avons découvert qu'il avait une autre vie en Argentine dont nous ignorions tout. Une fois qu'il est parti, ma mère n'a plus jamais entendu parler de lui. Pas d'argent, pas de pension alimentaire. Rien. Comme si nous n'existions pas. Comme s'il nous avait effacées de sa vie.

Zac mêla ses doigts avec les siens.

— Je suis désolé.

Elle soupira et s'adossa à son siège, retirant sa main.

— Nous étions mieux sans lui, de toute façon. Il ne nous méritait pas. Ma mère est une sainte. Je lui suis reconnaissante d'avoir pris soin de nous comme elle l'a fait, pour les sacrifices qu'elle a consentis. Et toi, qu'en est-il de ta mère ? Je sais que tu ne parles pas à ton père, mais tu dois beaucoup lui manquer, non ?

Il cilla légèrement.

— Elle a fait son choix et j'ai fait le mien. Par respect pour elle, je ne pouvais pas rester. J'ai donc déménagé à Anchorage pour faire mes études. Comme je l'ai déjà dit, j'avais d'abord prévu de devenir médecin, mais j'ai ensuite fait du bénévolat en tant qu'infirmier pour acquérir de l'expérience et je suis tombé amoureux du métier. C'était la bonne décision pour moi. Je n'ai jamais regretté.

— Hmm… Intéressant.

— Quoi ?

— Je ressens la même chose pour le métier de sage-femme que toi pour celui d'infirmier. Je ne peux pas imaginer avoir une autre carrière. J'aime assister à des naissances, aider une nouvelle vie à venir au monde. De plus, être sage-femme me permet de m'impliquer dans la vie de mes patientes. Je ne veux pas dénigrer les obstétriciens-gynécologues, mais ils ont habituellement une telle charge de travail qu'ils n'ont pas le temps de nouer des liens. Oui, je suis heureuse au travail.

Elle sourit et prit le dernier nacho dans l'assiette.

— C'est pour ça que ce poste en Californie me semble si parfait. Il m'offrirait une chance de pouvoir aider la prochaine génération à trouver sa place dans cette carrière que j'aime tant...

— J'espère que tu réussiras. Quant à moi, je me suis engagé à former des jeunes à partir du printemps prochain. On joue ?

— D'accord...

Zac se leva, puis conduisit Carmen jusqu'à leur piste. Carmen choisi une boule dans les casiers. Zac l'imita et, pendant qu'elle tapait leurs noms dans le système de pointage, regarda les quilles.

— On s'entraîne un peu ?

Elle eut un sourire arrogant.

— Vas-y, vas-y. Si tu crois que ça peut t'aider.

Après avoir pris une profonde inspiration pour chasser le désir qui s'était emparé de lui, il lança sa boule, réussissant à renverser toutes les quilles sauf une lors de cette première tentative. Peut-être qu'il n'avait pas perdu la main, après tout...

Il regarda Carmen, qui fit un strike avant de lui lancer d'un air de défi :

— À nous deux, maintenant !

Il crut percevoir un sous-entendu dans ses paroles et voir une étincelle briller dans ses yeux. Malgré lui, il répliqua :

— Quand tu veux, chérie...

— Prêt à prendre une bonne raclée, chéri ? répliqua-t-elle avec un clin d'œil.

Zac se défendit très honorablement, mais elle le battit quand même – et il adora l'affronter. En vérité, il ne se souvenait pas d'avoir passé une meilleure soirée depuis longtemps.

Ils prirent un taxi pour regagner l'hôtel, et Carmen, assise près de lui sur la banquette arrière, resta silencieuse pendant tout le trajet. Mais Zac ne s'en plaignit pas, trop occupé à savourer la chaleur de son corps tout proche.

Une fois à l'hôtel, ils traversèrent rapidement le hall d'entrée et se dirigèrent vers les ascenseurs.

Ce n'est que quand les portes se furent refermées sur eux que Carmen se tourna enfin vers lui :

— Écoute, je sais que nous sommes d'accord pour…

Avant qu'elle puisse finir sa phrase, il l'embrassa, incapable de se retenir. Aussitôt, elle enroula les mains autour de son cou tandis qu'elle s'arquait contre lui, la langue mêlée à la sienne. Il fut tenté d'appuyer sur le bouton d'arrêt et de la prendre là, contre le miroir de l'ascenseur, mais Carmen méritait mieux, et il avait bien l'intention de le lui donner…

Ding !

Quand les portes de l'ascenseur s'ouvrirent, il la prit par la main et l'entraîna sans un mot dans leur suite.

8

À peine eurent-ils refermé la porte derrière eux que Zac lui arracha sa parka. Le reste de ses vêtements suivit, jusqu'à ce qu'il ne lui reste plus que son soutien-gorge et sa culotte. Tout son corps se consumait de désir pour lui.

Et, oui, peut-être que se donner une nouvelle fois à lui était une mauvaise décision, mais elle avait nié pendant trop longtemps l'alchimie qui les poussait l'un vers l'autre. Elle n'avait plus de raison de le faire, désormais. Demain, elle se remettrait à consacrer tout son temps aux autres, mais ce soir elle voulait être à lui, et rien qu'à lui.

Il enleva lui aussi sa veste et la jeta sur le côté, puis fit glisser son pull par-dessus sa tête, laissant son torse musclé nu. Il la suivit lentement des yeux alors qu'elle s'asseyait sur le lit.

— Je ne croyais pas qu'il était possible de te désirer plus fort encore, mais j'avais tort, murmura-t-il.

Elle le gratifia d'un sourire lascif puis lui fit signe d'approcher.

Ce dialogue muet ne fit qu'attiser la passion qui bouillait dans son sang. À la hâte, Zac retira son jean, puis s'agenouilla sur le sol, à côté du lit… Quand il prit ses hanches pour l'attirer au bord du matelas, elle frémit d'impatience.

Lentement, il fit glisser sa culotte de soie le long de ses jambes, puis approcha la tête de ses cuisses pour lui dispenser la plus intime des caresses… Pendant leur aventure d'un soir, il avait été un amant attentif, mais trop pressé. Maintenant, il semblait plus qu'heureux de prendre tout le temps du monde. Elle ferma les yeux, serrant les couvertures dans ses mains pour éviter de crier.

Lorsque Zac introduisit un doigt en elle, Carmen se cambra, et fut incapable de retenir plus longtemps un gémissement de plaisir.

— Tu es prête à m'accueillir...

Elle le serra plus fort encore contre elle.

— Zac... J'ai tellement envie de toi !

Sans se faire prier, il sortit un préservatif du tiroir de la table de nuit, le mit en place et la pénétra complètement d'un puissant coup de reins.

Elle répondit avec fougue à son assaut, se donnant à lui sans retenue. Ils furent bientôt tous deux au bord de la jouissance, trempés de sueur et gémissant de plaisir. Éperdue, Carmen aurait voulu que cette nuit dure toujours. Elle redoubla d'ardeur, et il la suivit jusqu'au point de non-retour, jusqu'à ce que le monde explose en un kaléidoscope de couleurs...

Zac n'était pas stupide. Dès que Carmen s'était lovée contre lui, il avait su qu'il avait commis une erreur en l'entraînant une nouvelle fois dans son lit. Pas à cause de leurs stupides fausses fiançailles, mais parce que c'était une femme qu'il respectait. Une femme qui était aussi une amie et une collègue, et qui le défiait sans cesse.

Une femme qu'il pourrait aimer.

Quel imbécile !

Il ne voulait pas l'aimer. Après le désastre dont il avait été témoin au sein du couple de ses parents, il ne voulait pas s'exposer à la déception, au chagrin. Alors que ce week-end aurait dû être amusant, à la façon d'une bonne blague, il s'était ouvert à elle plus qu'il n'aurait dû, et tous deux s'étaient découvert des atomes crochus. Très vite, il l'avait laissée entrer dans sa vie et dans son cœur, et cela ne lui était pas arrivé depuis très longtemps.

Pourtant, il savait bien qu'elle n'avait pas les mêmes objectifs que lui. Elle avait sa propre vie et ses propres responsabilités, et déménagerait bientôt en Californie si elle obtenait le poste qu'elle convoitait. Mais il ne pouvait pas s'empêcher d'envisager un avenir avec elle : travailler à Anchorage Mercy, se marier, fonder une famille...

Hélas ! il y avait encore tant de choses qu'elle ignorait sur lui, sa famille, son passé. Il aurait dû lui dire la vérité avant qu'ils couchent à nouveau ensemble, il le savait, mais le moment ne lui avait pas semblé propice. Et puis son corps avait pris le dessus, et...

Quel désastre !

Il glissa les doigts dans les boucles souples de Carmen, savourant leur douceur contre sa peau. Ses cheveux s'enroulèrent autour de sa main, comme pour mieux le retenir près d'elle.

Elle s'appuya sur son coude et fronça les sourcils.

— À quoi penses-tu ?

Zac songea qu'il aurait dû saisir cette occasion pour lui parler de son passé, mais il craignait qu'après ses aveux elle ne veuille plus rien avoir à faire avec lui.

Or, il ne voulait pas la voir partir, et avait envie de passer le reste de la nuit avec elle. Il lui dirait la vérité sur lui-même demain. Oui, c'était mieux ainsi. Et si tout s'écroulait, il lui resterait au moins ces précieux souvenirs.

— À rien, je suis heureux qu'on soit ensemble, ce soir.

— Moi aussi.

Elle promena un doigt sur sa poitrine, le faisant frissonner.

— Je sens que je peux être moi-même avec toi, murmura-t-elle. Tu ne ressembles pas aux autres hommes que j'ai pu rencontrer. La plupart s'attendaient que je sois impressionnée par leur argent. Mais je m'en moque. La richesse ne fait pas un homme. J'ai appris cette leçon grâce à mon père.

Lui aussi avait appris cette leçon avec son propre père, songea Zac en réprimant une grimace.

— Ma mère, ma sœur et moi vivons avec parcimonie, et je ne dépends pas des autres pour me donner ce dont j'ai besoin. Si c'est un problème pour toi, alors je suis désolée, mais...

— Non, la coupa-t-il, ce n'est pas un problème du tout. Au contraire, même, je ne t'en respecte que davantage.

Elle lui sourit.

— Beaucoup d'hommes se sentent menacés par une femme indépendante. Je suis content que tu n'en fasses pas partie.

Zac ne pouvait pas détourner le regard d'elle. Carmen était magnifique, sans aucun doute. Mais maintenant, il voyait aussi sa force intérieure et sa détermination, sa confiance en elle et son intelligence, et cela la rendait encore plus belle. Elle travaillait dur et méritait ce qu'il y avait de mieux dans la vie.

Il sentit soudain son cœur se serrer dans sa poitrine, et c'est à ce moment-là qu'il comprit qu'il était perdu – ce qui ne fit que décupler sa peur. Pourtant, il dépassa ce sentiment, parce qu'elle méritait ce moment, même s'il ne pouvait pas lui offrir davantage.

— Merci, souffla-t-il.

Elle prit une profonde inspiration.

— Pour quoi ?

— Pour ce soir. Et merci aussi d'être mon amie. Merci pour tout.

— Je t'en prie..., dit-elle avec un sourire surpris, avant de se lover langoureusement contre lui.

9

Le lendemain matin, Zac se leva avant Carmen, ce qui était très bien, songea-t-il, parce que si elle s'était retournée et lui avait souri, il n'aurait jamais pu la quitter. Or, il avait besoin d'être seul et de se vider l'esprit.

Le fait est que la veille, tout s'était compliqué. Ce qui était censé être un week-end sympa, sans engagement de part et d'autre, et sans conséquence, avait changé de nature. Et même si c'était très amusant, les sentiments qu'il éprouvait le bouleversaient profondément. Des sentiments qui n'avaient pas lieu d'être entre Carmen et lui – désir, douceur, intimité...

Non. Il ne fallait pas. Ils étaient amis. De bons amis, et même un peu plus... Un peu trop, hélas ! car plus il apprenait à connaître Carmen, plus il attendait de choses d'elle.

En prenant bien soin de ne pas la réveiller, il alla enfiler son maillot dans la salle de bains, puis retourna dans la chambre à coucher pour prendre un jean propre et un T-shirt dans son sac. Il y avait des vestiaires au rez-de-chaussée, et il n'avait pas prévu de revenir dans la suite avant de commencer la journée.

Il cherchait à l'éviter, purement et simplement, car le « matin d'après » n'était pas vraiment son truc... D'habitude, il était parti depuis longtemps quand le soleil se levait sur ses conquêtes. Il n'était pas fait pour les relations au long cours, et en avertissait toujours ses partenaires dès le départ.

Il l'avait dit à Carmen aussi, mais avec elle les choses avaient évolué différemment. S'était-il menti à lui-même depuis le début ? Avait-il manqué de courage ? La dernière chose qu'il voulait faire était blesser Carmen. Elle avait traversé suffisamment d'épreuves dans la vie pour qu'il lui inflige une souffrance inutile…

Tiraillé, il sortit de la chambre et descendit au rez-de-chaussée. Peu de clients étaient réveillés, alors il avait la piscine pour lui tout seul. Pendant une demi-heure, il fit des longueurs pour alléger la tension accumulée dans ses muscles, tout en espérant que le temps aurait le même effet sur son esprit confus.

Lorsqu'il s'assit enfin, hors d'haleine, au bord de la piscine, c'est l'image de Carmen qui lui vint à l'esprit. Carmen, dans son lit, décoiffée et tentante comme l'enfer. Au lieu de courir la rejoindre, comme il en mourait d'envie, il replongea dans l'eau pour vingt minutes de crawl intensif.

Mais même la brûlure de son corps qu'il poussait jusqu'à ses limites ne lui fit pas oublier ses soupirs d'extase, le goût du sel de sa peau, la sensation de ses petits seins dans ses paumes…

Il n'y avait aucun doute : tous deux s'entendaient merveilleusement bien au lit. Et en dehors, aussi.

Il n'arrivait toujours pas à croire qu'il s'était ouvert à elle plus qu'à quiconque sur son passé, son père… Et, malgré tout ce qu'elle lui avait confié sur elle-même, il se surprenait à vouloir en savoir davantage. Ce qu'elle mangeait au petit déjeuner, quel dentifrice elle aimait, comment elle parvenait à discipliner ses boucles rebelles, qui avait été son premier amour… rien de ce qui la concernait ne devait lui échapper.

Tu es fichu, mon gars…

Il se leva et se passa la main sur le visage pour chasser ces pensées importunes. Tout cela n'avait aucun sens, parce qu'après ce week-end il retournerait à Anchorage, et elle déménagerait probablement en Californie. Rien ne changerait entre eux, parce que rien ne pouvait changer.

Zac sortit de la piscine, se sécha et se dirigea vers les

vestiaires pour prendre une douche et mettre les vêtements propres qu'il avait apportés.

Ensuite, il décida d'aller prendre son petit déjeuner au restaurant de l'hôtel. D'habitude, quand il était chez lui, il grignotait à la va-vite, car il devait être prêt en un clin d'œil en cas d'appel urgent. Aujourd'hui, cependant, il voulait commander ce qu'il y avait de plus long à préparer, juste pour tuer le temps.

En effet, il redoutait de retrouver Carmen, terrifié à l'idée qu'elle veuille parler encore, pour en apprendre davantage sur lui. C'était ainsi, avec les secrets : une fois qu'on en avait révélé un, les autres devaient suivre...

Une fois de plus, il se reprocha de ne pas avoir été honnête avec elle dès le départ, mais décida qu'il fallait aller de l'avant, désormais.

La serveuse lui indiqua une table pour deux personnes dans la salle à manger presque vide, puis lui demanda d'aller se servir au buffet.

C'est alors qu'une voix familière retentit à côté de lui.

— Bonjour, mon garçon !

Zac sourit en découvrant Dustin.

— Bonjour. Alors, comment va ton bras ?

— Mieux. Grâce à toi et à ta charmante amie. Où est-elle, ce matin ? demanda Dustin, en se servant plusieurs tranches de bacon pendant que Zac remplissait son assiette d'œufs brouillés.

Il se força à sourire.

— Carmen n'est pas mon amie. C'est juste une amie.

Dustin hocha la tête en silence, comme s'il voyait clair dans son jeu.

— Veux-tu venir à ma table ? demanda-t-il.

— Oui, bien sûr, si ça ne te dérange pas.

Zac suivit son ami jusqu'à sa table, puis ils s'assirent et commencèrent à manger.

— As-tu vu tes parents ? demanda Dustin.

— Non. Je les ai aperçus, mais j'ai réussi à sortir de la salle de banquet avant qu'ils me voient.

— Tu sais que tu ne pourras pas toujours les éviter, n'est-ce pas ?

Oui, Zac le savait. Mais s'il pouvait éviter une confrontation ce week-end, ce serait mieux. Il ne voulait pas tout gâcher pour Carmen, ni raviver d'anciennes blessures.

Il baissa les yeux vers son assiette. Son appétit avait disparu, et il avait l'impression que les murs se refermaient sur lui.

— Peut-être que tu devrais lui parler, suggéra Dustin, en regardant Zac par-dessus le bord de sa tasse, et en finir avec ces vieilles histoires.

— Non. Il n'y a rien à dire.

— Vraiment ?

Dustin garda le silence un moment, puis reprit :

— Je me souviens encore de cette nuit où tu es parti d'ici après avoir parlé à ton père pour la dernière fois, il y a très longtemps. Il était dévasté après ton départ. Il a essayé de te joindre, mais tu refusais de répondre à ses appels. Je pense qu'il a vieilli de dix ans en un mois. C'était très dur...

Au moins, Dustin avait raison sur ce point : apprendre la liaison de son père avait été très difficile, et le cirque médiatique qui avait suivi l'événement ne l'avait pas aidé à calmer sa colère. C'est même après avoir lu un article particulièrement odieux au sujet de son père que Zac avait détruit sa voiture et envoyé son amie à l'hôpital. Depuis, la rage ne l'avait plus vraiment quitté.

— Tu lui as terriblement manqué, dit Dustin. Tu nous as manqué, à tous.

— Eh bien... Il aurait dû y penser avant ! rétorqua Zac en secouant la tête. S'il te plaît, ne me parle pas de pardon. Il doit assumer les conséquences de ses actes. Je sais que ma mère a pu passer outre, et je respecte sa décision, mais je n'en suis pas encore là.

— Je ne suis pas en désaccord avec toi, mon garçon. L'infidélité n'est pas un exemple à suivre, mais nous commettons tous des erreurs. L'essentiel est d'en tirer les bonnes leçons.

Dustin termina son café, consulta sa montre et se leva.

— Je dois aller retrouver Willow et transmettre des instructions à l'équipe de jour. Je serai là plus tard, si tu as besoin de moi. Pense à faire amende honorable, mon garçon. Le temps est précieux. Ne gâche pas cette occasion de faire la paix.

Sur ce, le vieil homme s'en alla, laissant Zac seul avec ses pensées. Non, il n'était pas d'humeur à pardonner en ce moment. Il avait trop de choses en tête, trop de problèmes à résoudre comme, par exemple, avouer à la femme qu'il aimait qu'il lui avait menti depuis le départ.

La journée de Carmen fut composée de plusieurs conférences et d'un nouveau déjeuner-rencontre avec Ellen Landon – cette fois pour discuter des besoins en personnel de la nouvelle clinique et du programme destiné à prodiguer des soins médicaux et des services prénataux à la population à faibles revenus et aux sans-abri de Big Sur et des environs.

Lorsqu'on lui avait demandé son opinion, Carmen avait parlé du fond du cœur de la pauvreté et de la façon dont elle percevait le travail avec les patientes les plus démunies. Ellen s'était montrée très intéressée et, pour la première fois, Carmen avait eu l'impression d'avoir marqué des points face à Priya. C'était le but de ce week-end, après tout, et ce pour quoi elle avait travaillé si dur ces deux derniers mois.

Mais, malheureusement, elle ne pensait qu'à Zac. Se réveiller seule n'avait pas été très agréable, et depuis qu'elle s'était levée, elle ne l'avait pas aperçu. S'ils s'étaient trouvés à Anchorage, elle l'aurait soupçonné de vouloir l'éviter mais ici on proposait beaucoup d'activités de loisirs, et il avait sans doute décidé d'en profiter. Elle finirait bien par le voir, puisque c'est le soir même que devait avoir lieu le grand banquet de clôture.

Le banquet où Ellen annoncerait son choix pour le nouveau poste…

Soudain, un étrange sentiment d'impatience et de tristesse mêlées s'empara d'elle. Elle voulait toujours déménager en Californie, mais Anchorage et ses collègues lui manqueraient. Y compris Zac, son son ami, son collègue, son amant…

Oui, il lui avait clairement fait comprendre qu'il n'était pas du genre à se caser, mais la vérité était qu'elle n'avait pas fréquenté d'autre homme depuis leur première nuit ensemble, après la fête de Noël. Elle doutait que quelqu'un d'autre puisse être à la hauteur de Zac et de l'incroyable alchimie qui les liait. C'était un amant généreux, qui exprimait ses désirs et attendait la même chose d'elle. Elle le voulait plus que jamais. Être avec lui était addictif, et cette découverte la réjouissait et la terrifiait tout à la fois.

La relation qu'elle avait avec Zac lui semblait plus profonde, plus intense que ses liaisons précédentes. C'était du moins le début de… quelque chose. Quelque chose de spécial et de bien réel. Carmen était beaucoup trop pragmatique pour apprécier le romantisme, mais Zac l'avait bel et bien séduite, et maintenant elle avait besoin de savoir ce qu'il voulait vraiment. Avant ce week-end, il lui avait avoué être un séducteur ; or, elle n'était pas assez naïve pour penser qu'une nuit d'amour pouvait changer un homme. Mais pour elle, leur étreinte n'avait pas été anodine, et elle avait besoin de savoir s'il ressentait la même chose qu'elle.

Après avoir consulté l'heure, elle termina son café et alla écouter un exposé sur l'utilisation d'un modèle physiologique pour la gestion de l'intervalle tête-corps pendant l'accouchement vaginal. La salle était comble, mais Priya lui avait gardé une place.

— Salut Priya ! Comment se passe ta journée ?

— Bien, dit Priya d'une voix éteinte. Et la tienne ?

En se tournant vers son amie, Carmen la trouva un peu pâle.

— Tout va bien ?

— Bien, dit Priya. Je suis fatiguée, c'est tout.

Dubitative, Carmen prit un paquet de biscuits salés dans son sac et le lui tendit.

— Tiens. Ça va calmer ton estomac.

— Merci.

Les lumières s'éteignirent, et la présentation commença, mais Carmen était distraite. Si elle voulait favoriser sa carrière, ce n'était pas le moment de s'engager dans une relation à long terme, puis qu'elle était plus que jamais près de décrocher le poste en Californie. Pourquoi risquer de tout gâcher pour un homme qui ne voudrait peut-être même plus d'elle dans un avenir proche ?

Il fallait qu'ils parlent. Et dès qu'elle pourrait passer du temps seule avec lui, elle saisirait l'occasion.

10

L’heure de la soirée arriva, mais pour Zac c’était tout sauf une fête. Après avoir évité Carmen et ses parents pendant la plus grande partie de la journée, et s’être repassé en boucle sa conversation avec Dustin, il sentait que le poids du secret se faisait de plus en plus lourd sur ses épaules.

Il devait dire la vérité à Carmen.

Il voulait dire la vérité à Carmen.

Mais il devait attendre le bon moment pour cela, et ce moment n’était pas encore arrivé.

Peut-être devait-il attendre de savoir qui obtiendrait ce poste en Californie ? À son avis, Carmen était clairement à la hauteur. Elle était plus que qualifiée, possédait l’expérience requise et, surtout, se souciait vraiment de ses patients et de ses collègues. Elle méritait ce job, et il avait l’intention de faire tout ce qu’il pouvait ce soir pour s’assurer qu’elle le décroche, même si cela signifiait la perdre à jamais…

Il ajusta son nœud papillon noir devant le miroir en pied de la suite, puis détailla son reflet. Élégant, raffiné, ce smoking serait une excellente armure pour la soirée à venir.

Prenant une profonde inspiration, Zac se dirigea vers la commode pour attraper ses boutons de manchette en argent sterling gravés à ses initiales – un cadeau de sa mère à la remise de son diplôme d’études secondaires. C’était l’une des rares choses qu’il avait emportées avec lui lorsqu’il avait quitté cet endroit, et son seul souvenir de tout ce qu'il avait laissé derrière lui.

Comme il s'assurait qu'ils étaient bien en place, Carmen sortit de la salle de bains, vêtue d'une robe du soir en dentelle rebrodée de fils d'argent qui moulait ses jolies courbes comme une seconde peau.

Zac déglutit avec peine pour chasser le nœud qui s'était formé dans sa gorge. Elle avait relevé ses cheveux en un savant chignon dont s'échappaient quelques boucles souples. Soudain, il fut saisi d'un violent désir de la prendre dans ses bras, de l'embrasser, de la posséder jusqu'à ce qu'elle crie son nom…

Carmen mit ses boucles d'oreilles – de petits clous étincelants – puis s'approcha et lui présenta son dos, avant de lui demander avec un sourire timide :

— Peux-tu m'aider à remonter le zip, s'il te plaît ?

Zac s'exécuta d'un geste moins assuré qu'il ne l'aurait souhaité, avant de s'éloigner d'elle et de son doux parfum de jasmin. S'il ne gardait pas ses distances, ils manqueraient le dîner, c'était certain…

— Es-tu prêt ? demanda-t-elle en saisissant son petit sac à main sur la commode.

Il hocha la tête.

— Oui, je suis prêt, mais avant de partir…

Dis-lui.

Mais il ne pouvait pas. Pas encore. C'était sa grande soirée. Il attendrait que le bal soit terminé, qu'ils se retrouvent seuls. Là, seulement, il pourrait supporter l'humiliation et la douleur qu'elle lui infligerait en s'éloignant de lui pour toujours…

Elle le regarda. Elle était si belle, si confiante ! Il la désirait plus qu'il n'avait jamais désiré aucune femme dans sa vie, mais il n'en serait jamais digne.

Il se racla la gorge.

— Sache que tu es magnifique. Tu décrocheras ce poste en Californie et tu prendras tout l'État d'assaut. Je t'encouragerai depuis Anchorage.

Une étincelle vacilla dans ses yeux, mais très vite elle plaqua un sourire sur son visage. Un sourire vaillant et professionnel qu'il connaissait bien pour l'avoir souvent vu à Anchorage Mercy.

— Merci. Descendons...

Les organisateurs s'étaient surpassés pour décorer les lieux, comme Zac le constata en escortant Carmen dans la salle à manger. Un savant jeu lumières sur le plafond voûté le faisait ressembler à un vitrail abstrait, et les colonnes drapées de tulle blanc étaient du meilleur effet. Les tables avaient été disposées en demi-cercles devant la scène, où le podium était prêt pour les présentations et la grande annonce qui devait avoir lieu plus tard dans la soirée. Chaque table était ornée d'un bouquet de lys et de roses blancs, et un quatuor à cordes jouait sur une estrade. Il y avait aussi une sono pour plus tard, quand on ouvrirait la piste de danse.

Comme d'habitude, son père avait pensé à tous les détails.

Carmen lui jeta un regard interrogateur.

— Ça va ? Tu as l'air plus nerveux que moi, ce soir.

— Je vais bien.

Il résista à l'envie de s'enfuir en courant. Heureusement, jusqu'à maintenant il n'avait vu aucun signe de ses parents, ce qui était un soulagement. Il se dirigea donc vers leur table et quand il l'atteignit, prit place à côté de Carmen. Ellen et Liz étaient déjà là, tout comme Priya et Lance.

Zac salua tout le monde, notant au passage que Lance, moins avenant que d'habitude, avait passé le bras autour des épaules de Priya, comme pour la protéger. Il aurait voulu lui demander ce qui se passait, mais le maître de cérémonie avait pris la parole pour accueillir tout le monde et annoncer le programme de la soirée.

Plusieurs présentations ponctuèrent le dîner, et Zac garda un œil sur la salle, appréhendant d'y découvrir son père. L'idée de jouer au chat et à la souris avec lui lui avait coupé l'appétit, et il ne profita guère du repas, mais la nourriture était délicieuse, comme toujours. Soupe aux patates douces, à la noix de coco et à la coriandre, suivie d'un magret de canard poêlé aux cerises noires et sa polenta au basilic, puis d'une mousse aux framboises et de sablés au chocolat maison.

— Cet hôtel est vraiment charmant, déclara Ellen alors que le serveur débarrassait. Je reviendrais bien ici pour des vacances, si j'arrive à arracher ma femme à son cabinet.

Liz, qui finissait son dessert, répondit en riant :

— Je pense que je me laisserais faire. En plus, nous devrions avoir plus de temps libre une fois que ce nouveau poste à la clinique sera pourvu. N'est-ce pas ?

Elle regarda Carmen, puis Priya, et leur fit un clin d'œil.

Oui, il se passait quelque chose d'étrange, songea Zac, mais il n'arrivait pas à mettre le doigt dessus. Les cernes qui soulignaient les yeux de Priya suggéraient qu'elle n'avait pas bien dormi. Il devrait peut-être lui glisser une question à l'oreille.

— Oh ! regardez…

Ellen désigna du menton le fond de la salle à manger, tandis que certains convives se levaient et que le brouhaha des conversations s'amplifiait.

— Voici le directeur de l'hôtel. Nous devrions lui dire à quel point nous avons apprécié son établissement, reprit Ellen. Oh ! On nous fait signe de monter sur scène. Si vous voulez bien nous excuser…

Liz et elle disparurent avant que les parents de Zac puissent s'approcher, et celui-ci sentit le sol se dérober sous ses pieds. S'il avait pu se cacher sous la table, il l'aurait fait.

Au lieu de cela, il se leva et s'excusa à son tour.

— Je vais prendre l'air.

Carmen fronça les sourcils.

— Mais… on va bientôt faire l'annonce, balbutia-t-elle.

— Je ne serai pas long, dit-il, juste au moment où son père s'approchait de leur table.

Trop tard. Trop tard.

Ils se regardèrent pour la première fois en douze ans, et

Zac vit l'expression de son père passer du calme à la fureur en quelques secondes. Zac ouvrit la bouche pour parler, mais les mots restèrent bloqués dans sa gorge. Comme au ralenti, il vit Priya se lever et se diriger vers les toilettes, Lance sur les talons.

Son père continuait de le fixer, mais sa mère parlait encore à une femme, à une autre table.

— Bonsoir, fiston, dit-il d'un ton froid et méfiant.

Zac serra les poings pour tenter de maîtriser sa colère. Ce n'était pas comme ça qu'il voulait que ces retrouvailles se passent. Pas ici. Pas maintenant. Pas alors que tant de choses devaient se jouer pour lui.

Carmen regarda tour à tour Zac et son père, puis écarquilla les yeux, éberluée.

— Fiston ? répéta-t-elle. Zac, de quoi parle-t-il ? Cet homme est... ton père ?

— Il l'était, répondit Zac, la mâchoire serrée. Mais il n'a plus le droit de m'appeler comme ça.

C'est ce moment que choisit sa mère pour se retourner et découvrir son fils et son mari face à face. Stupéfaite, elle écarquilla les yeux, mais fit un effort visible pour se ressaisir. Malgré tout, son sourire éclatant vacilla lorsqu'elle prit le bras de ce dernier.

— Ça fait si longtemps qu'on ne t'a pas vu, Zac ! S'il te plaît... Si on discutait un peu, tous les trois ? suggéra-t-elle.

— Oui. C'est une bonne idée, affirma son père. Zac, je suis désolé pour ce qui s'est passé il y a tant d'années. Je n'ai jamais eu l'intention de te faire du mal. Mais les choses ont changé. S'il te plaît, donne-moi une chance de t'expliquer...

— Zac ? dit Carmen, soudain très pâle. Ces personnes sont... tes parents ?

Zac acquiesça d'un signe de tête.

— Mais... pourquoi ne me l'as-tu pas dit ?

— Parce que je ne parle à personne de mon passé. Pourquoi aurais-je agi différemment avec toi ?

À peine ces mots furent-ils sortis de sa bouche qu'il les regretta. Il s'était ouvert à elle plus qu'à n'importe qui d'autre. Il avait même eu l'intention de lui dire toute la vérité sur lui-même.

Il aurait voulu s'excuser, crier haut et fort qu'il l'aimait, que rien de tout cela ne comptait plus pour lui. Que tout ce qui l'intéressait, c'était elle. Mais il était trop tard.

Frustré, il s'en prit de nouveau à son père.

— Qu'est-ce que tu vas m'expliquer exactement, hein ? Comment tu as trompé ta femme et menti à ton fils ? Comment tu as sacrifié des années d'amour pour une nuit de plaisir ? Es-tu fier de toi ? Est-ce l'héritage que tu veux transmettre à ton fils ? Si c'est le cas, félicitations, tu as parfaitement réussi ! À cause de toi, je n'ai confiance en personne. À cause de toi, je collectionne les aventures et je ne m'engage jamais avec personne. Pourquoi le ferais-je alors que je pourrais agir avec les femmes comme tu l'as fait avec maman ?

Le visage de son père était devenu gris.

— S'il te plaît, fiston...

— Arrête de m'appeler comme ça ! lança Zac en s'éloignant.

— Zac, s'il te plaît, l'implora sa mère, viens avec nous dans le couloir, nous pourrons en discuter en privé. Ton père a expié ses erreurs. Ce n'est plus la même personne qu'il y a douze ans. Donne-lui une chance...

— Non.

Zac se tourna vers Carmen. Elle avait repris des couleurs, et ses yeux brillaient de colère. C'était *sa* soirée, la raison pour laquelle il était là, et il avait tout gâché. À cause de lui et de ses mensonges, elle risquait de voir lui échapper ce pour quoi elle se battait depuis si longtemps. Il ne valait pas mieux que son père.

Celui-ci aussi avait recouvré son sang-froid et revenait à la charge.

— Tu veux faire ça ici ? Maintenant ? lâcha-t-il. Très bien ! Je n'ai rien à cacher. Tous mes secrets ont été révélés au monde il y a des années. Mais peux-tu en dire autant, fiston ? Nous commettons tous des fautes. Ce qui s'est passé à l'époque était une terrible erreur de ma part, mais j'ai fait amende honorable et me suis racheté auprès de ta mère. Nous avons laissé ces mauvais souvenirs derrière nous pour créer un nouvel avenir, un avenir meilleur. J'espérais que tu en ferais partie. Mais je vois maintenant que tu es aussi têtu que moi. J'ai parlé à Dustin, ce soir. Il m'a parlé de toi et de l'amie avec laquelle tu partages ta suite. Tu crois que je n'ai pas vu la bague de fiançailles à son doigt ? Tu avais prévu de nous inviter au mariage ?

— Il n'y aura pas de mariage, dit Zac sans réfléchir. Tout ça, c'est une mise en scène pour que Carmen puisse trouver un job en Californie. Non que ça te regarde, mais nous sommes juste amis. Rien de plus.

Zac sentit son cœur se serrer en voyant Carmen pâlir. Bon sang ! La situation devenait incontrôlable. Il avait besoin de retrouver son sang-froid, de régler tout cela et de trouver la bonne façon d'aller de l'avant.

Hélas ! il n'eut pas le temps d'y songer davantage, car une voix résonna dans les haut-parleurs.

— Et maintenant, une annonce spéciale de la part de notre hôtesse, Mme Ellen Landon, femme d'affaires et grande défenseur de la santé des femmes !

Tandis que les applaudissements remplissaient la salle, Carmen fit de son mieux pour dissimuler l'ouragan d'émotions qui tourbillonnaient en elle. Prenant une grande inspiration, elle se força à sourire.

Tout ce qui lui arrivait était sa faute. Zac avait raison de vouloir s'en tenir à l'accord qu'ils avaient passé initialement : il jouerait le rôle de son fiancé pour le week-end, et ensuite chacun reprendrait le cours de sa vie. Et si ses sentiments à elle avaient évolué, pour Zac ce week-end n'était et ne serait jamais qu'une parenthèse.

Soudain, Ellen prit la parole :

— Ce soir, nous avons le plaisir d'annoncer le nom de la candidate retenue pour diriger les sages-femmes dans notre clinique de Big Sur, en Californie. Il ne restait plus que deux finalistes, Mme Priya Shaw et Mme Carmen Sanchez. Mesdames, levez-vous, qu'on vous applaudisse toutes les deux...

Carmen n'avait que vaguement conscience du vacarme qui l'entourait, mais elle sentait Zac très proche d'elle, en revanche. Elle aurait voulu le secouer, exiger qu'il lui dise pourquoi il ne lui avait pas parlé de ses parents ou du fait que son père était propriétaire de cet hôtel.

En vérité, il n'était pas du tout celui qu'elle croyait.

— Merci d'avoir participé, mesdames, dit Ellen. Après plusieurs séries d'entretiens, et de longues réunions en face à face ce week-end, la candidate que nous avons choisie pour occuper ce poste est...

En cet instant, Carmen n'avait qu'une envie : retourner dans sa chambre et se blottir sous la couette pour pleurer tout son soûl, tout en se reprochant de s'être montrée aussi stupide. Comment avait-elle pu croire un seul instant que Zac le play-boy s'installerait avec elle ?

— ... Carmen Sanchez !

Ellen s'approcha d'elle et se pencha au bord de la scène.

— Félicitations, Carmen ! Nous sommes ravis de vous accueillir dans notre clinique californienne, et nous attendons avec impatience tous les nouveaux protocoles que vous allez bientôt mettre en place !

Une foule de gens se précipitèrent soudain pour la féliciter, et elle leur répondit, comme dans un brouillard.

À côté d'elle, Zac n'avait pas bougé, et ses parents non plus. Il finit par se pencher vers elle pour lui glisser :

— Je retourne dans la chambre.

Il se dirigea vers la sortie latérale, ses parents sur les talons. Sans réfléchir, Carmen se tourna vers Ellen et Liz.

— Excusez-moi, mais...

Elle fut interrompue par une étrange secousse. Plutôt légère au début, comme les vibrations d'un gros camion qui passe sur une route lointaine, puis de plus ne plus forte, jusqu'à ce que le grand lustre au centre de la pièce se mette à vibrer...

Un tremblement de terre...

Il y avait un véritable tremblement de terre !

Et il était suffisamment important pour renverser les tables et envoyer valser les tableaux accrochés aux murs. Pris de panique, les gens se blottissaient les uns contre les autres, et certains rampaient même sous les tables. Plusieurs personnes âgées avaient été projetées à terre, mais personne ne semblait gravement blessé, Dieu merci.

Les séismes n'étaient pas rares en Alaska, mais Carmen sentit tout de même son rythme cardiaque s'accélérer et dut s'appuyer à une porte pour ne pas tomber. Puis, quand le tremblement cessa, elle se fraya un chemin dans le hall, où elle vit Zac accroupi à côté d'un homme à terre, inconscient. Son père !

Près de lui, sa mère pleurait doucement. Bien que visiblement bouleversé, Zac réagit en professionnel. Il prit le pouls de son père, puis déchira sa chemise pour commencer la réanimation cardio-pulmonaire.

— Appelle le 911, Carmen. Vite !

Machinalement, Carmen sortit son téléphone de son sac et fit ce qu'il lui demandait, puis cria :

— L'ambulance sera là dans cinq minutes !

— Merci, murmura Zac sans oser la regarder.

Il exécuta parfaitement les gestes de premiers secours, puis Carmen prit le relais et effectua les compressions thoraciques pendant qu'il s'occupait du bouche-à-bouche.

Comme le hurlement des sirènes se rapprochait, Carmen

sentit une intense douleur la submerger, qu'elle chassa immédiatement pour se concentrer sur l'essentiel.

Pour l'instant, elle avait un patient à sauver. Son chagrin attendrait.

Comme d'habitude.

11

— Je m'occupe de lui, monsieur, dit l'urgentiste à Zac quelques instants plus tard, avant d'installer son père à l'arrière d'une ambulance.

Ils avaient dû utiliser le défibrillateur pour faire repartir son cœur. Il respirait seul maintenant, mais Zac savait par expérience que l'état d'un patient pouvait changer très vite. Une foule d'émotions se bousculaient en lui – anxiété, tristesse et remords mêlés.

Il ne pouvait s'empêcher de penser que cet accident cardiaque était sa faute, même s'il savait que c'était ridicule.

— Nous l'emmenons à l'hôpital, puis je suppose qu'il sera transporté par avion à Anchorage dès qu'il sera stable.

— Merci.

Zac aida sa mère à monter à l'arrière de l'ambulance. Comme elle avait l'air petite et fragile, tout à coup ! Bien plus que dans son souvenir. En la voyant agripper la main de son mari comme une bouée de sauvetage, il sentit son cœur se briser un peu plus encore. Qu'il le veuille ou non, sa mère aimait son père, et elle serait anéantie si quelque chose lui arrivait.

— Je te rejoindrai dès que j'aurai réglé les choses à l'hôtel, maman.

Il s'écarta pour laisser les ambulanciers fermer les portes arrière de leur véhicule qui s'éloigna toutes sirènes hurlantes dans le froid et la nuit. Il y avait une heure à peine, il avait juré de tourner le dos à ses parents et de ne plus jamais les revoir. Et voici qu'il venait, avec l'aide de Carmen, de sauver la vie de son père, terrorisé à l'idée de le perdre alors qu'il ne ressentait pour lui que haine et mépris…

En sentant le regard de Carmen rivé à son dos, il comprit qu'il lui restait encore une rude bataille à livrer. Il avait vu l'incrédulité, puis la colère se peindre sur son visage quand il lui avait avoué la vérité sur ses parents, des émotions qui avaient fait place à un insupportable sentiment de trahison. Un sentiment qu'il ne connaissait que trop bien pour l'avoir lui-même éprouvé par le passé.

— Écoute, murmura-t-il sans se retourner, je suis désolé de ne pas t'avoir tout raconté plus tôt. J'aurais dû être honnête dès le départ.

Il se retourna lentement et la vit, emmitouflée dans sa veste de smoking, les bras croisés autour du corps. Ses yeux d'un vert pailleté d'or lançaient des étincelles.

— Je ne sais pas quoi dire d'autre, ajouta-t-il, sauf que je suis désolé.

— Tu ne me fais pas confiance, dit-elle sans le regarder. Tout ce week-end, c'était pour faire semblant. Tu as bien joué ton rôle. Nous étions amis, et je n'aurais pas dû m'attendre que ça change quoi que ce soit entre nous. Après tout, ton histoire avec tes parents ne me regarde pas. Je ne suis pas assez importante pour toi pour que tu me dises la vérité.

Pas assez importante ?

Il baissa la tête et fixa ses pieds. De la neige grise recouvrait ses mocassins noirs impeccablement cirés, et si cela n'était pas une métaphore du désastre absolu qu'était cette soirée, alors il ne savait pas ce que c'était.

— Mais nous sommes toujours amis…

Et j'aurais voulu que nous nous soyons tellement plus…

Cependant, au lieu de prononcer ces mots, il les ravala et dit :

— Et tu es importante à mes yeux, Carmen. J'aurais voulu

te parler tant de fois ce week-end, mais ce n'était jamais le bon moment.

Il se tut, tandis que les mots de Dustin lui revenaient en mémoire.

« Nous commettons tous des erreurs. L'essentiel est d'en tirer les bonnes leçons. »

En effet, Zac avait certainement fait sa part d'erreurs en ce qui concernait Carmen. Il éprouva le besoin de se justifier.

— Si ça peut te consoler, je n'ai jamais parlé de mon passé à personne à Anchorage.

— Ça ne me console pas.

Il était guère étonné. Pis encore, il étati convaincu de mériter toute la colère qu'elle pouvait déverser sur lui, vu la façon dont il l'avait trompée. Il méritait de la perdre, comme son père avait failli perdre sa mère.

Parce qu'au fond il n'était pas meilleur que son père.

Il était un menteur. Un tricheur. Un acteur.

Il l'avait toujours su, sans oser se l'avouer, mais maintenant qu'il était démasqué, il éprouvait le besoin de tout mettre au grand jour.

— Au début, je ne te l'ai pas dit parce que je ne te faisais pas confiance, même s'il ne s'agissait pas seulement de toi… En vérité, je ne fais confiance à personne. Mais plus tard, j'ai gardé le silence pour ne pas gâcher ton grand week-end… et pour ne pas tout casser entre nous.

— Je vois…

La petite foule qui s'était rassemblée sur le parking après le tremblement de terre se dirigeait lentement vers l'intérieur, les spécialistes envoyés sur place ayant sécurisé le bâtiment.

Carmen s'approcha de Zac, qui se tenait un peu à l'écart de la foule, et murmura :

— Tu ne m'as pas caché tout cela pour que je continue à coucher avec toi, tout de même ?

— Non. Ce n'est pas ce que je voulais dire.

— Eh bien, c'est ce que tu as dit.

— Nous avions passé un accord : pas d'engagement. C'est toi qui as défini les règles, pas moi.

Il n'avait aucune envie de parler de ça, mais il était sur la défensive et se sentait vulnérable, par sa faute.

— Ce fiasco ne se serait pas produit si tu ne m'avais pas fait venir ici, Carmen, alors ne m'accuse pas si les choses ne se sont pas passées comme tu le voulais. J'ai joué mon rôle, et vu la nuit que nous avons passée je dirais que tu en as tiré quelques bénéfices. Parce que c'est bien pour cela que tu as fait appel à moi, non ?

Son visage avait pâli, mais il poursuivit :

— Tu ne me vois que comme un agréable passe-temps. Parce que tu travailles trop dur pour avoir le temps de construire une vraie relation. Tout ce que tu fais, c'est te sacrifier pour les autres et ne jamais rien prendre pour toi. J'ai pensé qu'un week-end pourrait t'aider à prendre du recul, mais j'avais tort. Tu es seule parce que tu aimes être seule. Tu adores ça, même. Alors reste seule. Et amuse-toi bien !

— Comment oses-tu me parler comme ça ? Je tiens à toi, Zac. Et pas seulement comme ami. Et la nuit dernière, tu as pris autant de plaisir que moi, non ? Mais tu as l'habitude, n'est-ce pas ? Tel père, tel fils, apparemment...

Zac se figea, les poings serrés. Ces paroles l'avaient touché au plus profond. Il ne s'était pas préparé à ça. À accepter le fait que l'univers qu'il avait soigneusement construit ces douze dernières années venait de s'effondrer. Il avait besoin de s'éloigner de Carmen avant de prononcer des mots qu'il risquait de regretter.

Il passa devant elle, ignorant la douleur dans ses yeux qui lui brisait le cœur.

— Félicitations pour ton nouveau poste en Californie !

Une fois cette maudite soirée terminée, il ne lui resterait plus qu'à rassembler les morceaux de son cœur brisé et à tenter de reconstituer le puzzle de sa vie.

Ou ce qu'il en restait.

Quand elle regagna sa suite, Carmen était dans un état d'hébétude tel qu'elle n'arrivait même pas à pleurer. Cette soirée ne s'était pas déroulée comme elle l'avait prévu. Pas du tout, même. Elle avait obtenu l'emploi de ses rêves, et un brillant avenir s'ouvrait à elle – elle pourrait désormais prendre soin de sa mère et de sa sœur comme elle l'avait toujours voulu. Et pourtant, tout cela lui semblait creux, totalement vide de sens.

Beaucoup trop excitée pour dormir, malgré l'heure tardive, elle commença à faire ses valises. Ainsi, quand Zac reviendrait, il verrait qu'elle était prête à laisser tout ça derrière elle et à passer à autre chose.

Une fois ses bagages bouclés, elle se doucha, puis s'installa sur le canapé du salon et regarda par la fenêtre. Il était 5 heures du matin, et Zac n'était toujours pas rentré. Et cela valait mieux, car elle n'était pas d'humeur à le revoir, en ce moment.

Comment avait-il osé l'accuser de jouer les martyres, de se surmener pour des raisons égoïstes ? Il ne savait rien d'elle ni de son passé. Apparemment, et contrairement à elle, il avait grandi dans le luxe, songea-t-elle en regardant autour d'elle.

Carmen ferma les yeux et laissa sa tête retomber contre le coussin. Aussitôt, des images du tremblement de terre et de l'incident qui l'avait suivi revinrent à son esprit, et elle revit Zac en train d'exécuter une réanimation cardio-pulmonaire sur son père pendant que sa mère pleurait à côté de lui. En cet instant, elle avait cru lire le désespoir sur son beau visage. Son regard n'était pas celui d'un homme en paix avec sa vie, avec lui-même, mais celui d'un homme qui avait commis de grosses erreurs et craignait de ne jamais avoir l'occasion de se racheter.

Elle soupira et se redressa. Ce n'était pas son problème. Ce n'était certainement pas à elle de régler cela, et encore moins maintenant. Sur ce point, il avait raison.

Zac Taylor ne faisait plus partie de sa vie, et elle s'en sortirait très bien sans lui. Elle n'avait pas besoin de Zac. D'ailleurs, elle n'avait besoin de personne.

Elle donnerait sa démission à Anchorage Mercy dès qu'elle rentrerait chez elle, mettrait leur modeste petite maison en vente, puis déménagerait avec sa famille en Californie en laissant derrière elle toute cette laideur. Elle installerait sa mère dans une belle maison de retraite, inscrirait Clara à l'université de son choix, près de Big Sur. Elle oublierait tout de Zac et de ses fantasmes de relation durable entre eux.

Cet homme était un séducteur, un incorrigible don Juan incapable de se fixer. Carmen le savait, mais elle avait choisi de l'ignorer et s'était brûlé les ailes. Désormais, il ne lui restait plus qu'à oublier ces quelques jours et à aller de l'avant.

Et si cela pouvait en plus lui permettre de réparer son cœur brisé, elle était partante.

12

Quelques jours plus tard, Carmen décida de préparer un bon dîner, chez elle. Elle avait obtenu une rare soirée de liberté et espérait bien en profiter pour faire un peu de rangement dans la maison.

Après son retour du colloque, elle s'était mise en mode «pilote automatique» en se concentrant en priorité à la préparation de son déménagement en Californie. Et la liste des tâches était longue !

Une fois à l'aéroport, Zac et elle s'étaient séparés sans un mot. Comme Lance et Priya lui demandaient si tout allait bien, elle leur avait tout avoué – y compris les fausses fiançailles – convaincue que cela l'aiderait à passer à autre chose. Étrangement, ses amis n'avaient été qu'à demi surpris par cet aveu et lui avaient confié qu'ils avaient toujours eu des doutes au sujet de cette relation.

Avant de quitter l'hôtel, elle avait également confié à Ellen et Liz qu'elle et Zac avaient rompu. Les deux femmes l'avaient assurée de leur soutien, tout en lui précisant que cela ne changeait rien à leur décision de l'embaucher. Même redevenue célibataire, elle restait leur premier choix pour ce poste.

Mais la cruelle vérité avait fini par éclater, en quelque sorte : elle et Zac n'étaient plus fiancés. Hélas ! alors qu'elle avait cru qu'elle se sentirait mieux, soulagée d'un poids, ce n'était pas le cas.

Ces derniers jours, elle avait travaillé d'arrache-pied, concentrée sur ses objectifs. Elle avait démissionné d'Anchorage Mercy, commencé à transférer ses patientes actuelles à d'autres sages-femmes et, d'une manière générale, intitié le lent et triste processus de séparation. Il fallait faire le deuil de cet endroit, des relations qu'elle y avait nouées, et se préparer à poser ses valises ailleurs.

Ce n'est qu'aux petites heures de l'aube, alors qu'elle s'éveillait d'un sommeil sans rêves, qu'elle s'autorisait à repenser au week-end avec Zac. À se remémorer les merveilleux instants passés en sa compagnie et les sensations qu'elle avait ressenties, lovée entre ses bras, tandis qu'il l'embrassait dans la lumière de l'aurore boréale.

Mais elle se rappelait aussi qu'il lui avait menti sur sa véritable identité, et ce depuis toujours – et bien avant leur « accord ». Et il aurait probablement continué à lui mentir s'il ne s'était pas fait prendre. Après tout, c'était elle qui avait été lésée, dans cette histoire !

Des images du père de Zac, allongé sur le sol de l'hôtel, lui revinrent tout à coup en mémoire. Tant de fois, elle avait voulu prendre le téléphone pour demander à Zac comment il avait surmonté ce choc, mais elle avait raccroché au dernier moment. Zac s'était détourné d'elle, cette nuit-là, il l'avait quittée en lui disant qu'il n'avait plus besoin d'elle, qu'il ne voulait plus d'elle dans sa vie. Inutile donc de chercher à reprendre contact. Il n'apprécierait certainement pas son intrusion.

Elle remua la soupe qui mijotait sur la cuisinière et laissa échapper un soupira. Quel gâchis !

Elle avait appris à l'hôpital que le père de Zac avait été transféré à l'unité de soins intensifs de cardiologie, après leur retour à Anchorage. On disait qu'il allait mieux, mais qu'il faudrait lui poser une endoprothèse pour ouvrir quelques artères obstruées dans le cœur. L'intervention était assez courante, mais cela n'enlevait rien au stress de ses proches...

Un bruit derrière elle interrompit le cours de ses pensées.

En se retournant, Carmen vit sa mère à la table de la cuisine, en train de l'observer du coin de l'œil, comme d'habitude. Elle avait beau être atteinte de démence précoce, cela ne l'empêchait pas de rester attentive, peut-être même trop. Rien ne lui échappait.

— Qu'est-ce qui ne va pas, ma chérie ? demanda-t-elle en levant les yeux du magazine qu'elle faisait semblant de feuilleter. Il y a une solution à tout, tu sais...

— Je sais...

Sans cesser de remuer la soupe, Carmen s'appuya contre le bord du comptoir. Sa mère avait raison : même les pires problèmes prenaient fin si on laissait faire le temps. Elle aurait juste voulu que cela aille plus vite... et soit moins douloureux. Mais cela, elle ne pouvait pas en parler à sa mère.

— J'ai beaucoup de choses à faire en ce moment, maman.

— Hmm... Cela n'a rien à voir avec l'homme qui t'a accompagnée à ce fameux week-end, n'est-ce pas ?

— Non. Enfin... un peu, oui.

Une fois de plus, sa mère avait vu juste. Elle tenta de faire diversion.

— Je suis un peu débordée, c'est tout. Je prépare le déménagement. Il y a un travail fou en ce moment à l'hôpital, et en plus je dois former mon remplaçant. C'est beaucoup.

— Mais es-tu heureuse ? insista sa mère en posant sur elle ses yeux qui voyaient tout. C'est ce que tu voulais, non ?

— Bien sûr...

Carmen se retourna et s'apprêta à mettre le couvert.

— J'ai décroché le job parfait dans la clinique parfaite. J'ai travaillé dur pour obtenir ce poste et je gagnerai bientôt assez d'argent pour qu'on n'ait plus à s'inquiéter.

— S'inquiéter ? lança Clara en faisant irruption dans la cuisine. De quoi parlez-vous ?

Elle jeta son sac à dos dans un coin, puis prit les bols des mains de Carmen pour les poser sur la table.

— J'ai demandé à ta sœur si elle était heureuse, expliqua

sa mère. Depuis qu'elle est rentrée de ce week-end, elle broie du noir…

— Tu as remarqué, toi aussi ? lança Clara en regardant Carmen par-dessus son épaule.

C'était ce qu'il y avait de bien avec la famille – on avait beau tenter de faire bonne figure, on était très vite démasqué… C'était aussi ce qu'il y avait de pire. Carmen n'avait jamais été bonne comédienne, encore moins quand il s'agissait de duper ses proches.

Clara prit des couverts dans le tiroir, près de l'évier.

— C'est à cause de Zac, n'est-ce pas ? Tu l'aimes bien, je le vois. C'est sérieux ?

— Euh… non. Il ne s'agit pas de lui. Pas vraiment…

Carmen éteignit le brûleur sous la soupe et secoua la tête.

— Il m'a menti, reprit-elle. Après ce que papa a fait, je ne tolérerai pas les mensonges d'un homme.

Sa mère protesta.

— Ton père était un voyou et un rebelle, mais il n'a jamais menti.

Carmen remplit les trois bols de soupe, puis remit la casserole sur le feu.

— Si, il t'a menti, maman. Il nous a abandonnées, tu t'en souviens ?

Elle s'assit à la table à côté de sa sœur et en face de leur mère.

— Il ne nous a jamais parlé de sa famille et de sa fortune à Buenos Aires. Il nous a laissées derrière lui à la première occasion qui s'est présentée.

— Ce n'est pas vrai ! Je savais qui il était et ce qu'il voulait depuis le début.

Sa mère souffla sur une cuillerée de soupe fumante et prit le temps de la savourer avant de dire :

— Il n'y a pas eu de tromperie, entre nous.

Les deux sœurs échangèrent un regard. Jamais encore leur mère ne s'était exprimée ainsi, avec tant de force, et ce qu'elle venait de dire était totalement nouveau.

Carmen dégusta sa soupe, un mélange savoureux et épais de pois cassés, de maïs, de bouillon de poulet, de pommes de terre, de carottes, de céleri, de thym et de piment. Cette recette lui donnait toujours le mal du pays, et lui faisait parfois regretter d'avoir quitté son île.

— Maman, je crois que tu te trompes. Papa...

— Non, mon enfant. Je ne me trompe pas.

Sa mère posa sur elle et sa sœur un regard sérieux.

— Mon cerveau déraille, de temps en temps, mais je sais toujours distinguer le vrai du faux. Je me souviens d'avoir parlé à votre père, dès notre première rencontre. C'est clair comme de l'eau de roche dans mon souvenir. Il m'a parlé en toute franchise de ses obligations envers l'entreprise familiale et m'a dit qu'il devrait peut-être rentrer chez lui un jour. Mais nous étions amoureux, et c'était un risque que j'étais prête à prendre. En plus, il m'a donné deux magnifiques filles, donc je ne peux vraiment pas me plaindre.

— Il nous a abandonnées ! répéta Clara. Quel genre d'homme laisse ses enfants derrière lui ?

— Le genre qui est contraint de le faire.

— C'est sa riche famille qui lui a mis la pression ? demanda Carmen.

— Non. C'est moi qui ai insisté pour qu'il parte, confia leur mère. Son père venait de mourir, et il était de son devoir de reprendre l'entreprise. Il était déchiré, et le fait d'avoir deux vies le rongeait de l'intérieur. Je l'aimais trop pour le laisser souffrir ainsi, alors je lui ai dit que je n'avais pas besoin de la moitié d'un homme. Je lui ai ordonné de rentrer chez lui, et d'emporter son argent avec lui. Il voulait rester, nous loger dans une belle maison et nous envoyer une pension tous les mois, mais je n'en ai pas voulu. En y repensant, je suppose que j'aurais dû accepter, mais j'aimais trop ma vie et mon indépendance.

Carmen cligna des yeux et regarda sa mère d'un air éberlué.

— Attends, maman… Tu es en train de nous dire que papa voulait s'occuper de nous, mais que tu as refusé ? C'est bien ça ?

— Oui. Je pensais pouvoir tout faire toute seule, et subvenir à tous nos besoins. Je ne regrette pas mes choix, mais je vois maintenant que je vous ai privées de la possibilité de connaître votre père et de la vérité sur son histoire.

La vieille dame soupira et secoua la tête.

— Carmen, je te le dis parce que si tu tiens à cet homme, tu devrais peut-être lui pardonner, lui donner une chance de faire amende honorable. Si tu le veux vraiment, ne commets pas les mêmes erreurs que moi. Tu peux connaître l'amour et avoir en même temps une vie professionnelle bien remplie, une vie tout court.

— Mais… Papa n'a jamais essayé de nous contacter ! s'écria Clara. Il est parti, c'est tout.

— Non, ce n'est pas tout à fait comme cela que les choses se sont passées, répondit leur mère tandis qu'un voile de tristesse passait dans son regard. Il a gardé ses distances par respect pour moi, car c'est ce que j'avais souhaité. Je lui ai fait du mal en le coupant de nos vies. Maintenant, c'est trop tard. Il est mort il y a quelques années, lors d'un accident d'escalade dans les Andes. Je suis désolée, les filles. Je n'ai jamais voulu vous cacher cela si longtemps, mais le temps passe, et vous méritez la vérité.

En voyant couler les larmes de leur mère, Carmen et Clara se levèrent de leurs sièges pour la serrer dans leurs bras et la consoler. Elle avait peut-être commis des erreurs, mais elle était toujours la personne la plus forte que Carmen ait jamais connue.

— Ça va aller, maman, dit-elle en posant la tête contre l'épaule de sa mère. On dirait que c'est le moment de dire la vérité.

— Oui, confirma Clara, les larmes aux yeux. Moi aussi, j'ai quelque chose à vous annoncer : j'ai appris cet après-midi qu'une des bourses que j'ai demandées m'a été accordée. Je vais donc rester ici et m'inscrire à l'école d'infirmières d'Anchorage. La bourse couvre les frais de scolarité, les livres, le logement et les repas. Tout !

— C'est incroyable ! s'exclama Carmen, les larmes aux yeux, avant de serrer sa sœur dans ses bras. Je suis si heureuse pour toi !

Leur mère reprit la parole.

— Et moi, j'ai décidé d'emménager dans ce beau foyer-logement, en bas de la rue, déclara-t-elle. Celui avec les jolis jardins à l'arrière.

Carmen était perplexe.

— Mais… tu viens de dire que tu aimais ton indépendance. N'es-tu pas en train d'y renoncer en emménageant dans cet établissement ?

— Je sais…

Elle caressa la main de Carmen et sourit.

— … mais il est temps. Tu pars prendre ton nouveau poste en Californie et tu as besoin de te sentir libre. Il faut battre le fer tant qu'il est chaud.

— Mais maman…

Muette d'émotion, Carmen sentit une boule se former dans sa gorge. La seule raison pour laquelle elle s'était portée candidate à ce poste à la clinique de Big Sur était pour subvenir aux besoins de sa mère et de sa sœur. Sans cela, l'argent supplémentaire valait-il la peine de laisser derrière elle son foyer, ses amis, sa vie ?

Soudain, Clara lui prit la main et demanda :

— C'est bien ce que tu voulais, non ?

Elle secoua la tête.

— Je ne sais plus, maintenant. Je le croyais, mais maintenant je n'en suis plus si sûre. Pendant si longtemps, j'ai été uniquement préoccupée par le fait de faire évoluer ma carrière. J'ai toujours pensé qu'il fallait agir, aller de l'avant…

— Et cet homme ? demanda sa mère avec un regard aigu.

— Eh bien, quoi ?

Elle n'avait pas revu Zac depuis qu'ils s'étaient séparés à l'aéroport, et vu la façon dont la fin du week-end s'était déroulée, il y avait peu de chances pour qu'il veuille de nouveau avoir quoi que ce soit à faire avec elle.

— Je doute qu'on puisse recoller les morceaux.

— On ne sait jamais avant d'avoir essayé, murmura sa mère en posant la main sur sa joue. Tu es un tel trésor. Il aurait de la chance de t'avoir, si toutefois il était à ton goût. Mais dépêche-toi pendant que le soleil brille, ma fille. Les hommes comme lui ne restent pas longtemps seuls !

Zac se tenait devant la chambre d'hôpital de son père, hésitant à entrer. De garde toute la nuit, il avait redoublé d'efforts pour ne pas avoir à réfléchir à la conversation qu'il s'apprêtait à avoir avec lui.

Le fait de parler avec sa mère dans la salle d'attente pendant l'intervention de son père l'avait aidé à voir celui-ci sous un autre jour, mais cela ne voulait pas dire que les anciennes blessures étaient complètement guéries. Ils avaient besoin de parler, et le dialogue ne serait certainement pas aisé à établir.

Il fit signe de la tête à un patient qui passait dans le couloir, puis prit une grande inspiration pour se donner du courage. Il était temps de se jeter à l'eau.

Zac ouvrit la porte et dès qu'il entra son père lui parut plus petit et plus vieux que dans son souvenir. À un bras, il avait des intraveineuses et un brassard de tension artérielle, et des fils reliaient les électrodes branchées sur sa poitrine à un ECG. La chemise blanche de l'hôpital contrastait fortement avec sa peau foncée. Sur une desserte à côté du lit, Zac vit un yaourt entamé, ainsi que des lunettes de lecture et une grille de mots croisés presque terminée.

Sa mère était assise sur la chaise, près du lit ; le cliquetis de ses aiguilles à tricoter répondait aux bips du moniteur cardiaque.

Ses parents levèrent les yeux quand il entra, et Zac se figea.

— Zac !

Sa mère posa sa pelote de laine et vint l'embrasser.

— Entre, je t'en prie. J'espérais que tu passerais. J'ai bien besoin d'une pause. Je vais aller me promener et prendre un en-cas à la cafétéria. Je reviens bientôt.

Alors qu'elle passait près du lit, elle jeta un regard appuyé à son mari, et Zac eut l'impression qu'il avaient conclu un pacte, tous les deux.

La porte se referma derrière elle, laissant Zac et son père en tête à tête.

— Bonjour, dit enfin Zac, soudain mal à l'aise dans son uniforme d'infirmier, comment te sens-tu ?

Il était venu immédiatement après son service et n'avait pas pris le temps de rentrer se changer.

Son père hocha la tête.

— Mieux. Grâce à toi.

— Ce n'est pas moi qui t'ai opéré. Je me suis contenté de te réanimer jusqu'à l'arrivée de l'ambulance.

Zac prit le siège que sa mère avait quitté, le seul disponible dans la chambre.

— Arrête, fiston. Tu m'as sauvé la vie, ce soir-là.

Son père croisa les mains sur son estomac.

— Sans toi, je ne serais plus là, alors merci. Je suis sûr que cela n'a pas dû être facile, pour toi, de prendre cette décision.

Zac grimaça.

— Quelle décision ? Je suis un professionnel. Il n'y avait aucune décision à prendre. Je sauve des vies. C'est mon métier.

Le silence s'installa entre eux, les séparant une fois de plus, jusqu'à ce que Zac se décide à le briser. Il était là pour se racheter, et hésiter ne servait plus à rien.

— Écoute, papa... Je suis désolé.

— Pour quoi ? demanda son père, surpris. C'est plutôt moi qui te dois des excuses, Zac. J'ai laissé la situation s'envenimer entre nous pendant toutes ces années. C'est moi qui ai commis des erreurs, pas toi.

Zac agita la main vers son père :

— Mais ça... Ton cœur... c'est à cause de moi.

— Arrête de te vanter ! Cela fait des années que j'ai un taux de cholestérol élevé. Je prends un traitement pour ça. Tu l'ignorais, puisque cela fait très longtemps que nous ne nous sommes pas vus, mais...

Son père laissa échapper un soupir résigné.

— Et ça aussi, c'est ma faute, pas la tienne....

— Maman et moi avons parlé hier, pendant que tu te faisais opérer. Elle m'a aidé à comprendre des choses que je n'avais pas comprises jusque-là. Je ne cautionne pas ta liaison, et je ne l'oublierai pas non plus, mais je comprends mieux la situation, à présent. J'ai pensé que tu devais le savoir. Je ne crois pas qu'on puisse revenir en arrière, mais moi aussi, j'ai changé, depuis cette époque. J'ai une vie et une carrière que j'aime ici, à Anchorage, et j'en suis fier. Et... j'aimerais bien que toi et maman fassiez de nouveau partie de ma vie. On pourrait peut-être essayer, et voir comment ça se passe.

Son père plissa le front, puis le regarda.

— J'aimerais bien, fiston.

Sa voix avait légèrement tremblé, comme s'il retenait ses larmes. Et, curieusement, Zac se surprit à se frotter discrètement les yeux, lui aussi.

— D'accord...

Son père sourit enfin.

— J'ai cru qu'on n'y arriverait jamais...

— Moi aussi. Mais je suis content que nous ayons pu discuter.

Zac s'assit et relâcha la tension accumulée au niveau de ses cervicales.

— Oui, c'est bien...

Son père se redressa légèrement dans son lit, déclenchant le moniteur cardiaque. Une infirmière se précipita pour vérifier les appareils, et fit signe à Zac avant de quitter la chambre.

— Et maintenant, parle-moi un peu de ton amie, suggéra son père.

Ce fut au tour de Zac de froncer les sourcils.

— Nous ne sommes pas ensemble, tu t'en souviens ? Tout ça n'était qu'une mascarade. Nous ne nous sommes pas vus depuis notre retour, et d'après ce que je sais, elle se prépare à quitter l'Alaska.

Son père secoua la tête.

— Et... C'est sérieux, entre vous ?

— Papa, je viens de te dire que...

— Si tu l'aimes bien, elle doit avoir quelque chose de spécial...

Son père se pencha pour prendre ses lunettes et ses mots croisés.

— Où déménage-t-elle ?

— Big Sur.

— Magnifique endroit. Il y a quelques années, un nouvel hôtel a ouvert ses portes dans les environs. Il me faudrait quelqu'un pour le diriger.

Son père se remit à ses mots croisés.

— Je cherche un mot qui commence par « p » et se termine par « n » ? Six lettres ? C'est synonyme d'« absolution ».

— Je n'ai pas besoin d'un travail, papa. J'en ai déjà un. Je suis infirmier urgentiste. L'un des meilleurs d'Anchorage.

Dans sa jeunesse, son père s'attendait que Zac suive ses traces. Il espérait qu'il avait changé, depuis.

— Je suis heureux ici, dit-il.

Son père leva les yeux vers lui. Son expression était sincère lorsqu'il dit :

— Tant mieux. C'est tout ce que j'ai toujours souhaité pour toi, fiston. Que tu sois heureux. Et si vivre ici et sauver des vies te satisfait, alors je suis heureux moi aussi. Vraiment. J'ai juste pensé que si jamais tu avais besoin d'un endroit où séjourner quand tu irais voir ta copine, tu pourrais aller dans mon hôtel.

— Et qui te dit que j'irai voir Carmen ? demanda-t-il avec froideur.

Honnêtement, il ferait plus que lui rendre visite si elle lui pardonnait, mais il n'en était pas encore là... Il ne lui avait même pas encore demandé pardon.

Zac se frappa le front.

— J'ai trouvé !

— Quoi ?

— La réponse.

Zac se leva et sourit.

— Six lettres. Ça commence par un « p » et se termine par un « n ». Pardon... Au fait, je dois y aller.»

— Merci, fiston ! cria son père quand Zac sortit en courant de la pièce. Va voir ton amie, maintenant !

13

Le lendemain soir, Carmen se rendit à l'hôpital pour travailler sur les dossiers de ses deux dernières parturientes. Avec le printemps qui approchait, tout le monde semblait sur le point d'accoucher, ces jours-ci.

Elle n'avait pas oublié qu'elle devait passer un appel qui n'était pas directement lié à son travail. Un appel qu'elle avait remis à plus tard...

— Salut ! Comment vas-tu ?

Priya s'approcha d'elle au comptoir.

— Bien.

Peut-être que si elle répétait ce mot jour après jour, ça deviendrait vrai. Carmen observa son amie à la dérobée, et fut heureuse de constater qu'elle avait meilleure mine.

— Et toi ?

— Ça va... Alors, tu te prépares pour le grand déménagement ?

Carmen expira lentement. Elle n'avait encore fait part de sa décision à personne, mais le moment était venu. Dès qu'elle avait pris conscience que sa priorité était d'essayer d'arranger les choses avec Zac et de construire avec lui une vraie relation, il lui était apparu évident que son avenir était ici, à Anchorage.

— J'ai décidé de refuser le poste à Big Sur.

— Quoi ? Priya la prit par le bras et la conduisit jusque dans la salle de repos réservée au personnel, puis ferma la porte avant de continuer : Pourquoi ? Tu voulais absolument décrocher ce job !

— Je sais, mais les choses ont changé.

Carmen se laissa tomber sur le canapé et commença à jouer avec l'ourlet de sa blouse.

— C'est que... le cœur n'y est plus.

— Est-ce que ça a quelque chose à voir avec un certain infirmier urgentiste qui s'est récemment fait passer pour ton fiancé ? insista Priya.

— Non. Je veux dire... oui. Enfin...

Elle secoua la tête, faisant danser ses boucles autour de son visage.

— En tout cas, ce n'est pas la seule raison.

— Mais vous êtes toujours amoureux l'un de l'autre, non ?

Priya s'assit à l'autre bout du canapé, et se tourna vers elle.

— J'avoue qu'au début j'avais des soupçons, mais quand je vous ai vus danser, mes doutes se sont envolés. L'alchimie entre vous est tellement évidente !

Carmen soupira.

— Tu as peut-être raison. Nous nous aimions beaucoup mais hélas ! nous avons commis des erreurs.

— Je suis désolée...

Priya lui tapota le bras.

— Les relations sont toujours difficiles. Même les fausses. Mais pourquoi as-tu décidé de ne pas prendre ce nouveau poste ?

— Je suis heureuse ici.

Elle haussa les épaules.

— J'adore Anchorage Mercy, et mes collègues, et mes patientes... Je ne veux pas abandonner tout ça pour tout recommencer de zéro.

— Je comprends, dit Priya enroulant autour de son doigt une mèche de ses longs cheveux. Et l'argent, alors ?

— Je gagne bien ma vie ici, et après avoir parlé avec ma mère et ma sœur, l'autre soir, j'ai constaté que notre situation à toutes les trois avait changé. Certaines choses sont plus importantes que l'argent, tu sais ?

— Je sais, oui, répondit Priya en posant la main sur son ventre. Tu vas rester ici, alors ?

— En effet. Je dois quand même appeler Ellen pour lui faire part de ma décision. Et te recommander pour prendre ma place, confirma Carmen en souriant.

— Oh ! non, ce n'est pas la peine !

— Tu ne veux pas que je te recommande ? Pourquoi ?

— Ma situation a changé aussi. Lance et moi attendons notre premier bébé en décembre.

Carmen serra son amie dans ses bras.

— Oh ! mon Dieu ! C'est fantastique. Je suis si heureuse pour vous deux ! Ça explique aussi pourquoi vous aviez l'air un peu bizarres, durant ce week-end.

— Tu l'avais remarqué ? Entre les siestes et les nausées matinales, ça a été un défi de suivre le programme de ces deux jours, avoua Priya. Quoi qu'il en soit, nous avons décidé de rester près d'Anchorage, nous aussi. Mes parents sont à Sitka et les siens à Vancouver, ce qui n'est pas très loin. En plus, nous avons choisi un terrain et devons discuter la semaine prochaine de la construction de notre nouvelle maison.

— C'est merveilleux !

Carmen soupira. Elle était vraiment heureuse pour son amie. Et pour Lance aussi. Ainsi que pour sa mère et sa sœur. Autour d'elle, tout le monde semblait avoir trouvé sa place. Elle aussi, même si cet endroit lui semblerait un peu triste sans Zac pour le partager. Pourtant, elle était arrivée jusque-là toute seule, et elle pouvait continuer.

— Je suis ravie pour vous deux. Vraiment.

— Merci, dit Priya. Tu voudras bien m'aider à mettre mon bébé au monde ?

Touchée au-delà des mots, Carmen hocha la tête.

— Oui ! Bien sûr !

— Bien !

Priya serra sa main.

— Et maintenant, un bon conseil : ne l'abandonne pas.

— Qui ça ?

— Zac. Lance dit qu'il traverse des moments difficiles avec ses parents. Qui aurait cru que sa famille était du genre fortuné, hein ? Il ne s'en est jamais vanté auprès d'aucun de nous.

— Non, en effet...

— C'est un mec bien.

Carmen ferma les yeux et revit Zac à l'aéroport, si beau dans son blazer en tweed. Puis plus tard, à la réception de bienvenue, dans son smoking de star... Puis à la réserve animalière, en jean et T-shirt, l'embrassant sous les étoiles. Son parfum, son goût, sa voix...

Mon Dieu, il lui manquait tellement !

Elle chassa d'un soupir la nostalgie qui menaçait de s'emparer d'elle.

« Il faut battre le fer tant qu'il est chaud... »

De nouveau, les mots de sa mère résonnèrent dans sa tête. Elle avait raison. Carmen devait cesser de perdre son temps et saisir les occasions qui se présentaient à elle. Avec sa mère au foyer-logement et sa sœur à l'école d'infirmières, pour la première fois depuis toujours, elle n'avait à s'occuper de personne d'autre que d'elle-même. Elle pouvait aller où elle voulait, faire ce qu'elle voulait, être qui elle voulait. Elle devait cesser d'en avoir peur et embrasser sa liberté.

Mais d'abord, elle avait un coup de fil à passer.

D'un bond, elle se leva et s'approcha du téléphone fixé au mur.

— Je dois appeler Ellen, dit-elle à Priya.

— C'est vrai. Et moi, je dois aller voir mes patients. À plus tard...

— Oui, à plus tard.

Carmen attendit d'être seule pour composer le numéro.

— Clinique gynécologique de Big Sur, annonça une réceptionniste. Comment puis-je vous aider ?

— Ellen Landon, s'il vous plaît. De la part de Carmen Sanchez.

— Certainement. Un instant, s'il vous plaît.

— Carmen ! Ravie d'avoir de vos nouvelles. Comment se déroulent les préparatifs du déménagement ? Liz et moi parlions de vous hier soir. J'avais prévu de vous appeler plus tard dans la semaine pour vous inviter à venir passer le week-end avec nous. J'ai pensé que nous pourrions vous faire visiter Big Sur et vous aider à vous acclimater un peu...

— Oh ! C'est très gentil, dit Carmen, mais j'ai peur d'avoir de mauvaises nouvelles. J'ai finalement décidé de ne pas prendre ce poste.

Il y eut une petite pause, qui parut une éternité à Carmen.

— Je suis tellement déçue d'entendre ça, Carmen, répondit Ellen. Pouvez-vous me dire ce qui vous a fait changer d'avis ? Au colloque, vous aviez l'air très intéressée par ce travail.

— Je l'étais. C'est une opportunité en or. Mais après beaucoup de réflexion et d'introspection, je me suis rendu compte que j'étais heureuse à Anchorage et que je voulais y rester.

— Ça n'a rien à voir avec votre ami Zac, n'est-ce pas ?

— Non. Pas vraiment. En fait, je ne l'ai guère vu depuis notre retour à Anchorage. Ma situation familiale a changé, cependant, et j'ai décidé d'aller dans une direction différente...

— Ce n'est pas une bonne nouvelle pour nous, soupira Ellen, mais je vous souhaite bonne chance. Je suppose que je vais devoir contacter Mlle Shaw, maintenant...

Carmen voulut lui dire de ne pas le faire, mais elle songea que c'était le rôle de Priya.

— Je tiens à vous remercier encore une fois de m'avoir offert ce poste, Ellen. Ce fut un honneur de vous rencontrer, et j'espère que nous pourrons rester en contact. On ne sait jamais ce que l'avenir nous réserve...

— Absolument...

Le sourire chaleureux d'Ellen était perceptible au son de sa voix.

— Ce fut un plaisir de vous rencontrer aussi, Carmen. De nos jours, il est rare de trouver une telle attention et un tel dévouement, et tout cela a été très apprécié. Je resterai en contact.

Une fois l'appel terminé, Carmen retourna aux urgences juste à temps pour prendre en charge un nouveau cas.

— Anchorage Mercy, dit l'ambulancier, ici FA 18. Préparez-vous à l'arrivée d'un décollement placentaire suspecté. Patiente de 25 ans en travail, 39e semaine de grossesse. Saignement vaginal. Terminé.

Carmen se précipita pour enfiler une blouse et des gants propres, et elle attendait près des portes de la salle des urgences lorsque l'ambulance arriva. La mère était à terme, mais un certain nombre de complications pouvaient survenir si le placenta se détachait avant la naissance du bébé, et le risque vital était réel. Tom Farber, l'obstétricien de garde cette nuit-là, se tenait à côté d'elle, prêt à réagir à la moindre alerte.

En quelques secondes, les portes automatiques s'ouvrirent, et les ambulanciers se ruèrent à l'intérieur avec une femme sur un brancard. Son mari l'accompagnait, visiblement stressé. Carmen ne put s'empêcher de remarquer que Zac ne faisait pas partie de l'équipe.

Elle chassa bien vite les pensées mélancoliques qui l'assaillaient tandis qu'on transportait la patiente dans la salle de traumatologie. Susan, la partenaire habituelle de Zac, lui fit un bref récapitulatif.

Carmen attendit qu'ils aient installé la femme sur le lit d'hôpital pour s'approcher d'elle.

— Bonjour. Je m'appelle Carmen Sanchez. Je suis la sage-femme de garde aux urgences ce soir. Pouvez-vous me dire si c'est votre première grossesse ?

— Non, dit la femme en sanglotant, c'est la troisième. Ma fille a cinq ans et j'ai eu un autre bébé l'an dernier, mais il était mort-né. S'il vous plaît, sauvez mon bébé ! Je vous en supplie...

Elle laissa échapper un cri. Les contractions reprenaient.

Carmen regarda Tom faire l'examen pelvien.

— Léger saignement, dit-il. Nous allons brancher les moniteurs cardiaques et voir comment se porte le bébé.

Le saignement n'était pas bon signe. Pas bon du tout.

La femme agrippa le bras de Carmen.

— S'il vous plaît, je ne veux pas d'opération.

— Sa sœur ait fait une mauvaise expérience, et depuis elle est terrifiée, expliqua le mari. Elle déteste les hôpitaux, en fait. C'est pour ça que nous avions opté pour un accouchement à domicile.

— Sans aucune aide ? demanda Carmen. Vu ses antécédents, c'était très risqué.

— Je voulais juste la satisfaire, dit le mari, visiblement affolé. Ne la laissez pas mourir, s'il vous plaît. Sauvez-la, elle et le bébé. Je vous en prie...

— Ne vous inquiétez pas, nous allons bien nous occuper d'elle, dit Tom en faisant signe à l'une des infirmières d'éloigner le mari.

— Quel est votre prénom ? demanda Carmen en prenant la main de la patiente.

— Lonnie, parvint à répondre celle-ci entre deux respirations haletantes. Le bébé arrive !

— Oui, en effet.

Carmen lui sourit pour la rassurer.

— Et nous allons vous accompagner à chaque étape, Lonnie.

Au bout de la table, Tom annonça :

— Alors... Le rythme cardiaque fœtal semble bon, pas de détresse, donc nous pouvons continuer à tenter la voie basse pour l'instant.

Il regarda Lonnie, puis vérifia le moniteur tout près.

— À la prochaine contraction, je veux que vous poussiez de toutes vos forces, d'accord ?

Lonnie hocha la tête en guise d'assentiment, et arqua le dos.

— Oui ! C'est ça, Lonnie. Très bien ! l'encouragea Carmen.

Enfin, la contraction s'apaisa, pour céder la place à une autre. Elles étaient de plus en plus rapprochées.

— Ce ne sera plus très long, maintenant, dit Carmen à Tom en hochant la tête.

— On y est presque, dit-il. Je vois la tête.

Lonnie laissa échapper un cri pendant qu'une autre contraction arrivait, et serra la main de Carmen si fort qu'elle crut qu'elle allait lui briser les os.

— Respirez ! C'est ça ! C'est ça !

— La tête est sortie ! s'écria Tom. Encore un petit effort, et c'est terminé, Lonnie.

Quelques instants plus tard, un long cri strident retentit, et Lonnie se laissa retomber sur le lit, en nage et les yeux pleins de larmes tandis qu'elle fixait le nouveau-né dans les mains de Tom.

— C'est fini ?

— Oui. C'est un magnifique petit garçon.

Il posa le bébé sur sa poitrine avant de couper le cordon ombilical.

En voyant le père accourir pour embrasser sa femme et découvrir son fils, Carmen ne put s'empêcher de sourire. C'est ce qu'elle aimait le plus dans son travail : accueillir une nouvelle vie dans le monde.

Après avoir aidé à l'expulsion du placenta et à la toilette de sa patiente, Carmen se sentait fatiguée, mais fière. Comme elle sortait de la salle de traumatologie, elle remarqua que Susan l'attendait près du poste des infirmières.

C'était étrange. D'habitude, les ambulanciers retournaient à leur plate-forme après un appel.

Elle jeta ses affaires souillées dans la poubelle à déchets biologiques, puis alla se laver les mains dans l'évier du hall avant d'entrer dans la salle de repos.

— Salut, lança-t-elle en feignant d'être intéressée par le calendrier sur le mur. Comment vas-tu, Susan ?

— Très bien, répondit l'infirmière, mais ça irait mieux si tu pouvais aider mon partenaire.

— Comment ?

Carmen jeta un coup d'œil par-dessus son épaule et fronça les sourcils en découvrant Zac en smoking, encore plus beau que dans son souvenir.

Susan sourit avant d'expliquer :

— Zac a perdu son cœur il y a quelques jours, et il pense que tu es la seule à pouvoir l'aider à le retrouver.

— Je prends le relais maintenant, merci, Susan, dit Zac.

Puis il s'avança et mit un genou à terre devant Carmen.

— Je sais que j'ai été nul. Et je sais que je n'ai aucune raison de m'attendre que tu me fasses de nouveau confiance. Je sais que j'ai perdu la meilleure chose qui me soit arrivée quand je t'ai laissée partir, Carmen Sanchez, mais si tu peux trouver dans ton cœur le courage de me pardonner, je te jure que je passerai le reste de ma vie à me racheter.

Étonnée, Carmen le regarda fixement, essayant de tout assimiler. Elle sentait les regards de ses collègues fixés sur elle, et la chaleur envahissait ses joues.

— Zac, lève-toi, voyons. Qu'est-ce que tu fais ?

— Je m'incline devant toi, ô ma reine...

Il lui fit un clin d'œil et reprit un ton normal pour ajouter :

— Peux-tu me pardonner, Carmen ?

Elle soupira et secoua la tête en riant.

— Il n'y a rien à pardonner, Zac. J'ai autant de torts que toi. C'était mon plan, en premier lieu.

— Mais j'étais d'accord pour jouer le rôle que tu m'as proposé. Et je t'ai menti sur qui j'étais vraiment.

Il jeta un coup d'œil à la petite foule du personnel qui s'était rassemblée autour d'eux. Le bruit s'était répandu comme une traînée de poudre depuis qu'ils étaient revenus à Anchorage Mercy : Zac l'infirmier était issu d'une famille riche, très riche... Il savait que Carmen n'avait jamais rien révélé, mais les ragots circulaient vite, dans ces couloirs.

— J'aurais dû être honnête avec toi dès le début, mais à l'époque je ne pouvais même pas être honnête avec moi-même.

— Je ne peux pas dire que j'excellais dans ce domaine,

moi non plus, reconnut-elle avant de désigner une petite salle d'approvisionnement vide à proximité. Et si on s'isolait un peu ?

Il hocha la tête et la suivit. Les lampes fluorescentes au plafond s'allumèrent automatiquement, détectant leur présence.

— Alors... j'imagine qu tu es occupée à faire tes valises pour la Californie, dit-il après un long silence.

— En fait, j'ai refusé le poste. J'ai décidé que tout ce que je désirais était déjà ici, à Anchorage.

— Vraiment ?

— Oui. J'ai appelé Ellen pour le lui dire. J'allais recommander Priya à ma place, mais...

Elle s'arrêta avant de révéler le secret de son amie, au cas où Zac ne le saurait pas encore.

— Je suis au courant. Lance est aux anges. Il ne parle plus que de ça. Mon fils ceci, ou ma fille cela ! Mais je ne lui en veux pas. J'espère avoir des enfants moi aussi, un jour.

— Moi aussi.

Elle se balança sur ses talons, mal à l'aise.

— Écoute, Zac. Je suis désolée aussi pour ce que je t'ai dit. La façon dont tu choisis de vivre ta vie ne me regarde pas. J'ai décidé d'abandonner aussi mes vieux préjugés et je suis désolée d'avoir été injuste envers toi. J'ai parlé à ma mère après mon retour, et elle m'a mise au courant de certaines choses.

— Comme quoi ?

— Comme le fait que mon père voulait prendre soin de nous, mais qu'elle avait choisi de refuser son aide parce qu'elle était indépendante et voulait faire les choses par elle-même.

— Je vois... Ça me rappelle quelqu'un.

— Tu veux entendre mes excuses ou pas ? demanda-t-elle, pressé de tout dire avant de perdre courage. Je n'aurais pas dû te juger pour ton passé, pas plus que je ne voudrais que tu me juges pour le mien. Aucun de nous n'avait la moindre prise sur ce qui s'est passé à l'époque.

— D'accord.

— Mais je pense qu'il serait bon pour toi de parler à ton

père et d'essayer de te réconcilier avec lui. La famille est l'une des choses les plus importantes au monde, Zac. Ce n'est pas sain de se couper ainsi des gens qu'on aime. Si ton père était mort et que tu n'avais jamais fait amende honorable, cela te hanterait pour le reste de tes jours.

— Tu as raison. Sache que mon père va bien. On lui a posé trois endoprothèses, et il sort de l'hôpital aujourd'hui.

Il se tut un moment, avant d'ajouter :

— Et nous avons parlé, lui et moi. J'ai discuté avec ma mère, aussi. Tout va bien, aussi bien qu'on peut s'y attendre pour l'instant. Ils retournent à l'hôtel bientôt.

— C'est super !

— Tu sais ce qui est génial aussi ? demanda-t-il en s'approchant d'elle.

Elle secoua la tête, tandis que son pouls s'accélérait.

— Le fait que pour la première fois en plus d'une décennie je suis enfin libre. Libéré de la culpabilité, des secrets et du poison de la trahison. Je me sens comme un homme nouveau.

— Ah oui ?

— Oui. Et en tant qu'homme nouveau, j'ai besoin d'une femme… Je voudrais que tu sois cette femme, Carmen, si tu veux de moi.

Il prit son menton entre son pouce et son index.

— Je promets que si tu acceptes, je passerai le reste de ma vie à te traiter comme le précieux trésor que tu es. Peux-tu me pardonner, Carmen ?

Elle le gratifia d'un sourire tremblant.

— Oui, Zac. Oh oui !

L'instant d'après, ils s'embrassaient passionnément, comme s'ils ne devaient plus jamais se revoir.

Quand il mit fin à leur baiser, ils étaient tous les deux hors d'haleine.

— Je t'aime, Carmen Sanchez, murmura-t-il, le front appuyé contre le sien.

— Je t'aime aussi, Zac Taylor.

Puis elle recula légèrement pour le regarder à travers ses cils et lui faire un sourire espiègle.

— Et j'accepte de t'épouser, mais à une condition…

— Oui, laquelle ?

— Que tu m'emmènes passer un week-end dans ton hôtel dont je n'ai pas pu bien profiter la première fois.

— Comptez sur moi, ma reine ! dit-il en riant et en la soulevant dans ses bras. Vos désirs sont des ordres.

14

Un an plus tard...

Ça avait été une journée magnifique. Pour leur mariage, tous leurs amis et leurs proches s'étaient rassemblés dans les jardins, derrière l'Anchorage Mercy Hospital. Comme c'est là que lui et Carmen s'étaient rencontrés pour la première fois, il leur avait semblé normal d'y unir leurs destinées et d'y commencer leur vie en tant que mari et femme.

Après avoir prononcé leurs vœux qu'ils avaient scellés d'un baiser, tout le groupe s'était envolé vers l'Étoile Arctique pour la réception. C'est le père de Zac qui avait lancé les invitations.

Il y avait Jake, Molly et leurs jumeaux. Tom et Wendy et leur nouveau bébé, ainsi que la fille de Tom, Sam. La mère de Carmen. Même Dustin était là. Priya et son adorable petite fille, Kaia. Lance avait été son témoin, bien sûr, et la sœur de Carmen, Clara, sa demoiselle d'honneur.

Toute la journée s'était déroulée à merveille, et maintenant tout le monde avait la larme à l'œil en le regardant entraîner sa ravissante épouse sur la piste de danse pour leur premier slow. Il fit un signe de tête au DJ, et Michael Bublé entonna les paroles de *The Way You Look Tonight*, la chanson sur laquelle ils étaient tombés amoureux.

— Heureuse, chérie ? chuchota-t-il à l'oreille de Carmen tandis qu'ils se balançaient doucement au son de la musique.

— Si heureuse… Au fait, j'ai quelque chose à te dire.

Il eut une seconde d'hésitation. Après tous les secrets et les mensonges qu'ils avaient endurés, il n'était pas sûr d'aimer beaucoup les surprises.

— Quoi ? Si c'est encore un secret inavouable, je me jette du haut du pic O'Malley.

— Mais non, idiot ! C'est un bon secret. Du moins, j'espère qu'il te plaira.

— Dis-le-moi, tu verras bien.

— Je suis enceinte, dit-elle, ses yeux verts pailletés d'or brillant de bonheur. Je sais que c'est plus tôt que prévu, mais ces choses arrivent parfois, et…

— Tu vas avoir un bébé ?

Il cligné des yeux, éberlué. Il avait toujours voulu avoir un enfant, mais il avait peur de ne pas être un bon père. Il y a un an, il n'aurait pas été prêt. Mais maintenant, après avoir laissé le passé derrière lui et pardonné à son père et à lui-même, il était plus qu'impatient.

— Nous allons avoir un bébé ?

Elle hocha la tête et leva vers lui ses yeux remplis de larmes.

— Es-tu heureux ?

— Oui ! Je vais être papa !

Le sourire jusqu'aux oreilles, il fait tournoyer Carmen dans ses bras sous les applaudissements de la foute.

— Nous allons être parents !

— Oui, c'est bien vrai !

Carmen le serra dans ses bras.

— Je t'aime tellement, mon doudou.

— Et je t'aime aussi, chérie, dit Zac en l'embrassant tendrement devant leurs familles et amis réunis.